JULIA WEBER

# IMMER IST ALLES SCHÖN

Roman

Limmat Verlag
Zürich

INNEN

**Ich wünsche mir** einen Urlaub mit Feuer und Ferne, und Bruno wünscht sich einen Urlaub ohne Alkohol.
Gut, sagt Mutter, weil ihr einen Geburtstag habt.
Dann machen wir Urlaub. Und berühre ich auf dem Weg zur Busstation die Büsche, zwitschern sie. Und bewege ich die Arme, berühren sie Luft. Und strecke ich die Zunge aus dem Mund, bleibt sie warm.
Mutter raucht vor einem Plakat, auf dem ein Mann am Frühstückstisch lächelt, und Mutter schließt dabei die Augen. Wir fahren in Urlaub. Im Bus kommt der Uringeruch aus dem dreidimensionalen Muster der Sitze. Wir fahren in Urlaub bis zur Endstation. Bruno trägt sein Buch über die Brücken der Welt unter dem Arm, alle paar Minuten muss er es ablegen und die Arme schütteln.

Und auf einem Steg den Schilfweg entlang gehend, sagt Mutter, dass es schön ist. Ein Blesshuhn schreit, der Wind zieht an den rostigen Schilfköpfen.
Sehr schön, sagt sie.
Fantastisch, sagt sie.
Wunderbar, sagt sie.
Ganz, ganz wunderbar.
Das ist wegen dem nicht absehbaren Bier, sagt Bruno. Verzweiflung, sagt er noch.
Es ist wirklich schön, sage ich, weil der Wind ganz warm die Armhaare aufstellt.
Immer ist alles schön, sagt Bruno, dann zählt er die Schilfstangen mit seinem dicken Buch auf dem Kopf.
Eins, zwei, drei, vier, fünf, sechs, sieben.
Ich schaue beim Gehen abwechselnd über den See, auf seine silbernen Wellen, dann an mir herunter auf den zitronengelben Stoff an meinem Bauch. Und es schmatzt das Wasser unterhalb meines Bauches, unter dem Steg.

Ein Mann mit Doppelkinn starrt Mutters Körper an. Neben ihm liegt ein Hund, auch er mit Falten. Der kleine Bruno legt das Buch ins zertrampelte Gras und macht aus seinen Händen Fäuste.
Wir wollen einen Wohnwagen, sagt Mutter, sie steht vor uns, schüttelt ihr Haar. Mit den Absätzen sinkt sie langsam nach hinten in die Erde. Der Mann lacht. Und durch sein Lachen bewegt sich alles an ihm und auch alles um ihn herum. Seine Haut bewegt sich, der winzige Tisch, an dem er sitzt, bewegt sich, der Boden bewegt sich und hinter ihm das Rezeptionshäuschen mit der abgesplitterten weißen Farbe und den Blumenkisten vor den Fenstern. Der Mann trägt eine kurze, weiße Hose, bei der ich mir nicht vorstellen kann, wie er in sie hineingekommen ist, und erst recht kann ich mir nicht vorstellen, wie er jemals wieder aus ihr herauskommt.
Dann gehen wir durch vereinzelt herumstehende Fichten und Birken. Ich sehe die Abdrücke der Zelte zwischen den Bäumchen, ich sehe, wo im letzten Sommer die Zelte standen, wo die Klappstühle, wo die Tische, wo die Luftmatratzen lagen. Und jetzt ist hier niemand außer uns und dem Koloss, der den Wohnwagen aufschließt, dreimal an die Außenwand des Wagens klopft und geht.

Und wir sitzen auf Baumstücken feierlich. Wir sitzen im Feuerlicht. Bruno, der Luftgitarre spielt; die Flammen in Brunos Brillenglas, sie tanzen zu seiner Musik. Der Wohnwagen, der nach fremden Menschen und ihrem Schlaf riecht. Das alkoholfreie Bier in Mutters eleganten Händen, das lauwarm wird, kommt auch als bitterer Geruch aus ihrem Mund.
Mutter, die in Gedanken ist und schweigt; das Knistern.
Der dunkelbraune Tisch, den man aus dem Wagen herausklappen kann, der wackelt, an dem ich sitze, und die Schatten im Wald, die ich beobachte, ihre Unheimlichkeit, die Möglich-

keit von allem in der Dunkelheit. Mein zitronengelbes Kleid, unruhig im Feuerlicht, und meine feinen Finger mit dem goldenen Kaugummiautomatenring. Und das Grün der Wiese, das beinahe schwarz ist.

Später liegt Mutter auf einer Matte am Boden, summt leise eigene Melodien. Bruno und ich liegen auf dem Hochbett. Wir können mit Füßen und Händen die Decke berühren. An die Decke hat jemand geschrieben: «Der einzige Unterschied zwischen mir und Salvador Dalí ist, dass ich nicht Dalí bin.»

Am Morgen hat sich der Geruch der fremden Menschen mit unserem vermischt. Mutter schläft. Bruno und ich gehen herum, sind hungrig, versuchen zu schwimmen, aber das Wasser ist kalt und der Boden des Sees so weich, dass wir uns zu gut vorstellen können, was sich noch alles in diesem Boden befindet, auf das man treten könnte, was einen dann beißen oder erschrecken würde. Weil uns nichts mehr einfällt, sammeln wir leere Schneckenhäuser, lecken die Tautropfen vom Klee, werfen Holzstücke in den See, füttern Fische mit Brot. Der Wind ist lauwarm und riecht nach der Gülle in den Güllelöchern der Bauernhöfe, die hinter dem kleinen Wald liegen. Wir beobachten den Hund vor der Hütte und den Koloss, der mit einem Schlauch ein Motorboot abspritzt, dabei stolpert er manchmal über den Schlauch. Es ist warm in der Sonne und kalt im Schatten, und das Boot heißt Susanna.

Am Abend sitzen wir wieder am Feuer, die Sonne ist weg, die Luft blau. Mutter hält den Zahnputzbecher mit Wein gefüllt in die Höhe.
Auf uns, sagt sie.
Davor sagte sie, entweder Urlaub oder kein Alkohol, aber beides gehe nicht, denn sie könne uns nichts gönnen, wenn sie

nicht sich selber was gönnen könne, und das Einzige, was sie sich wünsche, sei am Abend ein Becher voll Wein.

Mit dem Becher wird Mutter weich wie das Licht des Feuers.

Jetzt ist alles gut, sagt sie.

Hast du mit Peter geredet?, fragt sie.

Noch nicht, sage ich.

Hast du geküsst?

Nein, sage ich, ich möchte nur mit ihm reden.

Aber das wird großartig, das Küssen, sagt Mutter.

Und dann erscheint der Koloss zwischen den Bäumen. Er kommt näher, wird immer größer, wird riesengroß, steht im Feuerlicht vor uns mit einem langen Schatten hinter sich. Seine Zehen schauen aus den weißen Sandalen, und sein Gesicht ist im Licht ein Ungeheuer. Er fragt Mutter, ob sie wohl mit ihm tanzen gehen wollen würde.

Nein, danke, sagt Mutter, ich bin mit meinen Kindern hier.

Ob wir wohl alle mit ihm tanzen gehen wollen würden, also tanzen würden nur Mutter und er, aber wir könnten ja Steine ins Wasser werfen oder eine Cola trinken oder was Kinder eben so tun, wenn die Erwachsenen zusammen tanzen.

Er bewegt die Zehen beim Reden. Seine Zehennägel haben die Farbe von Ohrenschmalz.

Nein, danke, sagt Mutter, ich bin mit meinen Kindern hier, um mit ihnen hier zu sein.

Und wenn jetzt aber, sagt der Mann, sie nur für einen Tanz, er fände sie nämlich reizend und würde so gerne mit ihr einen Tanz haben.

Nein, sagt Mutter, ich bin mit meinen Kindern hier.

Also keinen einzigen Tanz?

Es zuckt ihm das Flammenlicht im Gesicht, und er trägt die gleiche kurze Hose, aber zu der Hose ein Safarihemd mit dunklen Flecken unter den Achseln. Er riecht nach frisch rasiert und auch ein bisschen nach altem Wasser.

Nein, verdammt, sagt Mutter.
Einen nur, sagt er.
Bruno singt. Ich schaue dem Koloss auf die Haare an den Beinen. Mutter starrt ins Feuer und trinkt schnell. Der Wein leuchtet rot im Feuerschein.
Also, sagt sie.
Mutter steht auf.
Ist das gut für euch?, fragt sie.
Ich nicke.
Bruno?
Bruno singt.
Dann geht sie schön und rot davon neben dem Koloss, der von oben auf ihre Stirn einredet.
Er freue sich also so sehr, sagt er.
Wenn er sich doch so freut, sage ich.
Bruno singt lauter.
Bruno, wenn er sich doch so freut, dann ist doch nichts dabei, Mutter ist doch eine Gute, deshalb nur.
Bruno singt lauter. Und ich schweige am Feuer. Ich möchte Mutter fragen, wie es war.

Wir können die Tänze hören, aber sie kommt nicht zurück nach einem Tanz, nicht nach zwei, nicht nach drei, nicht nach vier. Ich stochere in der Glut, höre die Geräusche im Wald, stelle mir Wildponys vor. Bruno singt nicht mehr. Ich denke ein bisschen an Peter, aber nur kurz, und weiß nicht, was ich damit soll. Ich denke noch ein bisschen an ihn. Ich denke, was er wohl gerade tut, ob er mich schön findet, also mein Gesicht, ob er es wohl so schön findet, dass er auch mal mit mir reden würde, weil er gerne in mein Gesicht schaut.
Das ist wichtig, hat Mutter gesagt, es ist wichtig, ein schönes Gesicht zu haben, wenn man nicht hart ist, und du Anais, bist der weichste Mensch, den ich kenne, aber eben auch der mit

dem schönsten Gesicht. Es ist wichtig, weil, wenn man weich ist, dann trampeln die Menschen gerne auf einem herum, wenn man aber ein schönes Gesicht hat, nicht.
Ich denke daran, wie er mir damals sein Pausenbrot gegeben hat, wie er auf mich zugelaufen kam, seine Freunde weit hinten standen. Er kam zu mir gelaufen, hielt mir sein Brot hin. Magst du?, hat er gefragt. Ich habe nichts gesagt, habe es in meine Hände genommen, ihn weiter angeschaut. Ich nahm einen Bissen vom Brot, sagte nichts. Peter lächelte, nahm das Brot wieder und ging weg.
Ich denke, dass ich Peter einmal nach seinen Hobbys fragen sollte.
Was Peter wohl für Hobbys hat?, frage ich ins Feuer hinein.
Fechten vielleicht, sagt Bruno, gehen wir sie suchen.
Fechten. Wie schön.
Dann gehen wir sie suchen, weil sie auch nach sieben Tänzen nicht kommt.

Wir gehen vom Wohnwagen weg zwischen ein paar Bäumchen hindurch. Wir hören die Musik von Weitem, sehen die Scheune, darin das Licht und kleine Menschenschatten. Bruno wirft Blätter in den schwarzen See, auf dem See sind Glitzerpunkte. Eine Ente erschrickt und quakt, die Glitzerpunkte werden Glitzerwellen. Wir gehen zur Scheune hin. Mit der Musik vermischen sich schwere Stimmen. Sie singen und schreien auch. Wir bleiben beim Scheunentor stehen.

Und dann sehen wir Mutter. Hinten auf der Tanzfläche leuchtet sie in ihrem roten Leinenkleid mit goldenen Knöpfen. Männer sehen wir im Kreis um Mutter herumstehen. Einer zieht sie zu sich hin, dann wirbelt sie davon und zum nächsten Mann. An langen Bänken sitzen Menschen, manche klatschen. Und ein sehr alter Mann spielt Akkordeon auf einer

kleinen Bühne aus Holzkisten. Er trägt ein rosa Hemd, hat einen langen Bart und große Ohren. Mutters Kleid ist eine rote Glocke, sie dreht sich im Kreis, ihr Haar ist hell wie das Feuer. Sie lacht und lässt sich in Arme fallen und weiterwerfen. Dann löst sie sich und tanzt in der Mitte der Männer einen wilden Tanz. Sie hebt die Beine, hebt ihr Kleid, stampft und dreht sich. Sie legt die Hände in ihr Haar und hält den Mund, an die Decke blickend, offen.
Ich höre auf dem See die Enten quaken und denke, jemand hat sie aufgeschreckt. Ich denke, dass Bruno nicht da ist, aber er steht neben mir. Ich denke, es gibt keine Kinder, die Steine in den See werfen. Ich denke, dass der Mann nicht mit Mutter tanzt, sondern alle Männer mit Mutter tanzen, und ich denke, das sind viele, die mit Mutter tanzen.
Ich sehe den Koloss vom Wohnwagen im Kreis stehen und sehe sein Lachen. Er lacht, und alles an ihm bewegt sich.
Bruno läuft vorbei an den Männern und Frauen, an den aufgereihten Festbänken und geht in den Kreis hinein. Ich gehe ihm nach. Er geht zu Mutter in den Kreis und fasst sie am Arm. Ich stehe hinter Bruno im Kreis, und die Männer bewegen sich nicht mehr. Sie wenden ihre Blicke und Bärte und Ohren und Ohrringe ab.
Mitkommen, sagt Bruno, bitte.
Warum seid ihr nicht im Bett?, fragt Mutter, sie redet, als hätte sie Steine im Mund.
Warum seid ihr hier, das hier ist nichts für euch, sagt sie mit den Steinen im Mund.
Mitkommen, sagt Bruno.
Wir haben auf dich gewartet, du sagtest, einen Tanz, sage ich.
Es ist ja ein Tanz, sagt sie, es ist hier ein großer Tanz, und er tut mir gut, dieser Tanz, ich brauche jetzt unbedingt genau diesen einen Tanz und noch was zu trinken und noch einen Tanz. Ich will noch einen Tanz, den brauche ich auch wegen euch, unter

anderem auch wegen euch. Ich finde, ich habe ihn mir verdient, so einen Tanz, einen Tanz, sagt sie. Geht heim, meine Tierchen, geht heim.
Wir wollen, dass du mitkommst.
Bruno schaut Mutter von unten an.
Ich kann jetzt nicht, es ist schon gut hier. Lasst mir doch diesen einen Abend, sagt sie leiser.
Und dann schiebt sie uns weg.
Bitte, sagt Bruno.
Bitte, sage ich.
Jetzt nervt mich nicht, wirklich, ich will das jetzt, das ist lustig hier, mit euch am Feuer ist es langweilig.

Draußen drehe ich mich um und sehe den Schein der Kerzen in roten Plastikschälchen auf den Tischen, sehe die Strohballen in der Ecke der Scheune, sehe die Menschen weiterklatschen, sehe ihre Beine wippen unter den Tischen und wie die Männer sich langsam auf die Tanzfläche zurückbewegen. Mutter in der Mitte hebt ein kleines Glas zum Mund.

Im Wasser spiegeln sich nur noch wenige Lichter, die Ente ist still. Wir gehen durch die Bäume zurück, die Glut ist aus. Wir putzen die Zähne und pinkeln in den Wald, ich trete auf eine Nacktschnecke, und Bruno streift eine Brennnessel. Unter dem Schlafsack halten wir uns fest, weil es kalt ist.

Am nächsten Morgen sitzen Bruno und ich vor dem Wohnwagen unter dem kleinen Vordach, wir essen das restliche Weißbrot, Tropfen fallen auf unsere Hände und das Brot. Tropfen prallen am Gefieder einer Amsel ab, während der Rest der Welt langsam aufweicht. Mutter kommt durch die Bäume gelaufen, auch sie aufgeweicht. Auf uns liegt ein Blätterschattenspiel, hinten in den Bäumen ruft ein Kuckuck kuckuck.

Tierchen, meine Tierchen, sagt sie.
Sie nimmt die Haare nicht aus dem Gesicht, steht vor uns.
Hinter ihrem Vorhang ein Lächeln.
Ich denke, könnten wir neben dieser aufgeweichten Welt nochmals eine komplette Welt haben, eine weniger komplizierte, eine mehr mit Tieren als mit Menschen, dann wäre es gut.
Ist schon gut, sage ich zu Mutter, die sich nicht bewegt, und nehme ihre und meine Tasche. Bruno nimmt das Buch.

Wir gehen durch die Fichten. Über den Rasen gehen wir fort. Der Koloss steht neben der Hütte, lächelt ein Kolosslächeln am Telefon. Seine Körperabdrücke sehe ich im Gras neben dem Motorboot mit dem Namen Susanna.
Beim Vorübergehen an seiner Hütte kommt aus dem offenen Fenster der Geruch von Paprikachips und kaltem Zigarrenrauch. Auch vermischt sich ein süßlicher Menschengeruch mit dem Geruch der Gülle. Sein Klappbett steht in einer Spinnwebenecke, Kissen und Bettbezug mit Löwenkopf, der Löwe darauf schreit. Das Poster einer Frau im silbernen Bikini hängt über seinem Tisch und über dem Bett das Bild von Mohn. Das Safarihemd liegt auf dem Bretterboden, da, wo die dunklen Flecken waren, sind jetzt Salzränder. Auf dem Schreibtisch die militärgrünen Ordner, zerkaute Bleistifte, ein Locher, ein einziger Stuhl am Tisch.
Sein Blick ist in unserem Rücken, als wir das Areal verlassen. Koloss, Hütte und Hund bleiben zurück, nach Hund und dem Inneren des Menschen riechend. Ich habe den Hund nicht gesehen, ich habe seine Abdrücke neben den Abdrücken des Kolosses im Gras vor der Hütte gesehen.

Ich stelle mir den Koloss vor, wie er im Bett liegt und mit seiner Mutter telefoniert. Er streichelt beim Telefonieren mit der freien Hand seinen über den Bund hängenden Bauch. Er hebt

den Bauch an und lässt ihn fallen, hebt ihn an, lässt ihn fallen. In der Fensterscheibe sieht er sein Spiegelbild, vermischt mit Rasen und Feldern, dahinter, draußen wartet der bellende Hund.
Ich stelle mir die Brote vom Koloss vor, die Butterbrote. Seine Zehen bewegen sich, wenn er kaut, und unter ihm sitzt der Hund, wartet auf das Herunterfallen der Brotstücke, und da, wo sie sitzen, vor dem Häuschen, sind ihre Abdrücke im Gras, ist der Rasen dunkel.
Der Koloss, der das Boot namens Susanna abspritzt. Der Koloss, der sich danach auf seinen im Gras hinterlassenen Abdruck legt und wartet. Der Koloss, der die Frau im Bikini betrachtet, die in seinem Raum hängt, die er ebenfalls Susanna nennt. Sein Tag, der mit Sonnenlicht und Güllegeruch beginnt. Sein Tag ist warm. Der Koloss schwitzt neben seinem hechelnden Hund, er schwitzt in den Abend hinein und schwitzt über den Nudeln, die er sich kocht auf einer Herdplatte in der Ecke. Er schwitzt und schiebt Dinge in sich hinein. Würstchen, Nudeln, Brot, Bier. Der Koloss sitzt vor dem kleinen Fernseher. Bilder von tanzenden Frauen und um sie herumtanzenden Männern, von Auswanderern und Verwandten und von Streit und Liebe, Küssen. Der Koloss wird größer und voller von den Bildern, von den Broten und Würsten. Bald ist sein Bett zu klein, und er bringt den Hörer kaum ans Ohr, seine Arme sind zu dick, die Finger, um den Hörer zu halten. Die Abdrücke wachsen vor dem Haus. Er versucht, den Hund zu streicheln. Am Abend schiebt er Dinge in sich hinein. Ein Brot, zwei Brote, drei Brote, viele Brote, während die Frauen und Männer am Strand tanzen, während auf den Bildern die Sonne untergeht und Palmenblätter sich vor dem Sonnenuntergang bewegen. Auch beim Koloss verschwindet die Sonne, er wird größer und größer. Er füllt den Raum, kann sich nicht mehr bewegen. Er sieht seine Arme nicht, die Beine nicht,

den Bildschirm sieht er nicht. Der Koloss kann die Tür nicht öffnen, durch das Fenster kommt der Sommergeruch, kommt ein feiner Wind hinein und streichelt ihn am Bein. Und das Telefon klingelt irgendwo unter seinem Fleisch.

Zu Hause streichle ich, bei Mutter im Bett liegend, ihren Rücken. Sie schläft. Ich schreibe Mutter einen Brief.

*Liebe Mama,*
*bei uns im Treppenhaus riecht es nach alten Sachen. Nach altem Öl oder nach alten Spaghetti, nach Kleidern. Aber in unserer Wohnung riecht es gut und ist es hell. Ich bin sehr gerne hier.*
*Deine Anais.*

**Bruno und ich betrachten** das Sonnenlicht, das in der Küche in der Form des Fensters über den Tisch wandert und über den Beton des Balkons. Wir nennen es das schleichende Licht. Wir zupfen Haare und Staubbällchen von unseren Socken, lassen Staubbällchen und Haare zu Boden segeln. Wir schließen Wetten ab, wo sie landen werden, und pusten, um sie dorthin fliegen zu lassen. Wir ziehen mit dem Finger die Milchhaut von der Milch, streichen sie an der Unterseite der Sitzfläche unserer Stühle ab. Wir spucken vom Balkon. Wir denken darüber nach, dass es in uns warm ist, dass es in uns warm ist und wir dennoch frieren. Wir denken darüber nach, dass man nicht mehr weiß, wo der eigene Körper beginnt, wenn das Außen gleich warm ist wie man selbst. Wir halten zum Beweis unsere Hände in lauwarmes Wasser und finden die richtige Temperatur nicht. Wir stellen fest, dass ich innen wärmer bin als Bruno. Wir suchen nach fremden Orten, wir sitzen auf dem Balkon und zählen die Kaugummis an der Reckstange im Hof: 197.

Dann steht Mutter nackt im Flur. Ihr Oberkörper wankt, als wäre sie ein Baum und als gäbe es Wind in der Baumspitze. Hinter ihr die Bilder an der Wand. Hinter ihr sie selber noch einmal nackt, hinter ihr die Wolke in Tassenform, hinter ihr ein Fahrrad mit winzigen Rädern. Ich erinnere mich, wie Mutter mit dem Bild vom Fahrrad nach Hause kam, wie sie es unter ihrem leuchtend roten Pullover hervorgenommen hat, wie sie gesagt hat, es regnet.
Das weiß ich noch, weil von Mutter das Wasser auf den Boden tropfte, und sie hat uns angesehen, dann auf das Bild, dann wieder uns, wieder das Bild, als hätte unser Dasein etwas mit den Proportionen des Fahrrads zu tun. Das Wasser tropfte von ihrer Nase und den Schultern, den Armen zu Boden und bildete dort kleine Lachen, es lief auch in die Rillen

des Bodens hinein. Mutter war aufgeweicht und sah Bruno und mich an, wie wir im Schlafanzug vor ihr standen. Sie hat das Bild vorsichtig auf den Boden gelegt und uns dann gefragt, ob wir vielleicht kurz zu ihr kommen könnten, dann hat sie uns lange umarmt, ich erinnere mich an das langsame Nasswerden meiner Brust, des Bauches und der Arme. Ich erinnere mich, dass es gar nicht unangenehm war, nass zu werden.

Jetzt liegen ihre Haare als Vorhang vor dem Gesicht, und sie atmet durch den Mund. Sie legt Arm und Kopf an den Türrahmen. Durch ihr Haar hindurch blickt sie irgendwo in die Küche oder in irgendeine Küche hinein.
Hallo Tierchen, sagt sie, neben ihrem Gesicht klebt ein halb abgekratzter Pferdekopf, und dann geht sie ins Bad.

Später nimmt der Wind das Vogelbrot vom Balkongeländer. Später lässt der Wind Werbeprospekte durch den Innenhof fliegen. Später ist Mutter noch immer unter der Dusche, und auf Brunos Schlafanzug ist noch immer das Monster mit den vielen Beinen. Ich stehe vor dem Bad.

Alles gut?, frage ich und klopfe an die Tür.
Mutter antwortet nicht.
Alles gut?, frage ich.
Das Wasser fällt.
Geht es dir gut?
Nur das Geräusch vom Wasser, das auf Mutter und in die Wanne fällt. Das Plätschern, durch das ich weiß, dass sie steht. Ich frage Bruno, was ich tun soll, setze mich auf den Boden, weil ich zu unruhig zum Stehen bin, stehe auf, weil ich nicht sitzen kann, setze mich, weil ich nicht stehen kann. Bruno weiß es nicht, obwohl er viel weiß. Bruno weiß, wie hoch die höchste Brücke der Stadt und wo der tiefste Punkt des Meeres ist.

Ich gehe zurück. Ich schlage die Faust gegen die Tür, bewege die Türklinke auf und ab. Drinnen das Plätschern.

Es wächst draußen am Himmel eine fantastische Wolke, sie wächst in den Himmel hinein, ist hinten schiefergrau und vorne weiß. Und Frau Wendeburgs weiche Katze sitzt auf den Briefkästen, in ihrem Fell spielt der Wind. Und draußen geht Frau Wendeburg in ihrem grünen Wollmantel durch den Hof. Sie hält sich selbst im Arm, und sie schaut nach oben, an die Fassaden der Häuser. Sie sieht aus, als wäre sie allein auf der Welt, und würde ich hinausgehen und sie grüßen, könnte es sein, dass sie erstaunt wäre darüber, dass es mich gibt. Und neben ihr im Hof steht der Baum allein und hinter ihm sein Schatten.

An Frau Wendeburgs Arm tanzt der Leinenbeutel im Wind.

Als das Plätschern endlich endet, höre ich den Duschvorhang, der zur Seite geschoben wird, höre Mutter den Spiegelschrank öffnen und schließen, ich höre Bruno, wie er sich ankleidet, wie er sein Taschenmesser von der Kiste neben dem Bett nimmt und es in der Hand dreht, dann am Hosenbund befestigt, seine Hand auf den Fuchs legt. Ich sehe ihn, wie er einmal über das Fell des Fuchses streicht. Der Fuchs, der innen kalt ist, den Mutter uns mitgebracht hat, der neben unserem Hochbett steht, um uns zu beschützen, wie Mutter sagte. Der Fuchs, dem ein Auge aus dem Kopf gefallen ist und dessen Beine krumm sind, weil Bruno sie verbogen hat, als er noch nicht reden konnte und nichts verstanden hat.

Bruno sagt, er könne sich nur schwer vorstellen, einmal sprachlos gewesen zu sein. Er könne sich mich aber gut als Säugling vorstellen. Ich schlage Bruno daraufhin die Brille vom Gesicht. So ist Bruno vorübergehend blind und flucht über

mich, dann schreit Mutter im Bad, dass sie genug habe von diesen Stimmen immer, diesen Menschen ständig um sie herum und den Stimmen und dem Jammern, und immer wolle jemand etwas von ihr. Ich stehe erschrocken neben dem Fuchs und rufe, dass wir von niemandem überhaupt nichts wollen.
Dass wir bloß streiten, weil wir Kinder sind, ruft Bruno.

Der kleine Bruno dreht mir den Rücken zu, ich sehe seine Magerkeit, hebe die Brille auf, schiebe ihm die Bügel hinter die Ohren. Er schaut hoch zu mir.
Was ist mit Liebe?, frage ich.
Das Fell des Fuchses ist trocken, und unter dem Fell ist der Fuchs hart.
Keine Zeit, sagt Bruno und will davon, aber ich halte ihn am Hosenbund fest. Er dreht sich um.
Bruno mit dem tiefseeblauen Klebeband am Brillenrand.
Bruno mit dem ausgefransten Ausschnitt des Pullovers, den er beim Denken in den Mund nimmt, bis der Stoff verschwindet.
Bruno mit den dicken Brillengläsern und den vom Wissen vergrößerten Augen dahinter.

Ich habe bei Bruno einen Zettel gefunden.

*Liebe Anita,*
*ich habe bemerken müssen, dass du in Geografie nicht sehr gut bist, um ehrlich zu sein, fand ich es schockierend, dass du die Hauptstadt Lettlands nicht kennst.*
*(Riga, 699 203 Einwohner, 7 m ü. M., größte Stadt des Baltikums.)*
*Ich könnte dir helfen. Ich könnte zu dir nach Hause kommen, und wir würden zusammen die Landkarte betrachten, und ich würde dich abfragen.*
*Lieber Gruß*
*Bruno*

Bruno ist in Anita verliebt, und ich denke manchmal an Peter.
Das ist das Leben, sagte Mutter, das ist ganz normal.
Sie sagte, jetzt wirst du bald mein Rouge haben wollen und wirst sehr große Busen bekommen und deine Tage auch. Dann willst du eine Tätowierung und rote Lackstiefel haben wollen, Glitzerhemden, Kondome, alles.
Das will ich überhaupt nicht, sagte ich.
Du wirst schon sehen, sagte Mutter.
Wirklich nicht, sagte ich.
Doch, doch, sagte sie.

Mutter kommt aus der Dusche. Sie trägt ihren Kopf auf einem langen Hals, auf dem die Muttermale oberhalb des Schlüsselbeins beinahe eine Perlenkette ergeben. Manchmal möchte ich ihren Hals berühren, die Muttermale, aber ich weiß nicht wie; ihre feinen blonden Härchen am Hals. Manchmal denke ich, dass Mutter zu groß, zu blond und zu lebendig ist, dann tut es mir leid. Manchmal wünsche ich mir eine Mutter mit mattem Haar, zerknitterter Schürze, sanften, müden Augen.

Manchmal vermisse ich Mutter, obwohl sie da ist, und manchmal habe ich das Gefühl, sie sitzt in mir drin.

Mutter sagte einmal, wenn man tanze, dann liebe man das Leben, und wenn man tanze, liebe einen das Leben auch. Das weiß ich noch, weil sie, als sie das sagte, einem Huhn ein Bein abtrennte, ich erinnere mich an das Messer im Huhn.
Wenn sie hingegen Tee trinke, sagte sie, dann werde sie krank. Das sei wegen des Geschmacks, da reagierten die Zellen drauf, die reagierten auf den Geschmack von Tee mit Krankheit.
Also ist Tee das Gegenteil von Tanz, sagte Mutter.
Blödsinn, flüsterte Bruno. Das weiß ich noch, weil, als Bruno

das sagte, Mutter mit dem Messer auf ihn zeigte. Ich erinnere mich an die Lichtreflexion auf dem Messer.

Wind schlägt die Fensterläden gegen die Wand. Tack, tack.
Mutter sitzt auf ihrem unendlichen Bett und lächelt.
Zu mir kommen, sagt sie mit den Fingern.
Wir legen uns auf sie, und sie sagt, es ist gut.
Die Tropfen kleben als Perlen an der Scheibe. Dann zündet sie sich eine Zigarette an, und der Rauch steigt als Faden vor ihren Augen an die Decke. Wir liegen in ihrer seidenen Goldbettwäsche. Im Kleiderschrankspiegel und den drei Spiegeln hinter Mutters Bett sehe ich uns unendlich oft auf dem Bett sitzen. Unendlich viele Rauchfäden steigen an die Decke, unendlich viele Brunos haben ihren Kopf auf Mutters Beine gelegt, unendlich viele Ichs schauen mich an, und unendlich viele Mutterkörper sind von ihren Kindern halb bedeckt.
Ist gut?, frage ich.
Ja, ist gut, sagt sie.
Was ist gut?, fragt Bruno.
Alles, sagt sie.
Alles ist gut?, frage ich.
Ja, sagt Mutter, alles gut.
Dann kratzt sie Eingetrocknetes vom Nachttisch und schaut sich selbst dabei zu.
Also wirklich alles gut, sage ich und umarme Mutters Rücken. Ich lege mein Gesicht an ihr Schulterblatt, das von der Kratzbewegung ihrer Finger auf und ab geht. Ihr Hemd ist aus einem feinen Stoff.

Und als Mutter aus ihrem Schweigen auftaucht, beginnt sie, von Freundinnen zu reden. Sie hätte Freundinnen gehabt, früher, sagt sie, mit denen sie auch so gesessen und gelegen habe, manchmal, und sie hätten über dies und das und Träume und

Männer und Vorstellungen und Begegnungen und Bewegungen geredet. Und irgendwann hätte sie aber bemerkt, wie es immer weniger Bewegungen, Begegnungen und Vorstellungen wurden. Immer weniger Wahrheit in den Begegnungen, sagt sie. Bis sie irgendwann ihren Freundinnen so fremd geworden sei, dass sie sich gewünscht habe, ihnen fiele der Mond auf den Kopf.
Warum der Mond?, fragt Bruno.
Ja, der Mond, sagt Mutter.
Und dann saßen wir nie mehr zusammen und auch sonst nirgends mehr, und jetzt bin ich mit euch hier. Ihr seid jetzt meine Freundinnen, sagt Mutter.
Wir sind deine Kinder, sagt Bruno.
Noch schöner, sagt sie, und dann singt sie ein Lied, aber kann den Text nicht, also summt sie, aber weil das Summen nicht Singen ist, verstummt sie. Und dann schweigen wir. Es ist ein gutes Schweigen. Bruno schweigt am stillsten. Mutter eher emotional.

**Ich stehe im Hof** unter der großen Linde und sehe bei Frau Wendeburg Licht. Ich stehe hier und sehe sie in der Küche sitzen, unter dem tiefen Lampenschirm, vom Küchenlicht beleuchtet. Der Wind kommt in Schüben in den Hof, dreht seine Runden, geht, und der Donner klingt leise, als brächen Felsen innerhalb des Himmels, in einem Himmel außerhalb der Stadt. Ich denke an Frau Wendeburgs Fassadenblick.

Ihre Wollmäntel sind weich, auf ihren Schultern liegen Schuppen wie Schneeflocken, das kann ich immer dann erkennen, wenn der Wollmantel dunkel ist, und ich weiß, dass an ihrem braunen Regenschirm eine Speiche verbogen ist.
Frau Wendeburgs Wollmäntel sind grün, rot, braun, orange, weiß. Frau Wendeburgs Haut ist hellbraun gefleckt, weißlich, billigpuderdosenorange, rosarot.
Und an ihrem Arm machte der leere Leinenbeutel einen Leinenbeuteltanz im Wind. Der Wind bewegte auch die Blättchen am Baum. Frau Wendeburg, die langsam davonging.

Und jetzt ihr Lächeln an der Scheibe. Ein Vorhangzurseiteschieben mit zwei Fingern, ihr rundes Gesicht. Sie schaut nach draußen. Ich stelle mich hinter den Baum.

Frau Wendeburg kennt unsere Wohnung von früher, sie kennt das Rauchen von Mutter auf dem Balkon. Sie kennt Brunos Schlaf und meinen. Sie hat Toast Hawaii für uns gemacht, das weiß ich noch, weil der Schinken salzig war und die Ananasscheiben süß. Wir mussten uns waschen vor dem Schlafengehen mit den Waschlappen, die kratzten, sie waren alt und steif, nicht weich wie Frau Wendeburgs Mäntel. Sie hatte die Tür unseres Schlafzimmers offen gelassen, weil sie dachte, wir könnten nicht schlafen ohne Licht. Der Fernseher war laut, wenn sie da war, das weiß ich noch, weil ich nicht schlafen konnte wegen Fernseher und Licht. Sie roch nach Kräutern, Frau Wendeburg, auch nach Rose, auch nach der Katze und nach Vergangenheit roch es da, wo Frau Wendeburg war. Sie kennt das durch die Wand fließende Wasser, wenn Mutter nach dem Bad den Stöpsel zieht.

Und Frau Wendeburg schaut nach draußen zu mir. Sie lächelt, ich sehe ihr kreisrundes Gesicht an der Scheibe, darin das Lächeln, das unheimlich ist, weil es nirgends hingeht, niemanden meint, der da ist.
Und sie steht auf, stößt mit dem Kopf gegen den Lampenschirm, das Licht geht hin und her, hin und her, Licht und Schatten liegen abwechselnd auf Frau Wendeburg, die zu tanzen beginnt. Ich sehe, wie sie die Arme hebt. Sie tanzt zu keiner Musik, und sie tanzt mit jemandem, langsam. Frau Wendeburg mit dem Kopf an eine Brust gelegt. Sie geht mit dem Licht der Lampe hin und her, tritt von einem Fuß auf den anderen. Hinter ihr glänzt die Küchenablage silbern. Hinter ihr dampft das Wasser im Teekocher. Der Dampf steigt hoch, es sammeln sich Tropfen am Kunstholz des Küchenschranks und fallen wieder. Neben ihr sind die Blumen auf dem klebrigen Plastiktischtuch grün und rot; auf dem Tischtuch steht die Pfeffermühle, und um die Mühle herum liegt Pfefferstaub. An der Wand ein Bild im Goldrahmen, ein Bild von Frau Wendeburg mit einer weißen Katze auf dem Sofa im Wohnzimmer, das Sofa ist braun.

Frau Wendeburg riecht nach Rose.

Der Lampenschirm steht jetzt still, das Licht, keine Tropfen mehr am Küchenschrank. Das Unwetter ist weitergezogen, an der Stadt vorbei. Noch zweimal weit weg ein leises Donnern. Als es draußen finster ist, löscht sie das Licht.

In unserer Wohnung sagt Mutter, dass sie froh sei, dass ich da bin. Sie habe sich Sorgen gemacht.
Aber warum?, frage ich.
Weil es regnet, sagt sie.
Aber es regnet nicht, sage ich.
Doch, bestimmt, sagt sie, und dass ich Bruno sagen soll, er solle sich endlich waschen.
Ich sage Bruno, dass er sich waschen soll.
Bruno sagt, Nein, er habe keine Lust, sich zu waschen.
Aber duschen kannst du dich, das ist angenehm, sage ich.
Aber duschen möge er nicht, sagt Bruno, das Wasser sei immer kalt oder heiß. Drehe man es kühler, werde es kalt, und drehe man es wärmer, werde es heiß, und so könne er sich niemals entspannen, und er möge es nicht, wenn ihm Wasser über das Gesicht laufe, dann hätte er das Gefühl, er müsse sich fortwährend das Gesicht trocknen.
Wasch dir wenigstens die Füße, sagt Mutter, wenigstens das könntest du für uns tun.
Bruno reibt sich die Füße mit Seife ein, ich betrachte mein Gesicht im Spiegel und sage ein paar Sätze, die ich zu Peter sagen könnte.
Gestern habe ich bei Regen unter der Linde gestanden, und es roch nach Schnecke, sage ich. Gestern habe ich unsere Nachbarin tanzen gesehen mit ihrem Mann, den es nicht gibt. Ich möchte nie so tanzen müssen wie sie. Und du?
Peter, sage ich zu mir im Spiegel, meine Mutter ist eine wunderbare Tänzerin, und ich mag es, wenn du von deinem Apfel so große Stücke abbeißt, dass man die Stücke an deiner Wangeninnenseite noch erkennen kann.
Bruno sagt nichts, aber ich spüre seinen Blick am Hinterkopf. Im Spiegel sehe ich seine eingeseiften Füße. Ich drehe mich nicht zu ihm um, sehe nur die Füße.

**In die Küche fällt** das Morgenlicht. Bruno sitzt neben mir, das Gesicht auf die Tischplatte gelegt, schaut an die Wand. In der Ecke der Küche hängt seit gestern Nacht ein silberner Vogelkäfig. Ich habe Mutter gehört, als sie nach Hause kam in der Nacht mit dem Käfig und einem unaufhörlichen Kichern, einer Männerstimme neben sich im Flur und in der Küche und in ihrem Zimmer. Einen Vogel gibt es nicht, nur ein kleineres Vogelhaus im Vogelkäfig. Wir hören den Fernseher aus Frau Wendeburgs Wohnung und ein leises Schnarchen aus Mutters Zimmer, das nicht Mutters Schnarchen ist. Wir hören auch, wie unsere Füße die trockenen Brotkrümel und die Reiskörner am Boden verschieben. Bruno hat sein Gesicht an meinen Arm gelegt, er versucht pustend, die Härchen aufzurichten.

Ich habe versucht, Peter zu ignorieren, aber Peter hat es nicht bemerkt. Er hat nicht bemerkt, wie ich das Bein angewinkelt und gelacht habe, dabei meine feinen Finger in seine Nähe streckte, wie ich mich überhaupt gestreckt und den Bauch eingezogen habe, wenn er sich in Sichtweite befand, und wie ich in meiner gelben Lieblingsleggins ein Rad geschlagen habe, als er mit seinen Freunden in meine Richtung schaute. Er hat nicht bemerkt, dass ich mir Zöpfe geflochten und Ohrringe habe stechen lassen für Weihnachten und Geburtstag zusammen. Er hat nicht bemerkt, wie ich nicht bemerkt habe, dass er ein Tor geschossen hat. Er hat nicht bemerkt, wie ich eine Woche lang vor dem Schlafengehen kein Brot mit Butter gegessen habe. Er hat nichts bemerkt, bis ich einfach zu ihm hingegangen bin und ihn gefragt habe, ob er mit mir reden will. Einfach so, und dann bin ich schnell wieder weggegangen. Meine Ohrläppchen haben geschmerzt, und die Pausenglocke hat mir auch wehgetan. Du hättest vielleicht warten sollen, bis er antwortet, hat Tina gesagt. Tina trägt ihren Pullover oft falsch rum, nicht absichtlich, gerade das gefällt mir.

Und? Habe ich Peter in der nächsten Pause gefragt, und er hat die Augenbrauen hochgezogen; um ihn standen seine Freunde als Leibwächter. Sie trugen farbige Turnschuhe mit an der Seite reflektierenden Streifen, und an der Seite des Kopfes sind sie rasiert, alle. Peters rasierte Kopfseite ist viel weicher, aber das sage ich ihm nicht.
Und?, habe ich gefragt.
Ich hatte die Füße aneinandergelegt und schwankte deswegen wie ein Hochhaus. Hin und her und hin und her. Ich habe Schweiß unter den Armen gehabt.
Geh und friss, sagte einer.
Die anderen standen breitbeinig um uns herum und haben die Hände unter die Achseln geklemmt. Sie haben die Arme auf der Brust gekreuzt. Peter hat das auch gemacht, aber bei ihm sah es nicht blöd aus.
Ich habe sie ignoriert, habe Peter fest betrachtet.
Die Augen habe ich angeschaut, die braun sind wie das Braun unseres Tisches in der Küche, über den ich darum manchmal streiche mit den Fingern und an Peter denken muss. Und die weiche Lippe habe ich angeschaut, die weich ist wie die Kissen in Mutters Bett.
Mutter hatte einmal gesagt, arme Idioten gibt es immer und überall. Daran habe ich in diesem Moment gedacht. Die Idioten haben mich ausgelacht. Peter hatte seine schönen Augen, die mich ansahen.

Wenn meine Oberschenkel auf der Sitzfläche des Stuhls aufliegen, dann sind sie fünfmal so breit wie meine Arme. Bruno hat sich aufgesetzt, seine Augen sind geschlossen. Seine knochige Schulter berührt meine.
Ich bin erschöpft, sagt er und trinkt in kleinen Schlucken seine Milch. Dann legt er sich auf den Küchenboden.

Er hat Ja gesagt, ganz schnell und leise. Ja hat er gesagt, und ich bin davongelaufen.
Jetzt hat er Ja gesagt und kann nicht mehr Nein sagen.
Tina strahlte mich an, sie gab mir einen Klaps auf den Po.
Bravo, sagte sie.
In mir haben alle geklatscht. Ich bin zu Bruno gelaufen, der klein in einer Ecke des Schulhofs saß. Er hat hochgesehen mit dem schweren Buch auf den Knien, an seinem Hemdkragen hing ein schwarzes Haar, das habe ich ihm liebevoll entfernt.
Er hat Ja gesagt, sagte ich.
Hat er?
Ja, hat er. Laut und lachend, sagte ich.
Das glaub ich dir nicht.
Nicht laut und nicht gelacht, aber Ja.
Gut, sagte Bruno und nickte langsam.

Mutter kommt in die Küche und stößt den Vogelkäfig an, er schaukelt leer hin und her und hin und her. Und wir schauen ihm dabei zu, und Mutter zeigt auf den Käfig. Und sie streicht dem auf dem Boden liegenden Bruno mit dem Fuß über den Rücken.
Ein ganz hervorragender Morgen, sagt Mutter und geht auf den Balkon hinaus. Sie streckt die Arme von sich.
Ich liebe euch, sagt sie.

Ich hab ihn gefragt, sage ich.
Du hast ihn gefragt?
Ja.
Und was hast du ihn nun gefragt?, fragt Mutter.
Ob er mit mir reden will.
Ob er mit dir reden will?
Ja.
Gut, sagt Mutter. Das ist wundervoll, Anais.

Dann schweigen wir einen Moment. Ich schweige, weil ich merke, dass Mutter nachdenkt, und ich sie dabei nicht stören möchte, und Bruno schweigt, weil er meistens schweigt, und Mutter denkt nach.
Normalerweise redet man aber einfach, und dann fragt man, ob derjenige mit einem ausgehen möchte, in eine Bar, in einen Club, in ein Restaurant. Oder in deinem Fall am ehesten ins Kino, sagt Mutter dann.
Aber ich meine Reden ja im Sinne von Kennenlernen. Ich möchte mit ihm reden, um ihn kennenzulernen, um überhaupt zu wissen, ob ich mit ihm ins Kino gehen will.
Das findet man aber raus, wenn man nebeneinander im Kino sitzt und an verschiedenen Stellen lacht zum Beispiel oder den Geruch des anderen nicht mag oder wie er Popcorn isst. Und das ist einfacher, weil man dazu nicht reden muss.
Aber ich mag reden.
Ja, das stimmt, sagt Mutter, dann ist es ja gut.

Später kommt ein Mann mit weichen Wangen in die Küche und findet keine Möglichkeit zu sitzen. Er grüßt uns, indem er lächelt und die Hand hebt, steigt über Bruno, bleibt vor der Balkontür stehen, schaut hinaus. Ich finde auf seinen Armen keine Zeichnung, keinen Namen einer Frau, kein selbst gezeichnetes Messer. Ich finde keine Fremdheit, die mit ihm in die Küche gekommen ist. An der Balkontür kleben die Weihnachtssterne, bei manchen fehlt ein Zacken. Auf dem Balkon ist das kleine Windrad. Es dreht sich im Wind, und ich kann ihn riechen, den Wind, und Erde in der Luft und Reste von Regen.
Mutter wirft ihre Zigarette in eine Blumenkiste, kommt in die Küche, küsst den Mann, legt dann ihr Gesicht an die Scheibe. Die Zigarette raucht in der Blumenkiste; Mutter nimmt den Kopf von der Scheibe, und es bleibt ein Fettfleck.

**Der Rauch der Zigarette** steigt knapp vor Mutters Gesicht in die Höhe, vernebelt ihre violett umrandeten Augen. Der Rauch schleicht über die Oberlippe in ihre Nase, und aus dem Mund kommt er wieder raus. Sie hat eine Hand in die Erde der Blumenkiste gelegt. Ihr Mantel ist eine Forelle. Wir sehen uns in der Scheibe am Tisch sitzen und als Spiegelbild auf Mutter, die draußen auf dem Balkon steht und in der Blumenkiste ihre Finger bewegt. Über uns die Spiegelung der Glühbirne, hinter uns das gelbe Licht der Straßenlaternen.

Dann geht sie. Und wir gehen ihr nach. Wir bleiben hinter ihr im klebrigen Treppenhaus und im Hof. Wir betreten hinter ihr die Straße, gehen nahe an der Hausmauer und halb in den Büschen. Wenn Mutter unter die Laternen tritt, ist ihr Haar aus Gold. Ihre Absätze geben einen Takt auf dem Asphalt an, das Geräusch geht hoch, kommt von den Hauswänden zurück. Sie geht fest, als wolle sie Schlangen vertreiben. Sie geht, und ihr Forellenmantel hebt sich im Wind. Hinter den Fenstern brennen die Lampen und zuckt das blaue Licht der Fernseher.

Und dann dreht sich Mutter um.
Wir wollen wissen, was du machst, sagt Bruno.
Ja, sage ich.
Mutter schweigt und schaut uns an. Sie hält eine brennende Zigarette von sich gestreckt in der linken Hand. Sie macht mit den Fingern der anderen Hand Bewegungen, um uns zu sich zu holen, dann geht sie weiter, und wir gehen neben ihr.
Mutter öffnet eine silberne Tür. Wir gehen durch eine Hintertür in ein Hinterhaus und durch einen Flur wieder durch eine Tür, dann macht ein Licht aus Neonröhren unsere Gesichter bleich. Bruno und ich blinzeln, der Mann mit weichen Wangen steht in einem weißen Hemd vor uns.
Meine Kinder, sagt Mutter.

Fred, sagt der Mann und lacht.
Fred hat ein feuchtes Lachen. Er winkt uns zu und schaut dabei zu Mutter.
Wir haben uns bei euch gesehen, Maria, sagt er.
Und er sagt Mutters Namen, als wäre ihr Name kein Name, vielmehr ein Ausdruck für das Empfinden von Glück.

In einem Raum mit Schränken aus falschem Holz und bleichen Blumen aus Papier auf dem Tisch zupft sich Mutter Schamhaare. Sie dreht sich vor dem Spiegel, versucht sich von hinten zu sehen. Dann steigt sie in eine sehr glitzernde Haut. Bruno und ich sitzen auf weißen Plastikstühlen und warten, bis sie sich die Füße mit Öl eingerieben hat.

Der Vorhang ist schwer und dahinter das Murmeln, auch Schritte auf einem knarzenden Boden, tiefes und hohes Lachen, das Ablegen von Mänteln, Haut, die Haut berührt.
Ihr bleibt genau hier stehen, sagt Mutter.
Wir bleiben stehen, und Mutter schiebt den Vorhang zur Seite, geht hindurch.
Und ich frage mich, warum der Vorhang nicht auf- und sie hinausgeht, und dann geht der Vorhang hinter ihr wieder zu, dafür sind Vorhänge doch da, und geht jemand vor einen Vorhang, gibt es Applaus.
Das Publikum aber klatscht mit Flossen, nicht mit Händen. Eine Frau hat ein spitzes Gesicht, trägt Ohrringe in der Form von Ohren. Alle schauen Mutter an. Diese funkelt und steht still hinter einer Stange.
Sie trinken Sekt. Sie trinken Wein. Vor ihnen steigt Rauch auf. Sie streichen sich vorsichtig über das eigene glänzende Haar. Sie tragen weiße Hemden. Sie tragen Kleider mit Pailletten, lange Fingernägel in waldgrün, blutrot, meerblau. Sie haben ihre Finger in den Schälchen mit den schwarzen Oliven. Sie

werfen Worte über die Tische, lachend. Sie warten. Sie werfen sich Oliven in die Münder, in den offenen Mündern sieht man fleischige Zungen. Ihre Zähne leuchten weiß im schummrigen Licht. Die Damen haben lange Finger, mit denen sie sich selber am Hals streicheln. Gurgeln und Seufzen. Farbige Steine sind in die Ringe eingelassen, die an jedem einzelnen Finger einer Dame stecken, mit denen sie die Hände einer anderen Dame bedeckt.
Hinter der Bar steht Fred und trocknet Gläser.

Mutter bewegt ihren reflektierenden Körper zur Musik, die feucht ist wie Freds Lachen. An der Decke gehen Rohre entlang, die silbern sind, und Mutter streckt die Brust nach außen und berührt mit dem Gesicht oben und mit den Fersen unten die Stange. Dann zieht sie die Beine hoch, über sich selbst. Ihre Beine gehen wie Schlangen um die Stange herum. Sie dreht sich kopfüber hängend. Sie streckt die Beine in den Raum und hält sich mit nur einer Hand, gleitet langsam drehend nach unten, unter der Glimmerhaut ihre Muskeln, und sie dreht sich und dreht sich immer schneller und verschwimmt vor meinen Augen zu Gold und Grün.
Das Publikum klatscht. Fred geht mit der Sektflasche herum, füllt die Gläser. Die Frauen und Männer zünden sich Zigaretten an oder nehmen aus einer Schale weiter die Oliven, stecken sie sich in den Mund, kauen, spucken die Steine aus. Mutter verbeugt sich, das Fantastische fällt aus ihrem Gesicht auf die Zuschauer, die Zuschauer pfeifen auch. Sie wedeln sich Luft zu. Sie haben glänzende Augen, und das Glänzen hat mit Mutter zu tun.
Dann bleibt sie bei den Tischen stehen, umarmt, küsst. Sie trinkt den Sekt. Fred zeigt auf uns, die wir da stehen halb hinter dem Vorhang, zu Mutter schauend, die ihre Haare öffnet und sie schüttelt.

Und Bruno schweigt, als Mutter vor ihm in die Hocke geht, seinen Mund küsst. Er schweigt, als Mutter ihn ihren kleinen grimmigen Professor nennt und ihn fragt, ob er es so schlimm fand. Sie steht auf, geht wieder in die Hocke, legt ihr Gesicht an seine kleine Brust, küsst ihn wieder. Er schweigt, als Mutter ihn loslässt und davongeht mit ihrer zweiten Haut, die geheimnisvoll glitzert, den unendlich langen Beinen.
Bruno schweigt auf dem Weg nach Hause, geht als müder Wolf. Er schweigt, während Fred neben uns hergeht und uns fragt, wie das alles für uns so ist und was unsere Lieblingsfarbe ist, und als ich Fred erzähle, dass ich Menschen mag und Meerjungfrauen. Er schweigt, während Fred sagt, Meerjungfrauen mag ich auch, uns die Hand gibt und sagt, schlaft gut, und dann den Weg wieder zurück zur Bar geht. Er schweigt, während ich Fred hinterherrufe, er soll doch bitte auf Mutter aufpassen, und während Fred sich umdreht im Laternenlicht und sein Bauch von oben beleuchtet ist und er ruft, das werde ich. Er schweigt, während ich froh bin und sage, wir haben unsere Mission erfüllt, und während wir Zähne putzen und ich ihn frage, was denn los sei, ob er nicht mit mir reden wolle. Er schweigt, während ich ihm einen Zahnpastapunkt auf die Nase mache und während wir im Bett liegen, während wir beide schweigen und wach sind, was ich daran merke, dass die Stille zu still ist für Schlaf.

**Auf dem** Wannenrand sitzend, betrachten wir uns im Spiegel und suchen in unseren Gesichtern die Gesichter unserer Väter. Ich finde die Wangenknochen meines Vaters und Bruno die Augenwimpern seines Vaters. Mutter steht im Flur und hängt ein Bild eines Kranichs an die Wand.

Der Kranich sei das Tier der Weisheit, sagt sie und, Brunos Vater sei ein rothaariger Mann gewesen, einer mit einem schönen Gesicht, das Schöne an seinem Gesicht sei gewesen oder sei es immer noch, dass die Gesichtshälften ungleich gewesen seien. Er habe mit nur einer Gesichtshälfte gelacht.

Wo er wohl jetzt sei, fragt Bruno, ganz beiläufig soll es klingen, geradeso, als ob es ihn nur wenig interessiere.

Mutter sagt, sie hätte ihn im Wald getroffen, aber da sei er jetzt bestimmt nicht mehr.

Was er denn wohl im Wald getan haben könnte, damals? Fragt Bruno noch immer geradeso, als ob es nichts zu bedeuten hätte.

Ach Tierchen, sagt Mutter und macht das Gesicht zu, wie die Geschäfte in der Innenstadt am Abend die Rollläden vor den Schaufenstern runterlassen.

Aber dann öffnet sie das Gesicht noch einmal, Rollladen hoch, ganz unverhofft, wie es manchmal bei ihr passiert, wenn sie über etwas nicht reden will, aber doch reden will, nicht mit uns, aber eben nur uns zum Reden hat.

Mutter sagte einmal, als Mutter müsse man sich ein Geheimnis bewahren, eines das, wenn man es verrät, der Mutter das Muttersein nimmt und dem Kind das Kindsein. Zwischen Mutter und Kind müsse etwas offenbleiben über die Welt der Mutter ohne Kind.

Ich frage sie, ob mein Vater das Geräusch und den Geruch vom Regen mochte.

Wir reden nicht von deinem Vater, sagt sie.

Das weiß ich, aber mochte er den Regen?

Das wisse sie nicht, sagt Mutter, und dass er nie über den Regen geredet habe außer darüber, dass er nass sei vielleicht und dass man wegen der Nässe besser drinnen bleiben sollte. Er mochte den Regen nicht, sagt sie, er mochte die Welt allgemein nicht sehr, er mochte eher die Gedanken an die Welt, vielleicht, die Welt als Karte, aber nicht das Berühren der Weltoberfläche. Nicht die Beschaffenheit der Welt.

Und weil es regnet, findet Mutter, sollten wir nach draußen gehen. Bruno und ich, und Mutter als Mutter zwischen uns. Wir gehen unter einem Regenschirm bis ans Ende der Straße und dann weiter in den Wald. Wir grüßen alle Menschen, die wir treffen, einige grüßen zurück. Wir grüßen die kleinen Menschen, die großen, Hunde, Amseln, Krähen, Katzen, Mutter singt. Wir berühren den Weg, die Verkehrsschilder, die Plakatwände, die Gesichter auf den Plakatwänden und die Bäume, die Blätter, Stämme und Schneckenhäuser, Nacktschnecken, das Moos, bauen im Wald eine Hütte, die zu klein ist für ein Kind, auch für ein Nagetier, und in sich zusammenfällt, bevor sie fertig gebaut ist.
Brunos Brillengläser sind angelaufen, und er ist hungrig. Dass er hungrig ist, merke ich daran, dass er sich auf einen umgestürzten Baum setzt und mit den Fersen an der Baumrinde scharrt. Er stochert auch mit einem Ast im Laub und scheint nicht zu bemerken, dass er nasser und nasser und nasser wird. Wir laufen durch den Wald bis zu einem Sportplatz. Im Vereinslokal setzen wir uns an einen Tisch. Mutter schaut sich den Tisch genau an, sie fährt mit den Fingern den eingeritzten Zeichnungen nach. Sie schaut zu den Wänden, zu den Schals und Wimpeln an den Wänden. Sie schaut zu den verstaubten Pokalen und geht zur Toilette und kommt zurück.
Hier riecht es nach Senf, Fleisch, aufgeweichtem Karton, altem Bier und Schweiß. Der Wirt ist dick und äußerst langsam, er

schlurft mit Bratwurst und Brot zu unserem Tisch. Mutter schaut auf ihre Hände, als müsste sie diese erst verstehen, bevor sie die Wurst schneiden können. Dann schaut sie zum Wirt, als müsste sie ihn und er sie kennen. Aber der Wirt erkennt sie nicht, er steht hinter seinem Tresen und schaut in den Fernseher, der über dem Eingang des Lokals hängt. Im Fernseher läuft ein Billardspiel. Ein fein gekleideter, asiatisch aussehender Herr geht um den Billardtisch herum, versenkt alle Kugeln. Der Wirt nimmt die Fernbedienung, schaltet um. Fußball. Bruno reinigt seine Brillengläser mit einem Stück seines Unterhemdes, so kann ich seinen weißen Bauch sehen. Ich lege meine kalte Hand auf seinen Bauch, er erschrickt und knurrt. Ich esse die Wurst und schaue nach draußen auf das Spielfeld. Der Regen fällt auf den Kunstrasen, dahinter ist der Wald dunkelgrün, und dicht über den Spitzen der Tannen bewegt sich ein Nebelteppich langsam nach links. Mutter und Bruno kauen still die Wurst, tauchen die Wurststücke in Senf, reißen Stücke vom Brot. Und ich frage mich, ob Mutter einen Freund haben will.
Will Fred gerne dein Freund sein?, frage ich.
Ich glaube schon, sagt Mutter, was denkst du?
Ja, sage ich, ich glaube auch.
Und was hältst du davon?, fragt Mutter.
Er ist nett, sage ich, aber ich kenne ihn nicht.
Und er wünscht uns gedanklich nicht fort, sagt Bruno.
Natürlich nicht, sagt Mutter, das würde ich nicht zulassen, so was.
Das stimmt so nicht, sagt Bruno.
Und du?, frage ich.
Ich mag ihn, doch doch.
Alle schauen wir ein wenig auf die leeren Teller.
Findest du es schlimm, dass ich tanze?, fragt Mutter irgendwann und schaut Bruno an.
Er schweigt.

Du musst es mir sagen, sagt sie, unbedingt musst du das, wenn du es nämlich schlimmer fändest, als ich es schlimm finde, irgendeine andere Arbeit zu machen, dann müsste ich das unbedingt tun, eine andere Arbeit finden, meine ich.
Wie sollen wir das aber feststellen können, wer von uns was wie schlimm findet und wie es im Verhältnis zum Schlimmfinden des anderen steht?, fragt Bruno.

Im Wald ist es still. Das Knacksen von Ästen ist manchmal zu hören oder Flugzeuge beim Start oder Landeanflug. Im Wald ist es still. Bruno, Mutter und ich halten uns an den Händen. Wir gehen langsam zurück, sehen einen Specht beim Hacken, fünf Schnecken ohne Haus, einen Baum, der einer alten Dame gleicht. Wir sehen eine Maus und ein von einem Hund zerkautes Stück Holz. Wir sehen eine Frau mit einem in Plastik eingehüllten Kinderwagen, ein Regenschirm mit verbogenen Speichen liegt im Bachbett.

**Manchmal brauche ich** einen anderen Weg, sage ich zu Bruno. Er hat seinen Rücken zum Buckel gemacht. Er kauert am Straßenrand, eine Kellerassel betrachtend, schaut grimmig zu mir hoch, der Wolf.
Bruno sagt, sie kann ihr Hinterteil unabhängig vom Vorderteil bewegen. Sie ist schiefergrau und gelbgrau, sie hat zwölf Spaltfüße, die Kellerassel. Und eindrucksvoll ist, sagt er, dass ihre Körpertemperatur der Außentemperatur entspricht. Das heißt doch, dass sie von sich gar nichts weiß, das heißt, dass sie sich als Welt fühlt. Das heißt, es gibt für sie keinen Anfang und kein Ende ihrer selbst und überhaupt.
Die Möglichkeiten der Kellerassel, sage ich bewundernd. Bruno sagt, ich gehe nun einfach nach Hause, jetzt, da du endlich da bist.
Gut, sage ich, dann geh du einfach nach Hause, ganz gewöhnlich, ich gehe einmal einen neuen Weg.
Gut, sagt Bruno, mach du das, aber am Leben ändert das nichts.
Wer weiß, sage ich, vielleicht finde ich einen neuen Gegenstand.
Der würde dann das Leben ändern?
Ich möchte gar kein Leben ändern, ich möchte jetzt einen neuen Weg gehen.
Gut, dann geh doch, sagt Bruno.
Ja, ich gehe jetzt, sage ich.
Gut, sagt er noch einmal.
Dann rennt er davon, der Wolf, mit seiner Magerkeit. Nur noch die nervösen Kellerasseln sind da, bewegen sich auf der freigelegten Fläche, wo vorher der Stein lag. Ich lege den Stein zurück, aber bin mir nicht sicher, ob er die Tiere nun erdrückt, also nehme ich ihn wieder weg, darunter sind die Kellerasseln noch immer nervös.

Zu Hause steht Fred in unserer Küche. Er präpariert drei Fische, die silbern sind und glitschig und die lachen mit ihren toten

Gesichtern. Ob es mir gut gehe, fragt er mich. Und ich betrachte die Fische, drücke meine Fingerkuppen an die Fischzähne. Ja, sage ich. Wie es in der Schule gewesen sei, fragt er Bruno, und Bruno fragt Fred, ob ihn das wirklich interessiere. Er könne sich, sagt Bruno, beim besten Willen nicht vorstellen, warum ihn interessieren sollte, wie sein Tag gewesen sei. Doch, sagt Fred, das interessiere ihn sehr wohl. Es sei so lange her, dass er in der Schule gewesen sei, und er sei nie gerne zur Schule gegangen, das habe vor allem damit zu tun gehabt, dass er sich schlecht hätte konzentrieren können und seine Lehrer keine Geduld gehabt hätten, nun würde es ihn eben interessieren, wie das bei uns sei.
War gut, sehr konzentriert, sagt Bruno und geht hinaus. Bei mir auch, sage ich.
Ich hatte nicht erwartet, dass Fred so viel am Stück spricht. Sein Gesicht scheint mir nicht fürs Sprechen gemacht. Es scheint mir vielmehr zu weich zu sein, als dass aus ihm ohne größte Anstrengung Worte hervorkommen könnten.

Ich schneide die Zwiebeln in Würfel, das Messer ist stumpf, also weine ich, und weil ich weinen muss, denke ich einen Moment an Peter.
Ich denke an Peter, an die Möglichkeit eines Gesprächs, an die Möglichkeit eines gemeinsamen Moments, an die Möglichkeit von Chips essen auf dem Pausenhof hinter dem Tor nach der Schule und von Reden. Ich denke an die Möglichkeit, sein Gesicht zu berühren, vielleicht unter einem Vordach, wenn es regnet, wenn die Kleider feucht sind und es nach Regen auf warmem Boden riecht.

Weil wir später nahe beieinandersitzen, kann ich Fred riechen; er riecht nach Metall. Weil wir nahe beieinandersitzen, berühren sich unsere Beine unter dem Tisch, und die Scheibe

läuft an. Ich male einen Pfeil aufs Glas, und Mutter trägt das rote Kleid mit den goldenen Knöpfen. Fred schiebt ein Messer in die Fische, teilt sie, nimmt die Gräten heraus, füttert uns mit den Fischwangen auf der Messerspitze. Wunderbar, sagt Mutter und beginnt zu leuchten. Wir drücken die Zitronenschnitze über den Fischstücken aus.
Weil wir nahe beieinandersitzen, reden wir über Liebeslieder, und mir schläft ein Bein ein. Weil wir nahe beieinandersitzen, sind die Gesichter von Mutter und Fred, wenn sie miteinander reden, beinahe in Berührung. Mutter legt ihre Arme abwechselnd um Bruno, Fred und mich.

Weil wir nahe beieinandersaßen, umarme ich Mutter, und ich umarme Fred. Mit der Zahnbürste im Mund versuche ich, ihnen zu sagen, dass es mir gefallen hat.

Fred schläft bei Mutter im Gold. Er schaut in unser Zimmer und sagt Gute Nacht. Er hat einen grünen Schlafanzug und eine grüne Zahnbürste mitgebracht. Am Morgen will Fred die Sachen bei uns vergessen, aber Mutter erinnert ihn.

**Als ich Ballett tanzte,** sagte Mutter, das sehe rührend aus. Nenne es das Ungleichgewicht der Welt, sagte sie, und dann hatte sie Tränen in den Augen.
Das weiß ich noch, weil sie versuchte, die Tränen zurück in ihre Augen zu schieben, ich erinnere mich an das Drücken mit der Fingerkuppe in den Augenecken.

Als ich Ballett tanzte, sagte Mutter, wir sollen nicht trampeln und nicht schreien, wegen Frau Wendeburg.
Bruno schaute von seinem Buch auf.
Ich habe nicht geschrien, nicht einmal geredet. Ich bin generell ein sehr stilles Kind, sagte er. Du hast Glück, so ein stilles Kind zu haben, besonders da ich ein Junge bin. Und du hast auch Glück mit Anais, denn sie ist auch nicht viel lauter.
Mutter ging sofort rauchen, das weiß ich noch, weil sie nach dem Anzünden der Zigarette das Feuerzeug gegen die Scheibe warf. Ich erinnere mich an den Klang des Feuerzeugs an der Scheibe, dass die Scheibe heil blieb.

Und ich sehe Frau Wendeburg auf einer Bank neben dem Sandkasten sitzen, sie hat die eine Hand im Fell der Katze, die andere hat sie ungebraucht neben sich liegen. Sie weint, das kann ich vom Balkon aus erkennen, ich erkenne es daran, dass sie sich leicht über sich selbst beugt und wieder aufrichtet, wieder leicht nach vorne sinkt, sich wieder gerade macht. Dabei redet sie auf die Katze ein.
Neben ihr stehend, möchte ich etwas sagen. Ich möchte sagen, Frau Wendeburg, was ist es denn, was sie traurig macht? Oder ich möchte sagen, meine Mutter sagt immer, wenn man weinen kann, kann man sich glücklich schätzen, denn weinen können nicht alle. Ich möchte sagen, sie haben eine schöne Katze.

Ich setze mich neben sie, ihr Körper vibriert. Ein Kind geht leise und fremd über den Hof, im Baum bewegen sich wie gewohnt die Blätter. Sie machen ein Rauschen zu Frau Wendeburgs Vibration. An ihrem Finger ist ein goldener Ring, der im Sonnenlicht glänzt, und neben diesem Finger klebt ein Kaugummi rosarot. Neben dem Kaugummi sitzt ein Stinkkäfer. Ich nehme den Käfer auf meine Hand und lasse ihn auf Frau Wendeburgs gelben Wollärmel laufen. Die Häuser haben viele Augen. Wir sitzen hier, Frau Wendeburg und ich, ihre Traurigkeit und ihre Katze. Aus den vielen Augen schauen die Menschen vielleicht auf uns, und vielleicht denken sie etwas.
Frau Wendeburg, sage ich, Frau Wendeburg, was haben Sie denn?
Ach Kind, sagt sie.
Wir saßen im Imbiss, sagt sie, an der Ecke.
Ja, sage ich und frage, wer da saß.
Wir haben in die Dämmerung geschaut und haben geschwiegen, sagt sie. Wir saßen an diesem Tisch, er trug ein braunes Hemd, manchmal, Theodor zog seine Absätze über den Steinboden, weil er nervös war, als er mich endlich fragte.
Ach, was rede ich denn da? Geh doch spielen Kind, sagt Frau Wendeburg schnell und steht auf, bewegt die Hände, als wolle sie mich verscheuchen oder ihre Gedanken oder eine Wespe. Sie geht davon mit dem Käfer auf dem Wollärmel und der Katze im Arm. An einem der Fenster steht ein Mann. Er hat ein Hemd in allen Farben.

**Ich stelle mir** Frau Wendeburg vor, wie sie mit der schwarzen Schachtel in der Manteltasche aus dem Hof geht, die Straße hinunter, wie sie genau in der Mitte des Gehsteigs bleibt, wie es zu regnen beginnt. Wie sie sich in den Imbiss an der Ecke setzt, weil es regnet. Sie schaut in den Tag, aus dem Fenster, auf die nassen Regenschirme und Menschen, die Regentropfen auf den Schirmen, die nassen Hunde und Beine. Sie beobachtet Kinder im Regen und Frauen und Männer mit Einkaufstaschen. Sie schaut aus dem Fenster, in die Lichter der Innenstadt, in die Luft, die langsam blau wird. Sie sieht Stromleitungen und alte Zeitungen auf dem Boden liegen, Schuhe, die darübergehen.

Und sie denkt daran, wie sie damals an diesem Tisch gesessen hat, mit Theodor. Sie haben oft an diesem Tisch gesessen, und sie haben gemeinsam in den Regen, in die Dämmerung geschaut und geschwiegen.
Frau Wendeburg hat darauf gewartet, dass Theodor etwas sagte, aber er hat nichts gesagt, er hat mit einem Strohhalm gespielt. Er hat ihn um seinen Zeigefinger gewickelt, bis die Fingerbeere rot wurde, bis sie ihm den Strohhalm aus den Händen riss.
Das macht mich nervös, hat sie gesagt.
Würdest du mich endlich fragen, hat Frau Wendeburg gesagt.
Er sah sie an.
Ich möchte das.
Ich auch, hat er gesagt, ich auch.
Willst du mich heiraten?, hat er gefragt.
Ja, hat Frau Wendeburg gesagt, ja.
Dann hat sie ihn geküsst.

Frau Wendeburg verlässt den Imbiss, sie geht weiter mit ihren Gedanken an den Mann und mit der schwarzen Schachtel in der Hand.

Beim Öffnen der Tür klingeln kleine Glocken. Frau Wendeburg geht bis zum Ladentisch. Sie klappt die schwarze Schachtel auf und wieder zu und wieder auf und wieder zu.
Soll ich sie auffrischen?, fragt eine Dame, nimmt ihr die Ringe aus den Händen.
Frau Wendeburg setzt sich, entfernt ein letztes Katzenhaar von ihrem Strumpf und legt sich dann die Hände in den Schoß. Es sind ruhige Hände mit pfirsichfarbenen Flecken am Handrücken. Sie hört das Surren des Poliergeräts. Frau Wendeburg sieht ein Stück des weißen Hemdes der Verkäuferin, sitzt unter dem gelben Deckenlicht. Die Wände sind verspiegelt, der Schmuck in den verspiegelten Vitrinen glänzt, und der graue Teppich hätte ihre Geräusche geschluckt, aber ich stelle sie mir geräuschlos vor. Frau Wendeburg drückt ihre Fingerkuppen auf die Glastheke und die Fingerabdrücke lösen sich ganz langsam auf.
Schau, sagt sie.

Und ich stelle mir vor, dass sie Schau! gesagt hat zu ihm damals, als sie genau an dieser Theke saßen.
Schau!, hat sie gesagt und auf die von ihr gewählten Ringe gezeigt. Goldringe. Frau Wendeburg hat den einzugravierenden Text auf einen Zettel geschrieben. In Großbuchstaben, gut leserlich. *Ruth und Theo.* Der Mann hat still gesessen mit geradem Rücken, die schweren Hände auf seine Knie gelegt, das braune Hemd. Er hat genickt, und Frau Wendeburg hat lächelnd die schwarze Schachtel mit den Ringen entgegengenommen.
Gefallen sie dir?, hat sie gefragt und gewusst, dass sie ihm gefallen würden. Er hat die Schachtel aufgeklappt und wieder zu und wieder auf und wieder zu.
Nicht, hat Frau Wendeburg gesagt und ihm die Schachtel aus den Händen genommen.
Wieder hat er genickt.

Sie nimmt ein Taschentuch aus ihrem Leinenbeutel, wischt die Fingerabdrücke weg, bevor sie verschwinden können, bevor die Dame mit den Ringen zurückkommt.
Alles Gute wünsche ich Ihnen, sagt diese, ihre Hände sind gepflegt. Sie überreicht die Schachtel in einer kleinen, weißen Tüte, auf der zwei Tauben eine Schleife halten.

**Ich reibe Schaum** in die Fransen des Teppichs. Sie werden sofort weiß. Mutter liegt im Bett. Als ich zu ihr ins Zimmer kam, um zu sehen, ob Fred in seinem grünen Schlafanzug bei ihr liegt oder ein nackter, haariger Mann und sie miteinander schlafen, hatte sie die Augen offen und schloss sie, als sie mich bemerkte. In den Wimpern hingen blaue Klümpchen, Fred oder einen Mann gab es nicht, dafür Geruch. Salz, Rauch und Glitzer. Ich habe das Fenster geöffnet; ein Glas Wasser neben das Bett. Aus ihrem Mundwinkel lief ein Speichelfaden, und in der Ecke des Zimmers war ein neuer, trockener Baum in einem schweren Topf, die braunen Blätter in Tropfenform. Die Hände hatte Mutter zwischen die Beine geklemmt, und die Haare lagen verknotet auf der Seite. Ich habe ihr die Haare geöffnet und die Decke bis zur Schulter hochgezogen.
Ein schöner Baum, habe ich gesagt.
Mutter atmete ruhig.

Bruno hat mir von einem Baron Münchhausen erzählt. Er sagte, der Baron von Münchhausen bindet bei dichtem Schneetreiben sein Pferd an einen Pflock, der sich nach der Schneeschmelze als Kirchturmspitze erweist. Ich finde das komisch.

Ich reibe Schaum in die Fransen des Teppichs. Bruno liegt in der Küche. Mutter schleicht herum. Ihr Bademantel öffnet sich beim Gehen, so sehe ich ihre Brüste und die weißen Flecken an ihrem Bauch, an den Oberschenkeln, am Schlüsselbein. Im Bad höre ich sie würgen.
Draußen ist der Himmel gelb. Die Nachbarskinder spielen im Hof unter der Linde König und Königin. Die Wäsche riecht nach Waschmaschinenfrühling. Draußen irgendwo ist Peter. Peters Haar glänzend. Seine Haare sind dunkelbraun. Sehr dunkelbraun. Unglaublich dunkelbraun. Ganz ganz dunkelbraun.

In einer Pause, als er vom Klo kam, als ich gesehen hatte, dass er zum Klo ging, und auf ihn wartete, ging ich wie zufällig neben ihm her.
Hallo, sagte ich.
Er nickte mir zu.
Meine Mutter sagt, am Feuer kann man am besten reden. Das Feuer ist das Symbol für die Ewigkeit, sagte ich.
Peter sah mich von der Seite an, und ich sah geradeaus, weil, von der Seite betrachtet, ist mein Gesicht am feinsten.
Und, sagte ich weiter, die Vorstellung, ewig Zeit zu haben, um über alles zu reden, das gibt dem Reden den nötigen Raum, die nötige Tiefe. Meine Mutter, sagte ich, weiß das.
Peter sah mich nicht mehr an. Und?, fragte er.
Na ja, sagte ich, wir könnten nächste Woche im Wald am Feuer reden.
Ja, sagte er und rannte über den Platz zu seinen Freunden, die ihren Ball nach Tina warfen.
Ich fand Bruno in einem Gebüsch sitzend, er beobachtete Ameisen, die tote Ameisen transportierten.
Wenn es stark regnet, sagte er, und der Boden überflutet wird, dann bauen sie aus sich selber ein Floß.
Schön ist das, sagte ich.
Schön, sagte Bruno, ja.

Lass das doch, flüstert Mutter, als sie aus dem Bad kommt, ihre muskulösen Arme gegen den Türrahmen stemmt. Lass das doch sein, sagt sie. Ich halte mir einen Arm vors Gesicht und denke, du stinkst.
Du stinkst, sage ich leise.
Mutter weint.
Das ist doch alles eine große Scheiße, sagt sie, und ich nicke und reibe weiter den Schaum in die Fransen. Scheiße, sagt sie, und ich nicke.

Das nasse Haar klebt ihr am Hals. Mutter hat eine Essensunverträglichkeit, deshalb hat sie weiße Flecken am Körper und im Gesicht. Der Arzt sagte, sie müsse sich einen strikten Speiseplan machen. Mit Dinkelmehl backen. Sie müsse im Reformhaus einkaufen.
Jetzt habe ich mehr Geld bezahlt, als ich mir leisten konnte, um zu erfahren, dass ich es mir nicht leisten kann, diese Flecken verschwinden zu lassen oder zu verhindern, dass es mehr werden, hat Mutter gesagt. Irgendwann werde ich ganz weiß sein, hat sie gesagt. Dann sehe ich aus wie eine Adelige.

Mutter geht über den Flur davon, geht in ihr Zimmer. Sie schläft, zwischendurch steht sie auf und übergibt sich oder schaut aus dem Fenster, legt sich zu Bruno auf den Küchenboden. Bruno und ich kochen Nudeln, und weil es keine Sauce mehr gibt, essen wir die Nudeln nackt.
Mutter kommt in die Küche und sagt, sie gehe jetzt schlafen.
Du hast bis eben gerade geschlafen, sagt Bruno, du bist nackt und draußen ist es dunkel und hier drinnen brennt das Licht und wir wohnen im ersten Stock.
Das ist mir egal, und ich bin hundemüde, sagt sie.
Sie schaut in den Nudeltopf, fasst hinein, nimmt eine Nudel, riecht an ihr, wirft sie zurück.
Morgen ist es wieder gut, sagt sie, einmal ist ein guter Tag, dann wieder ein anderer.
Hoffentlich, sage ich und frage, ob sie noch was braucht.
Nein, nein, mein Tierchen, sagt Mutter, mir ist nur schrecklich langweilig bei meiner Arbeit, dieses Bewegen und Angesehenwerden dabei, dieses sinnlose Lächeln im Scheinwerferlicht und dann weitet sich diese Langeweile auf alles aus, und ich beginne zu denken, und wenn ich denke, dann werde ich müde.
Was denkst du denn?

Ich denke daran, was hätte sein können.
Und was hätte sein können?, fragt Bruno.
Fast alles, sagt Mutter.
Das ist viel, sage ich.
Ja, sagt Mutter, gerade darum werde ich so müde.
Wir könnten ein Spiel spielen, sage ich.
Wir könnten umziehen, sagt Bruno, wenn du willst.

**Wir fahren im** braunen Auto fünfmal um den See. Wir fahren um den See und sehen draußen nur den Regen an den Scheiben und den Regen in der Luft, sehen kurz, nachdem der Scheibenwischer über die Frontscheibe ging, auf die Straße, links auf das Wasser, die Bojen sehen wir, weil sie orange sind, und die Schwäne, weil sie größer sind als Enten. Wir strecken die Füße aus dem Fenster, und vom Regen werden unsere Füße nass.
Fred schaut auf Mutters Beine, Fred spricht nicht mit uns, aber er singt die Lieder falsch, Fred hält einmal, um Fisch zu holen, aber Fisch gibt es nicht, also essen wir Nüsse. Fred riecht nach Metall. Fred ruft Maria in den Fahrtwind. Fred singt, Maria, du bist so wunderschön, ja schön, so schön, schöner gibt es nicht. Er ruft aus dem Fenster in den Regen hinein. Wir spucken die Nussschalen aus dem Fenster, auch in den Regen hinein. Mutter lächelt und sagt, dass es nun genug sei davon.
Und Bruno küsst mich einmal, dann lege ich mein Gesicht in sein Haar, es riecht nach Rauch und Erde, nach Russland, wie ich mir ein Russland vorstelle, das weit ist und kalt und nach Rauch und Erde riecht. Bruno hat sein Buch dabei und öffnet es nicht. Wir schreien, weil der Motor laut ist, und wir schreien auch aus Freude. Wir schließen die Augen und fliegen.
Bei jeder Runde um den See sagt Fred, jetzt kommt das Luxushotel, und dann sehen wir es, wie es weiß dasteht am Ufer des Sees im Regen, wie die Terrasse leer ist und die Palmen noch weiß verpackt vom Winter, wie eine Matratze vor dem Eingang liegt, vielleicht ist es auch ein Gepäckstück oder ein Mensch. Wir sehen die schwarzen Wagen vor dem Hotel und sehen in den Trauerweiden am Ufer die Lichter nicht brennen.
Jedes Mal, wenn wir einmal um den See gefahren sind, sage ich, jetzt kommt der Schrottplatz mit den Autoteilen, dann sehen wir den Schrottplatz, sehen die Wagenskelette aufeinander-

gestapelt, vielleicht sind es Skelette von Elefanten oder Walen oder anderen großen, toten Tieren.

Jedes Mal, wenn wir einmal um den See gefahren sind, sagt Mutter, jetzt kommt die Tafel, auf der Frankreich steht, dann sehen wir die Tafel, auf der Frankreich steht, vielleicht steht darauf aber auch etwas ganz anderes, aber ich schaue und sehe nur Regen.

Bruno hat seine Schuhe ausgezogen, und aus dem Loch seiner Socke kommt der große Zeh, er schabt mit dem Zeh auf der staubigen Fußmatte. Bruno ist ein schöner Wolf. So schön habe ich ihn lange nicht gesehen, so schön war er, als er über die Kellerassel sprach.

Mutter lässt Freds Hand auf ihrem Bein, und sie summt in den schwebenden Staub hinein, und ich sehe ihre Perlenkette aus Muttermalen und berühre sie. Sie dreht sich zu mir um und sagt etwas im Lärm, was ich nicht verstehe, aber weil sie lächelt, lächle ich auch.

Ich frage mich, ob sie diese Muttermale von ihrer Mutter hat und ob ich auch solche Male von ihr habe, irgendwo, die Gleichen, die gleiche Schönheit haben werde wie sie, wenn ich groß bin, aber ich glaube, ich habe etwas anderes, ich habe aber auch etwas. Wenn ich nach draußen schaue aus dem Autofenster, dann habe ich die Stromleitungen in meinem Kopf, als Verbindung der Dinge auf der Welt. Sehe ich Bruno, habe ich eine Liebe für ihn, die groß ist wie der Haufen Tierskelette, an dem wir zum fünften Mal vorbeifahren.

Im Raum des Autos ist Freds Metallgeruch, der Geruch von alten, verklebten Kräuterbonbons, von Vanille aus Mutters Blusenkragen und Erdgeruch von Brunos Körper, auch der Duft von Staub, Benzin und Regen. Während der letzten Fahrt liegt der Lärm wie eine Decke über Bruno und mir. Ich sehe die Straßenlaternen vorüberziehen und Werbetafeln; es ist Nacht.

**Bruno und ich haben** keine Großeltern. Weil wir beide keinen Vater haben, haben wir natürlich auch von diesem Vater, den wir nicht haben, die Großeltern nicht. Von Mutter auch nicht. Ihr Vater war schon nicht mehr da, als ich kam.
Ihre Mutter wollte sie lange nicht sehen. Wir haben sie später dann doch noch ein paarmal gesehen. Ich weiß nicht, wer wen sehen wollte, aber ich hab mich gefreut.

In meiner frühesten Erinnerung sehe ich sie in Hellblau. Sie sitzt vollkommen hellblau gekleidet in unserer Küche, ihr Pullover besteht aus vielen weichen Härchen, wie das Fell einer Katze. Ich habe sie gerne berührt, heimlich am Arm oder Rücken. An mein Gesicht an ihrem Pullover erinnere ich mich. Sie faltet Unterhosen und sortiert Socken in dieser meiner Erinnerung. Sie steht bei uns in der Wohnung und legt ihr Täschchen in der Küche auf den Tisch. Sie kocht Milchreis in meiner Erinnerung und füttert Bruno mit einem Plastiklöffel, den sie aus ihrer Tasche gezogen hat, der Löffel in einem Plastikbeutel, der Plastikbeutel mit Druckverschluss. Bruno mit offenem Mund und den vergrößerten Babyaugen hinter der Brille. Sie nimmt die Teller für uns aus dem Schrank in meiner Erinnerung und wäscht sie mit Seife aus. Sie schließt den Reißverschluss unserer Jacken bis ganz oben, sie bürstet mir das Haar, lange und vorsichtig und bis kein Haar mehr mit einem anderen verknotet ist. In ihrem Milchreis war Zimt. Ich liebte diesen Zimt im Milchreis und den Geruch der Mutter von Mutter nach Kokosnuss.

Als sie nicht mehr in unsere Wohnung kam, haben wir sie einmal in einem Café getroffen und sehr viel Kuchen gegessen. Es war weiß und rosarot und fliederfarben in diesem Café, auch der Kuchen war weiß und rosarot und fliederfarben. An der Wand hing ein Bild von einem Heidelbeerstrauch, das weiß ich noch, weil Mutter und ihre Mutter lange das Bild betrachtet haben und sich nicht gegenseitig ansahen. Und dann sagte die Mutter von Mutter, das ist ein Heidelbeerstrauch. Sie trug ein pastellfarbenes Kleid und eine Schauspielerinnenfrisur. Perlohrringe und eine Perlenkette. Sie steckte Bruno und mir etwas Geld zu, welches Bruno sich in den Mund stecken wollte und Mutter uns wieder wegnahm und ihr zurückgab.

Wir haben Geschenke bekommen, und die Mutter unserer Mutter hatte feuchte Augen, als sie die Geschenke vor uns hinstellte. Ein Radio habe ich bekommen und Bruno ein Auto zum Draufsitzen und Herumfahren. Das weiß ich noch, und dass sie nach Kokosnuss gerochen hat und uns gefragt hat, wie es uns geht. Mutter hat etwas in Zellophan Eingewickeltes bekommen, das weiß ich noch, wegen des Knisterns des Zellophans und weil sie ihr Geschenk nicht ausgepackt hat. Sie legte es neben sich auf die Bank, und Bruno, der neben ihr saß, hat daraus lange ein Knistern gemacht, bis Mutter ihn auf den Boden setzte. Ich weiß noch, dass die Mutter der Mutter etwas wegen meinem Vater zu mir sagen wollte. Sie sagte, Anais, dein Vater ist ein guter Mensch. Das sagte sie zu mir, und sofort knallte Mutter ihre Hand auf den Kirschholztisch. Das weiß ich noch, ich erinnere mich an den Tisch, weil die Mutter von Mutter zuvor gesagt hatte, wir sollten aufpassen mit der Schwarzwälder Kirschtorte auf dem Kirschholztisch. Das hatte ich lustig gefunden, deswegen weiß ich es noch, und ich weiß noch, dass Bruno herumgekrochen ist. Dann sind wir gegangen, schnell und dramatisch.

Als wir die Mutter von Mutter das nächste Mal sahen, war sie tot. Sie lag in einem Kühlraum, in dem auch eine Kerze brannte. In dem Mutter neben ihrer Mutter stand und ihre kalte Wange berührte. Sie roch nicht, und es gab an ihr keine Weich-

heit mehr. Weiß war sie, sehr weiß, und bestimmt war sie innen so kalt wie die Luft im Raum.
Ich weiß noch, dass es an ihrer Beerdigung schneite, dass weiß ich noch, weil vielen Frauen mit hochgestecktem Haar die Schneeflocken auf den Frisuren und Pelzmänteln liegen geblieben waren. Auch auf den Armen der kahlen Bäumchen vor der kleinen Kirche lag der Schnee. Oft haben die Frauen etwas aus ihren goldenen und roten und samtenen Täschchen genommen und wieder etwas darin verstaut, oft haben sie die Arme vor dem Bauch gekreuzt. Die Kirche war aus Beton, und zum Öffnen der Eingangstür war an der Tür ein großes, eisernes Kreuz befestigt. Das weiß ich noch, weil ich mich an das Kreuz hängen musste, um die Tür zu öffnen. Viele haben Mutter nicht angesehen und uns nur von Weitem. Einige sagten etwas zu Mutter, und sie hat davon ein Gesicht hart wie Stein bekommen. Viele hatten Blumen in ihren behandschuhten Händen, manche der Frauen rochen, wie die Mutter der Mutter gerochen hatte. In der Kirche dann sagte der Pfarrer, ehret Eure Eltern, die Euer Haus sind. Als er das sagte und dabei Mutter nicht ansah, stand sie auf, nahm Bruno auf den Arm und mich an der Hand und verließ die Kirche. Mit den Absätzen machte sie Lärm, sodass wir den Pfarrer nicht mehr hören konnten.
Draußen gingen wir an das offene Grab. Und Mutter sagte etwas mit dem Wort Liebe in die Leerstelle hinein.
Wütend sagte sie es, und dann gingen wir heim, und dann trank Mutter Gin mit Gurke. Das weiß ich noch, ich erinnere mich an die Gurke.

Bruno fragte Mutter einmal, wer sein Vater ist.
Ich fragte Mutter auch einmal, wer mein Vater ist.

Und Mutter wühlte in ihrem Zimmer irgendwo nach etwas, kam aber ohne etwas in die Küche, setzte sich an den Tisch.

Vielleicht wühlt sie auch nur, um Zeit zu gewinnen, sagte Bruno, als ich fragte, nach was sie wohl suche.
Zeit für was?, fragte ich.
Zeit zum Überlegen, was sie sagen soll, sagte Bruno.
Aber warum überlegen?
Das sogenannte Geheimnis zwischen Mutter und Kind vielleicht, sagte Bruno.
Vielleicht, sagte ich und hoffte, sie komme mit einem Bild meines Vaters, auf dem mein Vater aussieht wie mein Vater.
Mutter kam ohne Bild, kam mit ihrer Eleganz.
Ich habe nichts gefunden, sagte sie.
Was hast du gesucht?
Aber Mutter legte ohne Worte eine Hand auf ihren Mund, sie setzte sich und dachte nach. Bruno und ich warteten, schwiegen, sahen ihre Hände, die miteinander spielten und ihre zwei tiefen Falten zwischen den Augen.
Wie unglaublich schön meine Mutter ist, dachte ich. Aus Speckstein war ihr Gesicht an diesem Morgen.

# MARIA

*Ich habe gewartet. Ich habe die Augen geschlossen, Jetzt gesagt und sie wieder geöffnet. Die Laternen waren noch immer da und dunkel. Ich tat es immer wieder, bis das Licht in den Straßen anging, dann sah ich in die Lichter hinein. Ich sah Lichter. Ich saß in einem Raum. Ich saß in diesem Raum und zählte meine Finger, die Knöpfe an meinem Hemd, die Fingerabdrücke an der Scheibe, die Schrauben in den Wänden, die leeren Dosen im Regal, die einzelnen Bohnen und Buchstaben auf den Dosen, die Blätter der trockenen Zimmerpflanze, oder ich schaute aus dem Fenster. Ich saß in diesem Raum und wartete. Ich wartete und im Backofen lagen Sardinen. Ich dachte an das Kind in mir, das nicht die Form eines Kindes hatte. Es fiel mir schwer, an dieses Kind als Kind zu denken. Eine Wirbelsäule in meinem Bauch. Ein Mensch, der irgendwann das Wort Wirbelsäule kennt. Ein Mensch, der irgendwann laufen, dann rennen, dann Auto fahren wird. Ein Mensch, der einen anderen Menschen missverstehen oder verstehen können wird. Ein Mensch, der einen anderen Menschen verachten oder verehren wird, der Kohl mag oder nicht, Fleisch mag oder nicht, in einem Raum lebt mit mir. Ein Mensch, der mich anschauen und etwas denken wird. Ein Mensch mit einem Namen. Anais.*

*Berührte ich mein Gesicht, war da mehr Gesicht als zuvor. Es war weich, und legte ich eine Hand an meine Wange, schienen mir die Finger in die Haut zu sinken. Ich öffnete den Backofen, nahm die Rückenflosse einer Sardine zwischen Daumen und Zeigefinger. Ich hob den Fisch an, roch an ihm. Mir fehlte Luft. An den Wänden gab es tropfenförmige Flecken und Bilder von Bergen, in den Wänden lief Wasser von oben nach unten. Manchmal tanzte ich ganz langsam mit dem Kind in meinem Bauch. Manchmal suchte ich nach neuen Steckdosen und Spuren von Vormietern an den Decken. Ich stieg auf die Leiter, um besser in die Ecken sehen zu können. Ich fiel von der Leiter, blieb liegen auf dem Teppich, wartete*

*auf Schmerzen. Ich dachte, wenn es jetzt weg ist, dann werde ich Architektur studieren. Ich werde hohe, gläserne Häuser bauen, neben denen die Menschen verschwinden, werde Hochhäuser entwerfen, bei denen man von unten ihr Ende nicht erkennen können soll, werde erschaffen. Ich werde Haus um Haus um Haus bauen.*
*Nach einiger Zeit stand ich auf. Ich legte eine Hand auf meinen Bauch. Ich legte die andere auf die eine Hand. Ich stellte mir vor, wie das Kind etwas sagt. Auto vielleicht oder Berg, Hund oder Wirbelsäule.*

*Kein Tier sein, dachte ich, aber ich fühlte mich wie ein Tier. Mit dem Kind in mir, dachte ich, bin ich ein Muttertier.*

*Ich versuchte, weiterzuschlafen. Jeden Tag öffnete ich die Augen, schloss sie, dachte an mein Leben und schlief irgendwann wieder ein. Ich dachte an Tage, an denen ich mich von Ort zu Ort bewegt hatte, von Menschen zu Menschen, von einer Stimmung in eine andere. Ich dachte an Tage, an denen ich geredet, geraucht, getrunken, gegessen, Vorstellungen gehabt hatte. Ich dachte an Tage, an denen es noch nicht dieses Schweigen gab in mir. Ich dachte an Reisen, Tänze, an die stolzen Gesichter meiner Freundinnen, an mein eigenes stolzes Gesicht. Ich dachte an die vielen Tage, an denen ich nicht wusste, was einmal kommt, und es geliebt hatte. Ich dachte an die Tage, an denen ich genau zu wissen glaubte, was ich wollte, und an die Tage danach, an denen ich nicht mehr davon sprach. Ich dachte an meine Leichtigkeit und die Schwere, an die Worte meiner Freunde.*
*Du wirst schon noch finden, was du willst, dann wirst du darin die Beste sein.*
*Ich dachte daran, dass ich gut sein wollte in etwas, aber vor allem in jedem Moment da sein wollte, wo ich war. Dass ich immer und überall das Besondere sehen wollte, dass ich immer überlegen*

*wollte, was für ein Leben ich lebe und warum, um zu vermeiden, dass ich anfange, zu tun, was ich tue, weil ich es schon immer so getan hatte, weil ich einmal damit angefangen hatte, es zu tun, weil ich dachte, man tue das so. Ich dachte an meine Freunde, die irgendwo waren und etwas erlebten, die ihre Körper pflegten und über etwas redeten, die telefonierten oder mit jemandem schliefen, die arbeiteten oder sangen, kochten, schwiegen, unter Regenschirmen gingen, sich gerne selbst berührten, die Begegnungen hatten und Bewegungen machten.*
*Wenn ich nicht mehr denken konnte, schlief ich wieder ein.*
*Ich hatte Schwindel. Ich hatte Tee. Ich hatte das Fenster, den Blick, die Straße unter der Wohnung, die Badewanne mit ihrem warmen Wasser am Morgen. Ich hatte die Müdigkeit und den Fisch im Backofen. Ich hatte die Zukunft eines Menschen, den Multivitaminsaft, ich hatte die Krähen am Himmel, den Himmel hatte ich auch. Ich hatte die großen Kleider meiner Mutter. Und meine Mutter, die kam und sagte, die brauchst du, dann geht es gut. Und der Bauch ist dann groß, so ist es besser, weil du sehen kannst, dass da etwas ist, ein Kind, das sich bewegt, und du kannst vielleicht nicht schlafen, aber sonst wird alles gut sein.*
*Ich fühle mich krank, sagte ich.*
*Wenn der Bauch groß ist, dann wirst du wunderbar schwanger sein, du wirst sehen, sagte meine Mutter.*
*Mein Tierchen, sagte sie am Anfang manchmal, wenn sie die Tür noch einmal öffnete.*

*Dann stand er unter meinem Fenster. In einer Schüssel auf meinen Knien Kartoffeln. Sie dampften.*
*He, rief er. Was tust du?*
*Ich sah hinunter, und er sah hinauf.*
*Was tust du?, fragte er.*
*Ich sah weiter hinunter, und er sah weiter zu mir hinauf. Irgend-*

*wann begann er sich tanzend zu bewegen, darum warf ich eine Kartoffel nach ihm.*
*Lass mich hochkommen, sagte er. Wir sollten darüber reden. Ich habe auch etwas zu sagen dazu, sagte er.*
*Ich warf noch eine Kartoffel, dieses Mal traf ich ihn an der Schulter. Ich warf noch eine und noch eine. Noch eine. Er duckte sich.*
*Aber du hast es doch darauf ankommen lassen, schrie er, und fasste sich immer wieder ins Gesicht, schwenkte die Arme, versuchte den Kartoffeln auszuweichen. Versuchte, etwas zu sagen, zu mir, die oben am Fenster saß und Kartoffeln warf. Ich, die vergaß, dass er da war. Ich warf und warf und warf. Dachte an das Aufprallen der Kartoffeln auf einem Körper, auf dem Boden. Dachte daran, wie die Haut sich löst und das Innere, Gelbe, sich auf dem Boden oder dem Körper verteilt.*
*Irgendwann rannte er davon, und ich hatte keine Kartoffeln mehr. Ich war traurig, wegen der Kartoffeln, wegen ihm, wegen der Übelkeit, wegen des Windes, der direkt in mich hinein konnte, wegen meines Körpers, der nicht mehr meiner war.*

*Was ist denn los?, fragte meine Mutter. Was ist denn los?*
*Was ist mit den Kartoffeln?, fragte sie.*
*Du bist doch erwachsen, sagte sie.*
*Ja, sagte ich.*
*Also benimm dich auch so, benimm dich auch so.*
*Dann räumte sie die Einkäufe in mein Regal. Dann tat sie die Frischware in den Kühlschrank. Dann begann sie, die Fenster zu putzen.*
*Das Wichtigste, sagte meine Mutter, während sie das tat, das Wichtigste ist, dass es sauber ist. Es ist wichtig, dass du die Früchte wäschst, bevor du sie isst, auch das Gemüse. Dinge, die zu Boden gefallen sind, darfst du nicht mehr essen. Verstehst du? Du musst immer auf die Sauberkeit deiner Umgebung achten.*

*Früchte und Gemüse in den verschiedensten Farben, roh. Aber kein rohes Fleisch, niemals.*
*Sie sagte, das sei alles ganz normal; nach der ersten Geburt vergesse man alles, um wieder schwanger zu werden. Das sei die Natur, und die Natur sei in uns, und das sei wunderbar mit der Natur und uns, der Natur in uns. Wunderbar, sagte sie.*

*Als ich es ihm erzählte, schwieg er und sah mich dabei nicht an. Es war kalt, und ich fühlte mich bereits, als fange meine Haut diese Kälte nicht mehr ab, als könne sie direkt in mich hinein. Wir saßen in der Wohnung seiner Freunde, wir saßen am einen Tischende, am anderen redeten sie über einen Krieg. Er legte seinen Kopf in den Nacken, er rieb die fünf Finger der einen Hand an den fünf Fingern der anderen, er sah zur Decke. Sein langer Hals.*
*He, riefen die anderen am anderen Tischende. He, was hältst du von alldem? Er schwieg, drehte sich dann zu mir um und sagte, im Sommer bin ich mit meinem Studium fertig, im Sommer habe ich mein Studium beendet, dann kann ich arbeiten, dann können wir zusammenleben und ein Kind haben, du kannst jetzt schon bei mir einziehen, dann kannst du bei mir schwanger sein.*
*Ich schwieg, und er begann, sich zu betrinken.*
*Ich kann das Kind riechen, sagte er und roch an mir. Mein Kind, sagte er.*
*Er nahm mich in den Arm. Ich dachte an Cognac und Zigaretten, ich dachte an meinen früheren Körper und meinen früheren Geruch und meinen früheren Charakter. Ich dachte daran, mit ihm zu leben, mit ihm ein Kind zu haben, dann ein älteres Kind zu haben und dann ein Kind, das auszieht und selber ein Kind hat, und dann hat irgendwann auch dieses Kind noch Kinder und diese Kinder wieder Kinder. Und wann das wohl alles einmal enden würde mit diesen Kindern von Kindern von Kindern, fragte ich mich.*

*Er trank schnell und wurde dabei immer fröhlicher. Er streichelte meine Hand, sah mich an, und ich sah seine Aufregung. Und dann schenkte er sich Wein nach und streichelte mich weiter, und irgendwann war er sich des Streichelns nicht mehr bewusst. Er vergaß seine Bewegungen, mich und sich. Und als er nicht mehr aufhörte mit Streicheln und Lachen, ging ich fort.*
*Was ist denn mit Maria, hörte ich noch die Freunde fragen, auch sie betrunken, Samstagnacht. Ich ging langsam durch das Schneien.*

*In einem Keller eines Hauses hatten wir uns getroffen, hatten uns, mit dem lauwarmen Bier in der Hand, lange angeschaut und hatten getanzt und gefühlt, und meine Freundinnen hatten mir zugezwinkert oder gewinkt, sagten im Lärm der Musik, der ist gut, der ist schön. Und er, der nicht tanzen konnte, und er, der tanzte, um mir nahe zu sein, er, der die Arme schwang in einem fremden Rhythmus und sie dann um mich legte, die Arme. Ich, die diese Arme brauchte. Ich mit den Worten der Freundinnen in meinem Kopf, die mit ihm heimging, die mit ihm im Bett lag, die ihn mochte, weil er ruhig war, weil er mit mir sein wollte, bis zum Morgen, als er sagte, er müsse gehen, wir könnten uns aber wiedersehen, sehr gerne sogar. Er, der nicht so wirkte, als wolle er sofort und für immer mit mir sein, alles andere vergessen. Ich, die das brauchte, die wollte, dass alles für immer schön ist.*

*Wenn am Morgen die Sonne schien, war die Straße silbern.*
*Ich sah diese Straße gerne. Ich ging in der Wohnung umher, machte mir Kaffee und schüttete den Kaffee aus dem Fenster. Dann machte ich Tee und trank ihn. Jetzt hast du ein kleines Hirn, dachte ich, jetzt eine Leber, eine Milz. Jetzt hast du Zehennägel. Jetzt hast du auch Zahnfleisch und Haut, Knochen. Jetzt hast du eine Nabelschnur, die dich in mir drinnen mit mir verbindet. Jetzt hast*

*du Augenlider und Handflächen, Zeichnungen in den Handflächen. Jetzt hast du Wimpern und Nerven. Jetzt hast du Pupillen, eine Netzhaut, eine Hornhaut, Gelenke, eine Iris, eine Muskulatur.*

Meine Mutter, die Reiskuchen brachte. Meine Mutter, die dicht hinter mir durch den Flur ging, ihr Täschchen auf den Tisch stellte, aus dem Täschchen den Reiskuchen nahm.
Dicht hinter mir am Fenster sagte sie, geh mal an die frische Luft und Reiskuchen ist gut.
Meine Mutter, die sich wie eine Füchsin durch die Wohnung bewegte. Sie streifte durch die Räume, entfernte Staub, wischte die Klobrille mit einem Feuchttuch, wischte den Spiegel im Bad, und ich stand hinter ihr, sah unsere Gesichter, mein Gesicht in ihrem, im Spiegel. Die Füchsin, die mit dem Staubtuch durch die Wohnung schlich. Sie machte mir Brühe mit Huhn, sie strich mir über den Kopf, sie legte mir eine Stoffserviette auf die Knie, sie wollte auch wissen, ob ich ihre neue Frisur bemerkt hatte, und wenn ja, ob sie mir gefällt.
Ich sagte Ja.
Meine Mutter, die in die Wohnung kam, die Fenster aufriss und von ihren Nachbarn sprach, von den Hunden im Haus, von der Verkäuferin im Supermarkt, die langsam zu ihrer Freundin werde, weil sie nett zueinander seien, die Verkäuferin zu ihr und sie zur Verkäuferin.
Sie war eine Füchsin, die durch die Räume streifte. Sie betrachtete meinen Bauch, sie knöpfte sich die Jacke zu und ging. Meistens öffnete sie noch einmal die Tür und sah mich an. Es ist schon gut, sagte sie dann, es kommt alles, wie es kommen muss.
Manchmal sagte sie, für Nagellack auftragen ist dann keine Zeit mehr, oder, ein Kind macht aus dir eine richtige Frau. Manchmal fuhr sie mit Wattestäbchen die Rillen der Badezimmerfliesen entlang.

*Die Zeitung solltest du nicht mehr lesen, sagte sie, diese schlimmen Sachen erträgst du nicht. Manchmal berührte sie mich am Arm, und wir erschraken. Du musst zurück zum Vater des Kindes, sagte meine Mutter einmal. Du musst mit diesem Mann sein, nur mit ihm schaffst du das. Er ist doch ein guter Mann, sagte sie und wusch sich die Hände mit lauwarmem Wasser. Vorher zog sie ihren Ring vom Finger und wickelte ihn in ein Taschentuch. Er hat dir doch nichts getan.*

*Wenn sie gegangen war, schaltete ich den Fernseher ein. Ich schaute auf die Bilder auf dem Bildschirm. Manchmal, wenn draußen die Sonne schien, erinnerte ich mich an etwas, was vorher war, bevor alles plötzlich anders war. Manchmal rief mich jemand an, ich hätte gerne mit jemandem gesprochen, aber ich ging nicht ans Telefon. Manchmal hasste ich das Sonnenlicht mit seiner Aufforderung zum Leben. Ich liebte den Regen, auch wenn durch ihn alles sehr stark roch.*

*Als er wieder unten am Fenster stand, warf ich keine Kartoffeln. Er bat mich, ihn reinzulassen. Ich schwieg und beobachtete ihn. Er schwieg und beobachtete mich. Ich versuchte, mir vorzustellen, wie es wäre, mit ihm zu sein, und ich konnte es mir nicht vorstellen, da ich mir aber auch nichts anderes vorstellen konnte, ließ ich ihn herein. Ich warf den Schlüssel aus dem Fenster, hörte, wie er auf die Straße fiel, hörte, wie die Tür geöffnet wurde, die langsamen Schritte im Treppenhaus. Immer langsamer wurden die Schritte und immer schwerer.*
*Du hast mir Angst gemacht, sagte er, als er die Wohnung betrat. Er schloss die Tür hinter sich und sagte, mach das nie wieder.*
*Auch er ging dicht hinter mir, klopfte mit dem Knöchel des Zeigefingers an die Wand.*
*Ich weiß nicht, was ich mache, sagte ich, mein Gesicht fühlt sich formlos an.*

*Es ist auch mein Kind, sagte er.*
*Vielleicht gehst du besser wieder, sagte ich dann.*
*Eine Hand hatte er an die Wand gelegt und stand ein wenig schief.*
*Ich gehe nicht.*
*Vielleicht gehst du besser wieder, sagte ich. Die Straßenlaternen bewegen sich bereits, es wird bald regnen, deshalb gehst du jetzt besser wieder.*
*Ich will, dass du mitkommst.*
*Der Regen, sagte ich.*
*Komm mit, ich möchte dieses Kind, sagte er, ich habe daran gedacht, ich habe mich damit auseinandergesetzt, damit abgefunden. Ich habe mich dazu entschieden.*
*Ich denke, es ist besser, du gehst jetzt, sagte ich, es regnet bereits.*
*Nein, sagte er, nein, wiederholte er, ich gehe nicht ohne dich.*
*Wir kennen uns nicht, und es regnet, sagte ich.*
*Du kommst jetzt mit, es ist auch mein Kind, ich habe auch Rechte, ich habe das Recht auf dieses Kind.*
*Du musst jetzt gehen, sagte ich.*
*Ich muss überhaupt nichts, ich durfte nicht einmal entscheiden, ob ich Vater sein will. Du musst mitkommen, sagte er, und er trat sehr nahe an mich heran, um mir das zu sagen, und ich wusste nichts anderes, also ging ich mit ihm. Er, der sein Gesicht so nahe an meinem hatte, auch die Hand war direkt an meiner Wange. Er, der mich lange anstarrte, ich, die ihn hätte küssen können.*
*Wir verließen den Raum, gingen durchs Treppenhaus, durch dessen Geruch mir übel wurde, also atmete ich nicht und ging hinter dem langen Körper die Treppe hinunter. Draußen der Regen, der die Straße glitzern ließ, der schwere Duft, der mich an meinen Körper erinnerte. Draußen gingen wir nebeneinander unter seinem Schirm durch die Stadt. Wie zwei vollkommen logisch nebeneinanderher gehende Körper, dachte ich. Ob man es uns ansehen kann, fragte ich mich, dass ich etwas habe, was uns verbindet. Wir gingen durch die Straßen, eine Stunde vielleicht, ohne ein*

*Wort. Es war ruhig, als wir gingen, die Stadt war still, wir waren still. Nur das Geräusch vom Regen auf dem Schirm.*
*Ich bin nicht wütend, sagte er, als er den Schirm ausschüttelte vor der Tür, ihn in den Schirmständer stellte.*
*Ich bin nicht wütend. Es ist gut, sagte er, als er die Tür seiner Wohnung hinter uns schloss.*
*Was ist gut?, fragte ich.*
*Was du getan hast, war nicht gut, sagte er, aber es ist jetzt gut für mich. Wir vergessen es einfach.*
*Was habe ich denn getan?*
*Es ist gut, habe ich gesagt, sagte er.*
*Kannst du selbst aussuchen, was du vergisst?*
*Maria, es ist jetzt gut. Mach es nicht noch schlimmer. Hör auf damit.*
*Mit was?*
*Es ist jetzt gut. Gut!, sagte er.*

Er zeigte mir meine Bettseite. Er hatte das Bett frisch bezogen. Weiß. Auf dem Kopfkissen lag ein Nachthemd. Ein weites, weißes Nachthemd. Es war in einer Schachtel, um die Schachtel eine hellblaue Schleife, auf der Schleife ein Herz, im Herz stand «Maria». Er zeigte mir meine Schrankhälfte, fuhr mit dem Finger die Kanten der Tablare entlang, zeigte mir meinen Becher im Badezimmer. Er hatte in den Becher eine rote Zahnbürste gestellt, hatte die Hälfte des Spiegelschranks freigeräumt. Ich ging hinaus, und auch an der Klingel stand mein Name.

In dieser Wohnung waren die Bücher im Regal nach Farben sortiert. Die Regale waren weiß wie das Geschirr und die Decken, die Vorhänge. In dieser Wohnung waren staublose Lampen und perfekt zusammengelegte Bettdecken. In dieser Wohnung waren im Kleiderschrank die Unterhosen gefaltet. In dieser Wohnung lag er manchmal wie seine gefalteten Hemden, Socken und Unter-

*hosen auf dem Sofa, seine Brille lag neben ihm auf dem Tischchen im Etui. Das Klappgeräusch des Etuis, wenn er die Brille hineingelegt hatte, wenn er das Etui schloss, kurz bevor er einschlief auf dem Sofa am Nachmittag. In dieser Wohnung wurde viel geschwiegen, das Schweigen hing in den Vorhängen und lag in den Tellern beim Essen, am Abend im dumpfen Wohnzimmerlicht. Sein langsames Kauen, das Geräusch des Kauens, das zum Schweigen dazugehörte, das zur Stille gehörte. Das Kauen, das zu meiner Einsamkeit gehörte. In dieser Wohnung lag in seinem Arbeitszimmer ein silberner Kugelschreiber neben einem Stapel Papier, neben dem Papier eine Pflanze und neben der Pflanze eine kleine, kupferne Gießkanne, an der Wand über dem schweren, langen Holztisch hing das Bild seiner Mutter und irgendwann ein Bild von mir.*
*In dieser Wohnung standen in der Küche rote Tulpen und im Wohnzimmer gelbe. In dieser Wohnung war ich mit den Gedanken an das Kind, das im Wohnzimmer liegt, auf einer Decke, und atmet. Ich hatte mir es an jedem Ort schon einmal vorgestellt, und immer schlief es in meiner Vorstellung.*

*An den Abenden, wenn er auf dem Sofa lag und las, legte er eine Decke unter seine Füße, eine über die Beine. An den Abenden saß ich auf einem Sessel neben ihm und schaute aus dem Fenster. Ich betrachtete die Dunkelheit vor dem Fenster, ihn auf dem Sofa, wie er sich ein Kissen unter den Kopf schob, seine Brille aus dem Etui nahm, die Gläser reinigte. Ich ging manchmal zu ihm hin und berührte ihn am Bein oder an der Brust.*
*Dann legte er sein Buch zur Seite und fragte, was ist?*
*Mir ist langweilig, sagte ich, es ist mir auch kalt. Vielleicht wärmst du mich?*
*Deck dich zu, sagte er, es ist eine alte Wohnung, deshalb.*
*Nimm dir ein Buch, sagte er, wenn ich oft aufgestanden war, aus dem Fenster geschaut, nichts gesehen hatte, mich wieder setzte.*

*Dann nahm ich ein Buch und sah mir die Worte an, vergaß die Worte, die ich angesehen hatte.*
*Ich kann das nicht verstehen, sagte ich.*
*Ich wollte mich zu ihm auf das Sofa setzen, aber er rückte nicht zur Seite. Ich setzte mich auf ihn, und er stieß mich weg, und ich fiel auf den Teppich.*
*Maria, bitte, sagte er.*
*Als ich wieder zu ihm kam, hielt er mich an den Armen, beide Arme hielt er fest, lange, und die Decke über seinen Beinen war immer noch weich und weiß, aber verschoben war sie, weil er sich aufsetzen musste, und er drückte seine Finger in meine Arme.*
*Provozier mich nicht, sagte er, provozier mich nicht, Maria.*
*Ich versuchte, meine Arme aus seinem Griff zu ziehen.*
*Die weiche weiße Decke rutschte zu Boden, er ließ los, meine Arme pulsierten, er hob die Decke auf, legte sie zurück über seine Beine, hob das Buch vom Boden auf, suchte nach der Seite, welche er gerade gelesen hatte. Dann las er weiter.*

*Meine Mutter war glücklich. Ich blieb in seiner Wohnung, nur manchmal ging ich nach draußen, um ein Blatt von der Straße aufzuheben, oder ich traf Freundinnen, und dann wusste ich nicht, was ich sagen sollte. Sie erzählten mir von den Abenden in Bars, vom Kennenlernen und Wiedersehen. Sie erzählten mir von ihrer Arbeit, von den Kunden und den Mitarbeitern, vom Urlaub und vom Stress, vom Erfolg und neuen Kleidern. Sie erzählten mir von einem Weltgeschehen, von Volksentscheiden, von Überbauungen und Zukunftsplänen, von Speisekarten und Auseinandersetzungen auf Sitzungen, von Liebe und Haustieren. Meine Freundinnen befühlten meinen Bauch und fragten mich, wie das denn sei. Keine von ihnen war so lautlos wie ich und hatte so schwere Arme und Beine.*
*Ich habe auch sehr viel Wasser im Körper, sagte ich.*
*Wir freuen uns für dich, sagten sie.*

*Wie ist das so? Wie ist es mit ihm? Habt ihr einen Namen für das Kind?*
*Ich sagte, es ist gut, es ist nicht einfach, weil es viel ist, aber es ist gut. Es wird Anais heißen, das Kind, sagte ich.*
*Wundervoll ist das, sagten sie. Du wirst eine gute Mutter sein.*
*Anais, sagten sie, und sie wiederholten den Namen noch einige Male. Anais. Der Name wurde fremder und fremder in ihren Mündern.*
*Und wenn ich weinen musste, dann sagte ich, das sind die Hormone.*

*Ich kaufte eine Lampe mit Wolken für das Kinderzimmer und Geschirr mit Blüten. Ich kaufte Spielsachen und Kinderdecken. Ich kaufte einen Teppich und hängte Bilder an die Wände. Ich kaufte mir Wolljacken, die den Bauch wärmten, ich kaufte mir weiche Kleider und Schuhe mit gutem Profil.*
*Er sah es sich am Abend alles an, die Spielsachen, die Lampe und die Pflanze und das Geschirr mit Blüten, er sagte, das ist gut. Er sagte, ich liebe dich.*
*Dann ging er in sein Arbeitszimmer und schloss die Tür.*
*Ich habe gekocht, sagte ich vor der Tür stehend.*
*Ich esse später.*
*Warum?*
*Viel zu tun, sagte er.*
*Darf ich hereinkommen?*
*Und als ich vor seinem Tisch stand, sah er mich an. Und ich wusste nicht, was ich sagen sollte. Es fiel mir nichts ein.*
*Maria?*
*Ja?*
*Wenn du nichts sagst, dann würde ich jetzt gerne weiterarbeiten.*
*Ich wollte dich sehen, sagte ich.*
*Du bist seltsam, sagte er. Du bist eine seltsame, wunderschöne Frau.*

*Du bist nicht da, sagte ich.*
*Ich bin hier, genau hier.*
*Ich ging langsam um den Tisch herum und wollte mich auf seinen Schoß setzen, aber er drehte sich nicht zu mir hin, also hätte ich über die Stuhllehne klettern müssen, also küsste ich seinen Kopf. Als ich das tat, hob er seine Hand, um mich zu streicheln, aber er fasste daneben und fasste mir ins Auge.*
*Entschuldige, sagte er.*
*Ich hielt meine Augen geschlossen.*
*Entschuldige bitte, sagte er.*

*Meine Mutter sprach mit ihm, als hätte sie Seife im Mund, und sagte, es ist so gut, dass es dich gibt. Alleine ginge das nicht. Sie zeigte auf mich.*
*Meine Mutter bekam manchmal die Augen einer Kuh, wenn sie mich ansah. Ich war ihr einziges Kind, und sie liebte mich. Mit diesen Kuhaugen sah sie mich an, von unten nach oben und von oben nach unten. Auch Angst gab es in diesen Kuhaugen, Angst vor dem Unbekannten, Angst vor dem, was anders ist als man selbst, Angst davor, etwas nicht kontrollieren zu können.*

*Einmal hörte ich, wie meine Mutter ihn bat, mich nicht aufzugeben. Sie sagte, sie habe alles gemacht, was sie konnte, sie hoffe, es reiche. Sie hoffe, wir würden zusammenbleiben, er und ich, das Mädchen und vielleicht noch eines. Vielleicht ein Junge noch, sagte sie zu ihm. Sie hätte gerne einen Jungen noch gehabt, aber leider wollte der Vater nicht, sagte sie, leider sei er dann gegangen, fort gewesen, verschwunden, dabei hätte es für immer sein können, sagte meine Mutter zu ihm, und er nickte. Ich schaffe das schon, sagte er. Er fischte am Wochenende Laub aus dem Weiher in unserem Garten. Er kaufte einen Kinderwagen, und wenn wir draußen waren, legte er manchmal seine Hand auf meinen Bauch, als gehörte ich ihm und als wäre mein Bauch sein Bauch.*

*Ich hatte mir die Kinder genau angesehen. Ich hatte mir versucht vorzustellen, wie ich mit dem Kind eine Straße entlangging, wie ein Kind mein Kind war. Ich beobachtete ihre Bewegungen. Die Mütter beobachteten mich, und ich beobachtete die Kinder. Ich sah, wie die Mütter ihre Kinder am Arm packten und mit ihrem Gesicht nahe an das Kindergesicht gingen, ganz nahe waren die Gesichter der Mütter an ihren Kindern, und ich sah, wie sie dann sagten, was die Kinder nicht durften, was sie sollten, was sie gut machten und was nicht. Ich sah Mütter ihre Kinder auf dem Arm tragen, und die Kinder legten ihr Gesicht an den Hals der Mütter. Ich sah Mütter, die die Hände ihrer Kinder in den Mund nahmen, wenn sie schmutzig waren oder kalt. Ich sah Mütter, die ihre Kinder zum Einschlafen brachten, indem sie ihnen über die Beine und Arme strichen.*

*Im Fernseher sah ich eine junge Mutter ihr Baby an ihre Brust legen. Man sah die Brust groß auf dem Bildschirm. Draußen fielen die Blätter von den Bäumen. Ich sah auf die Brust und legte meine Beine übereinander, faltete die Hände auf meinen Knien. Es ekelte mich, diese Brust ekelte mich. Das Baby, das an dieser Brust saugte, die man ihm hinhielt, ekelte mich.*

*Und wenn es von innen nach außen drückte, dann drückte ich von außen nach innen. Ich hielt die Handfläche gegen die Beule an meinen Bauch. Ich streichelte die Beule. Das ist jetzt dein Fuß oder Kopf oder deine Hand, sagte ich. Wenn du draußen bist, dann wird es ganz anders sein. Draußen ist es laut. Draußen musst du laufen lernen und musst du mir zuhören. Draußen sind deine Eltern und erwarten von dir, dass du die Augen öffnest. Sie erwarten, dass du dich umdrehst. Sie erwarten, dass du aus der Flasche trinken kannst und dass du reden lernst, dass du ihre Augenfarbe bekommst und ihr dickes Haar. Sie erwarten, dass du glücklich bist und so gut im Rechnen wie sie oder besser.*

*Einmal fragte er mich, ob ich mich freuen würde auf das Kind.*
*Ich spüre seine Füße und seinen Kopf, sagte ich.*
*Freust du dich?, fragte er.*
*Ich fühle seine Finger an der Innenseite meines Körpers, sagte ich.*
*Ich habe dich gefragt, ob du dich freust.*
*Das Kind hat manchmal Schluckauf in mir, sagte ich.*
*Maria, freust du dich auf dieses Kind?*
*Dafür gibt es kein Wort, sagte ich, darauf kann man sich nicht freuen.*
*Du freust dich nicht, sagte er, warum freust du dich nicht? Das arme Kind.*

*An einem Abend schnitt er mir die Zehennägel.*
*Ein letztes schwarzes Blatt fiel von einem Baum, und ich hörte auf der Straße einen Betrunkenen singen. Er legte mir die Decke über die Beine, den Bauch.*
*An einem Abend bat er mich zu lächeln, und ich lächelte, und dann küsste er mich, um mich zu küssen, hielt er mit einer Hand mein Gesicht. Er bat mich, mir Mühe zu geben.*
*An einem Abend sagte er, ich will dich heiraten.*
*Es fiel noch kein Schnee, aber man konnte ihn riechen.*

*Als wir aus dem Standesamt kamen, begann es zu schneien. Wir aßen Kuchen. Meine Mutter mit dem Teller in der Hand saß still in einer Ecke des Raumes, aß in ihrer Stille Stück um Stück um Stück vom Kuchen. Sie kaute und folgte mit ihrem Blick meinen Bewegungen, die Füchsin. Sein Gesicht war beinahe so weich wie damals, ich stellte ihn mir tanzend vor, also gab es uns für einen Moment, und weil es uns gab, legte ich meine Hand an sein Gesicht. Sein Geruch wie damals, der erste Schnee, diese unglaubliche Wärme, die Wärme eines anderen Menschen in mir, meine Mutter in ihrem Pelz auf dem Heizkörper, der Kuchen in ihrem*

*Mund, die Menschen, die mich anlächelten, als hätte ich alles richtig gemacht.*
*Er sah mich an, ich mit der Hand an seinem Gesicht, er mich betrachtend, seine Augen weit innen in den Augenhöhlen.*
*Jetzt sind wir verheiratet, sagte ich.*
*Hör auf, immer nach innen zu schauen, sagte er.*
*Ich versuchte aufzuhören, nach innen zu schauen. Dann kam Anais zur Welt.*

AUSSEN

**Der Riese steht mit** seinen Fragen in unserer Wohnung. Beim Gehen durch den Flur in die Küche schaut er überall hin und lässt beim Gehen seine Beine zu Boden fallen. Beim Aufprall der Füße zittert das Haus. Ins Bad blickend, notiert er sich etwas. In Mutters Zimmer blickend, notiert er sich etwas. In unser Zimmer blickend, notiert er sich etwas. In der Küche stehend, notiert er sich etwas in ein schwarzes Buch, dabei geht er mit den Augen nahe an das zu Beschreibende heran. Dann stützt er sich, die langen Finger gespreizt, auf dem Tisch ab, und der Tisch zerbricht beinahe unter seinem Gewicht. Er sieht nett aus, der Riese, aber wir wissen es nicht.
Er fragt, könnt ihr mir beschreiben, nach was es hier riecht? Er schaut uns dabei an, als wäre er ein Forscher und wir ein zu erforschendes Material.
Material, denke ich.
Wollen sie Kaffee?, frage ich.
Nein, nein, sagt er. Wie geht es euch?
Hervorragend.
Geht so, sagt Bruno.
Wieso geht so?
Ich bin sehr müde. Wissen sie jetzt genug?
Warum?
Anstrengend ist es hier, sagt Bruno, und ich trete ihn unter dem Tisch. Der Riese hat seine Knie auf der Höhe der Tischplatte.
Wissen sie jetzt genug?
Wo hier?, fragt er.
Im Leben. Das Leben ist etwas Anstrengendes, sagt Bruno. Wissen sie jetzt genug?
Ja, da hast du recht, sagt der Riese, aber nicht immer.
Nein, nicht immer. Wissen sie jetzt genug?
Und in der Schule?, fragt der Riese.
Alles gut. Wollen Sie keinen Kaffee?, frage ich.

Der Riese dreht seinen kaffeemaschinengroßen Kopf langsam zu mir.
Nein, danke, sagt er, und bei dir?
Ich stelle mir vor, wie der Kaffee aus seinem Mund in eine Tasse läuft, neben ihm steht jemand und wartet auf den Kaffee.
Geht so, sagt Bruno.
Wie, geht so?, frage ich.
Und eure Mutter?
Und Bruno weiß, sage ich, wo der tiefste Punkt des Meeres liegt und wie hoch die höchste Brücke des Landes ist. Sag es ihm, Bruno. Er weiß, wie hoch über dem Meer die Hauptstadt Lettlands liegt. Er weiß die Bewegungen der Kellerassel und dass die Kellerassel, weil sie die gleiche Temperatur wie ihre Umwelt hat, nicht weiß, wo sie endet und wo sie beginnt. Er weiß auch, wie man die Farbe der Kellerassel nennt.
Es ist kalt bei euch, sagt der Riese.
Draußen auf dem Balkon sitzt die weiße Katze und leckt ihr Bauchfell. Die Katze drückt sich seitlich gegen die Balkontür, dann läuft sie durch die Küche, streicht um die Riesenbeine, springt in den Riesenschoß. Während wir schweigend die Katze betrachten, kommt Mutter nach Hause.
Hallo, ihr Tierchen, ruft sie, und als sie den Riesen in der Küche sitzen sieht, geht sie ins Badezimmer, und als sie wiederkommt, riecht sie nach Zahnpasta.
Guten Tag, er steht auf und stößt mit dem Kopf gegen den Lampenschirm, beim Wiederhinsetzen stößt er mit dem Knie gegen die Tischplatte.
Unsere Welt ist für ihn zu klein gebaut, denke ich.
Könnt ihr mal rausgehen?, sagt Mutter zu uns und zur Katze.
Aber er muss uns noch von seinem Leben erzählen, sage ich, weil wir ihm von unserem erzählt haben.
Und willst du Kaffee?, frage ich.
Geh jetzt raus.

Aber ich möchte ihn etwas fragen.
Raus hab ich gesagt, sofort raus hier.
Ich höre ihn fragen, warum haben Sie unsere Briefe nicht beantwortet?
Keine Zeit gehabt, sagt Mutter, ich habe wirklich viel zu tun, zwei Kinder, kein Mann, das ist nicht nichts.
Warum reden Sie nicht mit ihren Kindern darüber?
Über was?
Über die Probleme der Kinder in der Schule, über ihre Sorgen.
Welche Sorgen, warum reden?
Weil Sie eine Familie sind, Sie müssen mit ihnen reden, denn nur, wenn Sie mit ihnen reden, dann reden die Kinder auch mit Ihnen.
Meine Kinder reden mit mir über alles, sagt Mutter, und dass sie arbeiten müsse, sie arbeite in einer Bar, und eine Bar habe in der Nacht geöffnet, das sei nun mal so, und dass sie dann auch schlafen müsse, sagt Mutter, sie müsse auch dieses Leben leben.
Das ist nicht unsere Katze, was macht die Katze hier?, fragt sie.
Ich weiß es nicht, sagt der Riese, sie kam über den Balkon.
Trinken Sie?
Ab und zu, ja.
Aber wir haben zum Beispiel alkoholfreien Urlaub gemacht, und das war überhaupt kein Problem, sage ich, ohne in die Küche zu schauen.
Anais!, ruft Mutter.
Wie viel trinken Sie?
Alle paar Tage.
Haben Sie jetzt getrunken?
Nein. Ich bin keine Alkoholikerin, ich bin Mutter. Ich bin die Mutter von Anais und Bruno, und denken Sie auch nur etwas Ähnliches wie daran, mir meine Kinder wegzunehmen, dann

sag ich Ihnen jetzt nicht, was ich tun würde, denn sonst wäre es eine Drohung.

Um zu uns ins Zimmer zu kommen, muss der Riese den Kopf im Türrahmen schräg halten. Er steht im Zimmer und schaut auf mich und Bruno herab. Ich sitze in Brunos Bett, und Bruno steht dicht vor dem Riesen, wir hatten gerade geschwiegen.
Als ich heute Morgen das Gartentor hinter mir geschlossen hatte, sagt der Riese, wollte ich rauchen wie im Film. Der Wind löschte mir drei Streichhölzer, bevor die Zigarette brannte. In der Sonne stehend rauchte ich, dann wurde mir schwindlig. Ich warf die Zigarette zu Boden, hob sie wieder auf. Ich warf sie in den nächsten Eimer, es begann aus dem Eimer zu qualmen, also fasste ich in den Eimer, fasste daneben, fasste in etwas Weiches. An meiner Hand war Senf. Eine Dame mit Hund lächelte mich an, und dann hatte ich Lust auf Taxifahren in New York.
Warum um Himmels willen erzählen Sie uns das?, fragt Bruno.
Weil es zeigt, wer ich bin, sagt er. Ich habe zwei Töchter, sagt er weiter, es sind Zwillinge. Sie reden im Moment nicht mit mir, weil sie mich komisch finden, aber das wird bestimmt wieder besser, redet ihr nur bitte immer mit eurer Mutter, das ist sehr wichtig für sie und für euch, weil ihr eine Familie seid.
Und Ihre Frau?, frage ich.
Die hat mir beim Schlafen ihre Hand aufs Gesicht gelegt.
Aber die lieben Sie?
Ja, sehr, sagt der Riese.
Und sie liebt auch Sie?
Das denke ich, ja.
Schön, sage ich.
Auf Wiedersehen, sagt der Riese.
Bruno sagt, besser nicht.

Und ich sage, warten Sie.
Und der Riese dreht sich noch einmal um.
Wenn wir das hier nicht hätten, sage ich, würden wir mehr und mehr zu Maschinen werden, mit der Zeit, ganz langsam, ohne es zu bemerken. Das hier ist unsere Freiheit. Und wir brauchen die ausgestopften Tiere neben dem Bett, die uns beschützen, unseren Schlaf und unser Erwachen und die tausend Zeichnungen von der Welt, die brauchen wir auch. Wir brauchen alle diese Dinge mit ihrem Staub und ihrer Bedeutung. Auch den Geruch brauchen wir, sage ich, wir brauchen die Zimmerpflanzen und die Wände, die Farbigkeit.
Der Riese nickt und winkt uns mit seiner großen Hand noch so lange, bis er bei der Tür angelangt ist, in der anderen Hand hält er das Notizbuch mit den Notizen über uns.

**Vielleicht raucht der** Riese an diesem Abend in seinem Zimmer, überträgt seine Notizen über uns in ein Formular, legt es in eine Mappe, die mit unseren Namen beschriftet ist. Vielleicht schaut er auf die Uhr. Es ist sieben Uhr. Die Haustür geht auf, und seine Töchter stehen im Flur. Sie ziehen ihre Mäntel aus und hängen sie an die für sie vorgesehenen Haken, streifen die Schuhe von den Füßen, die feinen Damenschühchen. Ich stelle mir vor, sie sind dünn, sie gehen in Strumpfhose und Kleidern leise die Treppe hoch, bleiben vor seiner Tür kurz stehen, schnuppern, verziehen die Gesichter.
Und der Riese möchte aufstehen, die Tür aufreißen, sie beide in den Arm nehmen. Der Riese horcht. Sie gehen ins Zimmer, schließen die Tür. Der Riese horcht, und dann kommt seine Frau und klopft an die Tür der Töchter. Sie öffnet die Tür und geht zu ihnen und umarmt sie.

*Das Licht im Flur ist nicht vorhanden, von den Decken hängen Fäden. Um den Kopf zu berühren, sagt das Mädchen, um den Kopf nicht zu vergessen (Anais).*
*Bretter mit darauf geklebten Plastikstücken (farbig), Bilder von Tannen (Schwarzwald), Bild der Mutter an einem Hafen, Bild der Mutter in einem Mohnfeld, Bild der Mutter in Paris (oder andere Großstadt), Bild der Mutter im Zug, am Fenster mit großem Hut, Bild einer Wolke (in Form einer Tasse), Bild eines Löwenkopfs (männlich), Bild einer Frau auf einem Esel (Rumänien?), ausgestopfter Fuchs (ohne Ohr), Feuerlöscher, Körbe (in verschiedensten Größen) und voller Dinge (Schrauben, Haarklammern, Steine, Passbilder), ein Fenster an der Wand, hinter dem Fenster die Wand in Hellblau, Weltkugel (von der Decke hängend), einige trockene Pflanzen, Vogelkäfig, darin ein Vogelhaus, Puppenkleider, ein Stück Tau (an die Wand geklebt).*
*Schimmelflecken im Bad, rote Kacheln, Sterne auf den Kacheln, Zahnbürsten (normal). Kinderzimmer: Stockbett mit Wolldecken,*

*Kleiderschrank nicht vorhanden (Kisten), Bild der Kinder an der Wand, Bilder von Mäusen, Bibern, Elefanten, Menschen. Bücher vorhanden. Bücher über den Weltraum, Brücken, Flüsse. Kein Tisch. Licht vorhanden.*

Der Riese legt sich unter den Tisch. Vorher hat er die Tür geschlossen. Er liegt in seinem Arbeitszimmer unter dem Tisch und stellt sich vor, so lange liegen zu bleiben, bis die Zimmerpflanze ihre Blätter fallen lässt, so lange liegen zu bleiben, bis es Sommer wird, dann Herbst, Winter und Frühling. Sein Barthaar berührt das Parkett, macht das Geräusch von Wischen auf dem Holz. Er liegt unter diesem Tisch. Sein Körper ist nicht zu schwach, er würde sich leicht erheben können, aber es ist ihm nicht möglich. Er kann nicht. Auch das Rufen ist ihm unmöglich. Auch das Flüstern, auch das Klopfen am Tischbein, auch das Betrachten seiner Füße, das Kratzen am Schienbein. Er liegt unter dem Tisch und wartet darauf zu sehen, wie die Blätter der Zimmerpflanze zu Boden segeln, wie es Sommer wird vor dem Fenster, dann Herbst, Winter, Frühling und wieder Sommer.
Ich stelle mir vor, dass er seitlich liegend mit seinen Fingern Punkte in den Staub tupft. Er sieht Staubwolken unter dem Eichenschrank. Er sieht die Unterseite des Tisches, rötliches Holz. Er sieht dann doch seine Füße in den braunen Lederschuhen mit dem Lochmuster. Und er stellt sich vor, wie er zur Toilette muss und es beinahe schafft aufzustehen. Wenn er dann aber loslässt, wenn sein Urin durch den Stoff seiner Anzugshose auf den Parkettboden tropft, auch seine Beine entlangläuft, im Hosenbein, dann wird er merken, dass es unmöglich ist, jemals wieder ein Kleidungsstück abzulegen, um ein frisches überzustreifen, jemals wieder ein Protokoll zu erstellen oder einen Kaffee zu kochen, jemals wieder ein Brötchen zu essen oder die Zähne zu putzen, jemals wieder ein

Gast, ein Sozialarbeiter, ein Ehemann, ein Vater zu sein. Ich stelle mir vor, er würde über diese Erkenntnis sehr erleichtert sein. Es würde ganz warm an seinen Beinen werden, der Urin würde langsam auf seine Hände zukommen. Es würde sich ein Friede in ihm ausbreiten, der mit der Wärme zusammentrifft. Und er würde zum Tisch werden, unter dem er liegt. Er würde zu den fallenden Blättern der Zimmerpflanze werden, zu den hellgrünen Äderchen ihrer Blätter. Er würde langsam auf das Parkett segeln. Er würde zum Moos auf dem Flachdach des Hauses gegenüber werden, und er würde zum Himmel werden, zu seiner beunruhigenden Endlosigkeit. Er würde zur Staubkugel unter dem Schrank werden und zum Schrank selbst.
Wenn sie ihn unter dem Tisch hervorholten, würden sie sagen, er hat alles vergessen. Den Morgen hat er vergessen, den Abend, den Mittag, den Tag an sich. Er hat die Zeit vergessen und die Anziehungskraft. Er hat die Spiegelung vergessen, seine Familie und die Natur.

Ich stelle mir den Riesen vor, wie er die Füße gegen die Tischbeine drückt, wie es ihn im Rücken schmerzt. Und ich stelle mir seine Frau vor, wie sie im Türrahmen erscheint und auf ihn hinunterblickt, auf ihren Mann unter dem Tisch. Ich stelle sie mir lächelnd und etwas starr vor. Etwas überheblich schaut sie auf ihn hinunter und sagt: Essen.

Am Tisch stelle ich mir die Familie vor, an einem langen Holztisch. Vom Schreiner geschreinert. Ich stelle mir vor, wie die Zwillinge identisch sind, wie nur die Mutter ganz genau weiß, wer wer ist, wie sie sie an ihrer Art zu atmen erkennt, wenn sie einatmen, bevor sie sprechen. Ich stelle mir vor, wie der Riese es vermeidet, ihre Namen auszusprechen aus Angst, man könnte über ihn lachen.

Der Riese fürchtet sich vor seinen Töchtern, so stelle ich es mir vor. Und je mehr er sich fürchtet, desto weniger ernst nehmen ihn seine Kinder, und sie werden gleichgültiger und gleichgültiger ihm gegenüber, bis es ihn für sie nicht mehr geben wird. Vielleicht, so stelle ich es mir vor, verschwindet der Riese dann.

**Ich setze mich neben** Tina auf die Bank in der Hütte aus Holz, und die anderen Mädchen nicken mir zu. Wir sitzen in einer Reihe, die Lichtpunkte der Discokugel bewegen sich im Kreis am Boden, an der Wand, manchmal blitzen sie uns in die Augen. Es riecht nach Parfüm und feuchtem Holz, nach abgestandenem Bier und Gemüsesuppe. Draußen werfen Buben Plastik ins Feuer. Einer schlägt lange Zeit mit einem Holzstück gegen die Außenwand der Hütte und schreit.
Ein paar Mädchen zeigen sich gegenseitig ihre Muttermale an den Armen, an diesen Armen klirren funkelnde Reifen, auch die Musik ist romantisch.
Die Muttermale am Hals meiner Mutter ergeben eine Perlenkette, sage ich, von der Romantik berührt.
Deine Mutter ist wunderschön, sagen die Mädchen.
Ja, sagen sie.
Wir hätten auch gerne so eine Mutter.
Ich liebe meine Mutter sehr, sage ich.
Die Mädchen kichern.
Dann sagt Tina, du musst rausgehen und dich neben ihn stellen. Du musst rausgehen und ihn fragen, was er so macht oder ob er irgendetwas mag.
Irgendetwas, kichern die Mädchen.
Oder frag ihn, ob er ein Poster von einem Fußballer hat.
Nein, sage ich.
Die Mädchen kichern.
Peter, Peter, Peter, flüstern sie.
Dann halt nicht, dann halt nie etwas, sagt Tina.
Doch, du hast ja recht, sage ich, aber ich traue mich nicht.
Dann geh nach draußen und stell dich neben einen anderen Jungen und frage den, was er so macht, was er so hat und ob er schon einmal in Afrika war oder in einem Freizeitpark.
Tina holt uns Orangensaft.
Die Mädchen flüstern, los, los, los.

Ich gehe mit meinem Becher nach draußen und sehe Peter zwischen den Bäumen verschwinden, ich gehe um die Hütte herum auch in den Wald und dann in seine Richtung.

Ich überlege dabei, was zu tun ist, was Mutter mir raten würde, was Bruno sagen würde, was ich tun soll, wenn ich ihn antreffe im Wald, was man dann sagen könnte. Ich überlege zu sagen, dass es leiser ist im Wald, und denke dann, dass Mutter sagen würde, dass das zu bedeutungsvoll klingt. Was für ein Zufall, dich hier zu sehen, könnte ich zu ihm sagen, und denke dann an Bruno und wie er seinen Blick zur Decke heben würde, dass das ein kompletter Blödsinn sei, würde er sagen. Ich überlege, ihm zu sagen, dass ich ihn gesucht hätte, weil ich mit ihm reden wollte, aber das leider nicht könne, wenn seine Freunde dabei seien, weil seine Freunde zu hart seien, auch zu kindisch. Ich denke, dass das zu hart wäre. Ich überlege, ihm zu sagen, dass ich ihn schön finde, aber nicht weiß, ob ich auch sein Inneres schön finden würde, und deshalb hier im Wald, wo es still ist, ein bisschen mit ihm reden wolle, um zu wissen, ob ich denn sein Inneres schön finde und ob er mich und mein Inneres auch schön finden könnte. So gehe ich durch den Wald, der Mond leuchtet bleich und gutmütig. Ich blicke zwischen den dünnen Baumarmen hindurch, an denen kleine, runde Blättchen zittern und in deren Zittern Mondlicht fällt, in den dunklen Wald.

Dann sehe ich Peters Umrisse, weit weg, er pinkelt an einen Baum. Ich gehe näher, warte.

Und dann sehe ich Kai, der von hinten langsam auf Peter zugeht und dabei redet.

Ich höre Kai sagen, der Boden sei weich.

Das ist ungefähr so, wie zu sagen, im Wald ist es leiser, denke ich und muss darüber lachen, aber nur einen kurzen Moment, denn ich merke, dass es überhaupt nichts mit Spaß zu tun hat, das, was hier passiert. Ich sehe, wie Kai immer näher

zu Peter hingeht. Vielleicht steht er an meinem Platz, und vielleicht war ich zu langsam, denke ich, aber dann denke ich augenblicklich, dass das alles keinen Sinn ergibt. Alles nicht. Überhaupt nicht. In meiner Hand der weiße Plastikbecher, der leuchtet, das Geräusch eines Tieres im Laub, das Gelb des Orangensafts im weißen Becher, meine weißen Finger im Mondlicht, die Fichtenarme, die beinahe zu Boden hängen, der schwarze Boden wie ein Loch, die Wurzeln wie schlafende Tierchen.
Kai steht hinter Peter, Peter, der sich nicht umdreht.
Was ist?, höre ich Peter fragen.
Kai berührt Peters Rücken mit einer weiß leuchtenden Hand. Er berührt den Rücken mit der Handfläche, während ein Vogel tief in den Wald ruft. Dann legt er sein Gesicht an Peters Rücken. Peter sieht in den Wald hinein, pinkelt nicht mehr, schließt die Hose nicht.
Er dreht sich um. Ich sehe ihre Blicke nicht, aber ich sehe das entstehende Küssen. Peter geht mit seinen Händen zu Kais Gesicht, er hält das Gesicht. Und dann der Kuss. Ganz kurz nur. Irgendwo knackt ein Ast, sie schauen in meine Richtung. Etwas erschrocken lachen sie auf. Ich erschrecke auch, aber lachen kann ich nicht, denn ich habe den Schreck überall. Ich habe ihn im Blick, der zittert, in den Armen, die kalt werden, unter dem Brustbein wird es heiß. Weg sollte ich sein. Ich sollte weg sein. Ich sollte nie vorhanden gewesen sein. Es sollte mein Kuss gewesen sein.
Sie halten sich die Hände, drücken sich die weiß leuchtenden Hände, küssen sich länger, gehen wieder voneinander weg. Schauen in den Wald. Sie küssen sich wieder und länger und mit der Zunge, gehen wieder auseinander, wieder zusammen, wieder auseinander, wieder zusammen.
Ich höre das Lachen der anderen und merke, wo ich bin, und ich bemerke, wie eine Traurigkeit in mir wächst, also reiße ich

mich los und gehe den Weg zurück, den ich gekommen bin. In der Hand der weiße Plastikbecher mit dem gelben Orangensaft. Der Wald scheint sich hinter mir zu schließen und alles zu schlucken, was ich auf dem Weg in den Wald hinein dachte.
Es ist, als hätte der Wald mir verraten, dass alles nicht so ist, wie es aussieht, sondern ganz anders, und als wäre ich zu dumm für diese Welt.
Peters Freunde stehen um das Feuer und lachen, weil einer in die Flammen pinkelt.
Das ist überhaupt nicht lustig, rufe ich und höre nicht, was sie antworten. Höre nur, dass sie noch lauter lachen als zuvor.

Dann sitze ich neben Tina in der Ecke und schaue zu, wie Mädchen mit Mädchen tanzen und Jungen mit Mädchen tanzen und Mädchen alleine tanzen.
Ich bin mit Tina in der Ecke, aber die anderen Mädchen sitzen nicht mehr auf der Bank, einige haben sich auf die Suche gemacht, und einige haben etwas gefunden. Ich wünschte mir, sie würden alle zurückkommen, und wir könnten wieder in einer Reihe auf der Bank sitzen, sie würden die Beine an den Körper ziehen und mit den Plastikpalmen in ihren Säften am Bechergrund ein Klopfgeräusch machen. Die Discokugel würde uns immer wieder die weißen Punkte ins Gesicht zeichnen. Ich könnte ihnen noch etwas mehr von Mutter erzählen. Wie sehr ich sie bewundere, würde ich ihnen erzählen, für ihre Lebendigkeit und Größe und Kraft. Ich würde ihnen erzählen, wie Mutter einmal sagte, sie glaube, die Welt sei wie ein Baukasten konzipiert und würde man das Prinzip der Bausteine begreifen, könne man alles perfekt und stimmig zusammensetzen.
So etwas würde ich ihnen gerne erzählen und mit ihnen über die Liebe reden.

In die Bank, auf der ich sitze, hat jemand die Worte «Friede und Sex» geritzt.
Und ich schaue zu Peter, der hereingekommen ist, der in einer Ecke sitzt und zu mir schaut. Und ich schaue abwechselnd zu Peter und zu Kai, der auch in einer Ecke sitzt und die Augen geschlossen hat.
Und ich sehe, wie Peter mich anschaut, wie ich zu ihm und zu Kai schaue, und dann ist er bleich und geht davon, ohne noch etwas zu jemandem gesagt zu haben.

Zu Hause zähle ich tausend Autolichter. Ich werde nie mit seinen Händen spielen, weil er mit anderen Händen spielt, und ich finde seine Hände plötzlich schrecklich unwichtig. Erstaunt darüber, wie mir das Braun seiner Augen nicht mehr einfällt, dämmere ich weg.

**Peters Blicke,** **die ich** haben wollte.

Seine Blicke für Kai sind die Blicke, die ich gesehen habe.

Das Pausenbrot, das nach Liebe geschmeckt hat, das er mir hingehalten hat, das auf keinen Fall nach Liebe geschmeckt haben konnte.

Warum hat er mir sein Pausenbrot gegeben?
Warum haben sie dabei gelacht?
Warum hat es nach Liebe geschmeckt?
Warum schmeckt es jetzt in meiner Erinnerung nach Schneckenschleim vom Gebüsch hinter der Turnhalle, wo Tina damals gesehen haben wollte, wie sie die Schnecke am Brot rieben?

Peters Hände an Kais Hals.
Das Fallen eines Blattes in sein Haar.
Das Mondlicht und mein kurzer Wunsch am Waldrand, das Blatt wäre die Welt gewesen.

**An diesem Abend ist** in der Küche die Stimmung aufgeräumt. Mutter hat sich die Augenbrauen gezupft, die Augenbrauen verbreiten mit Mutter zusammen diese Aufgeräumtheit. Ich habe festgestellt, dass bei uns das beste Leben stattfindet.

An diesem Abend liegen Bruno und ich im Bett, und er sieht Dinge, die es nicht gibt.
Bruno sagt, ich sehe Dinge, die es nicht gibt, und obwohl ich weiß, dass es sie nicht gibt, irritieren sie mich so sehr, dass ich nicht schlafen kann, ja, ich fürchte mich vor ihnen. Bruno schläft dann aber doch ein, aber er denkt, er ist wach, und dann wacht er auf und schreit, weil er dachte, er sei wach, während er schlief.
Keine Ungeheuer, sagt er. Inexistente Wesen. Ja, Wesen, sagt er.
Ich klettere aus dem Bett und lege mich neben ihn. Er ist unter der Decke ganz dünn und heiß.
Ich fürchte mich aber nicht, sagt er.
Ich lege ihm meine kühle Hand auf den Bauch. Er schnauft einmal laut und legt sein Gesicht an meinen Arm.
Anais, sagt er, ich fürchte mich aber nicht.
Ich lege auch die andere Hand auf seinen Bauch, und dann mache ich Kreise auf seinem Körper mit meinen Händen, bis er wieder schläft. Als er schläft, nehme ich seine Nase in den Mund. Dann klettere ich in mein Bett und zähle die Autolichter.
Am Morgen sagt Bruno, er habe etwas an der Nase gehabt.
Und Mutter ruft mit heiserer Stimme aus ihrem Gold, sie wünsche uns einen schönen Tag und dass Bruno und ich für sie Gold und Edelsteine und Engel seien und Gott auch.
Es habe Essenspakete, von Fred zubereitet, auf dem Küchentisch, ruft Mutter noch und, dass er ja anscheinend sehr um unser Wohl bemüht sei.
Fred macht ein Geräusch zwischen Freude und Scham.

In der Schule betrachte ich Peter, er sitzt in der Reihe vor mir und ist laut. Er hat sein Haar jetzt angefeuchtet und nach hinten gekämmt, er trägt einen schwarzen Pullover mit Kapuze, und er schaut Kai nicht an, und Kai sitzt still in seiner Bank. Mich sieht heute niemand, nur Tina berührt mich einmal am Arm.

In der Pause finde ich Bruno neben einem Strauch in der Nähe der Turnhalle. Er beobachtet einen Regenwurm, er berührt den Wurm, und dieser kringelt sich aufgeregt.
Man hat noch nicht feststellen können, sagt Bruno, mit dem Blick im Strauch, warum Regenwürmer bei Regen an die Erdoberfläche kommen. Entweder sie haben Angst zu ertrinken, was nicht logisch ist, weil sie Monate in überschwemmten Gebieten überleben können, oder sie lieben den Regen. Aber das glaube ich nicht, sagt Bruno, Liebe gehört nicht zum Regenwurm. Die dritte Möglichkeit ist, sagt er, und berührt wieder die Zylinder des Wurms, dass das Regengeräusch ihn an das Graben des Maulwurfs erinnert, dann flüchtet er aus dem Erdreich.
Ich lege Bruno meine Hand auf den Rücken und drücke ein bisschen. Der Regenwurm ist rosarot, weiß und weinrot, er bewegt sich sinnlos.
Schön, sage ich.
Ja, das ist schön, sagt Bruno.
Dann gehen wir hinein, weil es klingelt, weil alle Kinder, wenn es klingelt, hineingehen, sich hinsetzen und sich anhören, was die Lehrerin zu sagen hat.
Bruno und ich schweigen, während wir durch den Flur gehen. Ich betrachte die von Menschen an die Scheiben geklebten Silhouetten der Vögel, die wiederum Vögel davon abhalten sollen, gegen die Scheiben zu fliegen, weil dort anscheinend schon Vögel fliegen. Ich betrachte den schlauchartigen Schul-

hausflur, von dem aus man die Zimmer erreicht, die in den Zimmern verschwindenden Kinder. Ich frage mich, warum alles so ist, wie es ist, und ich denke, dass ich mir einmal die Zeit nehmen muss, darüber nachzudenken, warum alles so ist, wie es ist.

Ich gebe Bruno einen Kuss auf sein linkes Brillenglas, er behält den Abdruck meiner Lippen, hält in seiner Hand den sich kringelnden rosa Regenwurm.

**Fred steht in** der Tür, sagt, er müsse Maria sehen, unbedingt, er müsse sie sofort sehen. Sein Körper sieht schwer aus. Eine vollgesogene Daunendecke. In seiner Hand hält er sieben Rosen, und Rosenblätter sind zu Boden gefallen, fallen immer noch und landen auf seinen schwarzen Lederstiefelspitzen, auf der rostbraunen Fußmatte.
Mutters Haar liegt auf dem Kissen verteilt unter ihr, liegt da wie Sonnenstrahlen hinter ihr. An Mutters Bett steht Fred, noch immer die fallenden Blüten, sie fallen auch auf Mutters Bettdecke. Mutter, die im Halbschlaf das Gold von sich schiebt, und Fred, der ihrer völligen Nacktheit wegen wieder aus dem Zimmer geht. Er steht mit seinem schweren Körper und den Rosen vor der Zimmertür. Er umklammert die Rosen und steht mit dem Rücken zur Wand. Im Gesicht trägt er einen Haarschatten.

Bruno und ich notieren die Zukunft. Wir suchen Orte auf der Weltkugel, an die wir fahren mit dem braunen Auto. Wir machen eine Liste mit Spielen, die man zu viert, nicht aber zu dritt spielen kann. Wir verabschieden uns vom Klimpern der Gürtelschnalle und den selbst gestochenen Messern und Namen auf den Armen der Männer in unserer Wohnung, die einmal in unserer Küche stehen und uns betrachten, als wären wir die nicht erledigte Arbeit von gestern oder als würden sie bei unserem Anblick an ihre eigenen Kinder erinnert, und dann verschwinden. Wir verabschieden uns von den Blicken fremder Männer. Wir denken an Weihnachten. Wir denken an Mutters Glück im braunen Auto, an das Nüsse aus dem Fenster spucken, an den Fisch, glitzernd im Teller, und die sich berührenden Knie unter dem Tisch in der Küche. Wir denken an Geschichten, die Fred uns erzählen wird mit seinem weichen Gesicht, dem Metallgeruch, den auf seinem Bauch abgelegten Händen.

Wir gehen in den Innenhof und hängen uns zu einem Kind an die Reckstange. Wir machen einen Rundlauf durch die Treppenhäuser. Wir scheuchen drei Tauben auf, jagen die weiße Katze auf die Linde. Wir springen an der Linde hoch. Wir schreiben Fred an die Haustür.

Mutters Zimmertür bleibt lange verschlossen. Mutter redet. Mutter redet. Mutter redet. Draußen werden jetzt Container geleert. Wir schauen durchs Schlüsselloch. Sie steht vor den Spiegeln, hinter ihr sind viele Mutterrücken und viele Freds, die versuchen, gerade zu stehen, noch immer die fast blütenlosen Rosen in seiner Hand.
Mutter sagt, wir können zusammen Dinge tun. Ich werde nicht mehr tanzen.
Dann geht die Tür auf, und sie geht an uns vorbei, sieht uns nicht, geht auf den Balkon, zündet sich eine an. Das Windrad steht, kein Sonnenlicht, keine Schatten der Dinge. Es gibt das Geräusch von leeren Flaschen, die auf leere Flaschen fallen. Mutter fährt sich mit den freien Fingern über Hüftknochen und Bauch, als wolle sie sich damit bestätigen, dass sie sich selbst genug ist.
Fred tritt gegen Mutters Bett. Fred sitzt auf Mutters Bett, Fred legt sich in Mutters Bett, wühlt mit einer Hand in der goldenen Seide, mit der anderen wühlt er in seinem Gesicht. Er tritt wieder gegen das Bett. Bruno und ich zerreißen unsere Listen.
Fred riecht am Gold. Er geht nahe zu den Bildern hin, betrachtet lange Mutter auf ihren Bildern. Betrachtet die Figürchen und Dinge, die herumstehen, die Mutter zusammengesammelt hat. Er betrachtet den braunen Baum. Fred, sein Haarschatten, sein Metall, seine Schwere, seine Traurigkeit, und auch ich bin traurig, aber das kann ich ihm nicht sagen, sonst würde er noch trauriger werden, und noch trauriger darf es nicht sein.

Nein, sagt Mutter, ich kann nicht.
Keine Liebe, sagt sie.
Warum?
Und Familie?, frage ich.
Auch keine Familie, keine Liebe, keine Heirat, kein Vater.

Dann gehen wir spazieren, und Fred geht neben uns her, aber er ist so still, dass ich vergesse, dass er da ist, und plötzlich ist er verschwunden.
Jetzt machen wir einen Neuanfang, sagt Mutter.
Aber ohne Fred?, frage ich.
Ohne Fred, nur wir drei, sagt Mutter feierlich.
Wir drei, sagt Bruno leise.
Ich werde nicht mehr tanzen, sagt Mutter.
Nie mehr?, fragt Bruno.
Nie mehr für Menschen, sagt Mutter.
Nur für uns?
Nur mit euch und für euch, sagt Mutter.
Wir füllen je ein Glas mit Wasser und gießen für den Neuanfang den braunen Baum, es ist aber zu viel Wasser, es läuft über den Rand des Topfs und in die Rillen des Bodens. Mutter wischt das Wasser mit einem Männerhemd auf.

In einem Kleid von Mutter sehe ich mich in Mutters Spiegel. Es sieht nicht schön aus. Ich bin zu kurz und zu breit für das Kleid, um schön zu sein wie Mutter. Das Kleid ist voller Rosenköpfe. Hellrote Rosenköpfe. Ich denke an den Frühling, was wir im Frühling hätten tun können. Ich denke an Fred und stelle ihn mir an seinem Tresen sitzend vor. Er sitzt am leeren Tresen auf einem der Hocker, dessen Bezug schwarz ist und samtig. Er kippt ein Glas Weißwein in sich hinein und wieder eines. Ist die Flasche leer, holt er eine neue. Glas um Glas um Glas. Niemand tanzt, niemand singt, niemand wirft niemandem Oliven in den Mund. Fred riecht Mutters Schweiß. Fred geht zur Bühne und riecht am Bühnenboden und an der Stange. Er berührt die Stange dort, wo Mutter sie berührt hat, als sie tanzte, er versucht zu tanzen, wie Mutter tanzte. Und sein Körper macht dabei ein Bettflaschengeräusch. Er betrachtet ihre Fingerabdrücke am Metall. Und zurück am Tresen trinkt er. Sein Körper und darin das Bettflaschengeräusch. Glug, glug, macht es im Inneren seines Körpers, wenn er sich auf den Hocker hebt. Er trinkt, und langsam ist er voll, auf allen Seiten hängt er über den Hocker hinab. Glug, glug. Seine Haut gibt nach, er tropft aus ihm heraus, der Wein. Aus den Poren tropft er. Und Fred kippt oben weiter Wein hinein. Am Ende ist Fred verschwunden, nur eine Lache vor dem Tresen, und auf dem Tresen steht ein leeres Glas.

**Wir schlafen** so lange, dass wir die Hälfte des Schultages verschlafen haben. Wir schlafen so lange, dass Mutter sagt, ihr seid ja krank.
Ihr seid ja ganz bleich und hustet, sagt sie.
Wir liegen dann im Bett und langweilen uns. Wir sind krank und liegen im Bett. Mutter bringt uns Tee und Salzstangen.
Aber wir sind ja gar nicht krank, sagen wir.
Doch ihr seid krank, sagt Mutter, sonst wärt ihr nicht hier, sondern in der Schule, und wärt ihr doch hier, aber nicht krank, dann wäre ich eine schlechte Mutter.

Und bei uns zu Hause ist die Langeweile, sie liegt bei uns im Bett. Mutter ist neue Arbeit suchen gegangen, darum könnten wir aufstehen, aber weil wir ein schlechtes Gewissen bekommen würden, weil sie ja eine schlechte Mutter wäre, wenn wir nicht im Bett lägen, und wir ja nicht wollen, dass sie eine schlechte Mutter ist, weil sie sich dann schlecht fühlen würde, weil es ihr sehr wichtig ist, eine gute Mutter zu sein, bleiben wir liegen.
Bei uns zu Hause liegen wir im Bett, und Bruno stemmt seine Füße gegen meinen Lattenrost.
Bruno liest mir aus seinem Buch über die Brücken der Welt vor. Die höchste Brücke wurde in China gebaut, sagt er. Sie ist 472 Meter hoch.

Bei uns zu Hause ist Mutter, die keine Arbeit gefunden hat, die sagt, ich habe beim Gemüsehändler gesucht und im Reisebüro, im Anwaltsbüro und im Lebensmittelgeschäft. Ich habe mir jeweils alles angesehen, aber ich konnte es mir nicht vorstellen, mich darin zu bewegen, in diesen Räumen, mit diesen Gesichtern, diesen Blicken, in dieser Enge. Und wenn wir aufs Land ziehen würden?, fragt sie.

Bei uns zu Hause ist, bevor wir darauf antworten können, der Schrei von Frau Wendeburg.
Was ist denn los?, hören wir sie ins Treppenhaus schreien.
Was ist das denn?, schreit sie.
Ich springe aus dem Bett, Mutter hält inne, steht, sich die Achselhaare rasierend, vor dem Spiegel im Badezimmer. Dann laufen wir die Treppe hinunter. Vorne Mutter, das Hemd zuknöpfend, in der Mitte ich und hinter uns der Wolf.
Und als wir die Wohnung betreten, sehen wir Frau Wendeburg vor einem Spiegel im Wohnzimmer stehen. Die Katze sitzt unter dem Sofa, ich sehe das Ende ihres Schwanzes auf dem dunkelbraunen Teppich auf und ab gehen. Frau Wendeburg mit neuem, braunem Haar. An ihr ein weißes Kleid, an ihren Händen gehäkelte Handschuhe, sie hält in den Händen einen winzigen Strauß. Gelbe Blüten und einen kleinen schwarzen Kopf haben die Blumen in ihrer Hand.
Nur das Geräusch der Katze, die ihre Krallen über den Teppich zieht, und der Regen am Fenster. Nur das dunkle Wohnzimmer, das gelblich dreckige Licht einer Stehlampe. Frau Wendeburg, die, den Blumenstrauß unter dem Arm geklemmt, den Reißverschluss ihres Kleides nicht schließen kann, die mit den Armen versucht, an ihren Rücken zu gelangen.
Im Geschäft hat er mir den Reißverschluss hochgezogen, sagt Frau Wendeburg, uns und sich selbst im Spiegel. Ich war vor dem großen Spiegel, sagt sie. Ich stand vor dem Spiegel, so wie ich jetzt vor diesem Spiegel stehe, und hinter mir stand er und stand die Verkäuferin. In der Mitte war ich. Er hat gelächelt, und ich habe gelächelt, und auch die Verkäuferin hat gelächelt, und die Menschen draußen, die vorübergingen und uns durch die Scheibe haben da stehen sehen, die lächelten auch, überhaupt haben alle Menschen gelächelt in diesem Moment.
Und dann weint Frau Wendeburg. Sie weint auf das Kleid, das

weiß ist. Sie lässt den Blumenstrauß nicht fallen, schaut weiter in den Spiegel, versucht weiter an ihren Rücken zu kommen.

Mutter zieht ihr den Reißverschluss am Rücken hoch, hängt das Häkchen in die Öse. Mutter hält Frau Wendeburg die Schultern. Sie vibriert, das sehe ich, weil Mutters Finger auf den Schultern zittern.

Bruno und ich gehen hinter Mutter, die sich als Decke um Frau Wendeburg gelegt hat, aus der Wohnung. Vorher nehme ich die Katze unter dem Sofa hervor.

**Ich stelle mir vor**, wie Frau Wendeburg damals Mohnkuchen gebacken und Champagner gekauft hatte. Sie hatte weiße Servietten, weiße Girlanden, weiße Becher und weiße Plastiktauben gekauft. Sie hatte die Vorhänge gewaschen, die Böden geschrubbt, das Bett frisch bezogen. Sie hatte die Katze gekämmt und den Braten, mit Öl eingerieben, bereitgestellt.

Sie war früh erwacht. Sie war leise über den Teppich im Schlafzimmer gegangen. Das Morgenlicht warf Streifen auf den Teppich, auf sie, auf ihn, auf die orangene Bettdecke, das Weiß des Wachstuchs auf der Kommode aus dunklem Holz. Sie hatte sich leise bewegt und war noch einmal zu ihm hingegangen, hatte die Decke angehoben, hatte die Hände kurz liegen gelassen auf seinem Bauch.
Sie hatte alles vorbereitet, begann den Braten mit Öl einzureiben, sie steckte den Rosmarin unter den Faden, der um den Braten gebunden war. Die Katze saß auf dem Stuhl und betrachtete den Braten, und das Tageslicht war langsam hervorgekommen, war zu Frau Wendeburg und der Katze in die Küche geglitten, legte sich auf das Fell der Katze, auf Frau Wendeburgs ölige Hände, orangenes, weiches Licht, ein Lied im Radio, Kaffeegeruch, warme Milch in der Pfanne, die Weichheit ihres Morgenmantels. Dann kam er aus dem Zimmer. Er hatte seinen Hut auf dem Kopf und den Mund geschlossen.
Also, sagte er irgendwann nach langem Herumstehen.
Also?, sagte damals Frau Wendeburg.
Ich gehe, sagte er.
Knoblauch brauchen wir, sagte Frau Wendeburg.
Er sagte nichts. Er ging. Er schloss die Tür hinter sich. Und draußen sein leichter Gang durch den Innenhof, aber das sah Frau Wendeburg nicht. Frau Wendeburg hatte den Braten fallen lassen, als die Tür sich schloss, er fiel nicht weit, nicht dra-

matisch, nicht laut. Es war nur der Klang von Fleisch, das aus der Hand einige Zentimeter weit auf eine Chromstahlablage fällt.

Vielleicht rutschte ihr heute Morgen das Kleid vom Bügel und fiel zu Boden, als sie es aus dem Schrank nahm, nach vielen Jahren. Vielleicht hob sie es mit zittrigen Fingern wieder auf, klopfte die Katzenhaare vom Stoff. Sie stieg hinein, wie damals, dann in die weißen Schuhe, versuchte, den Reißverschluss am Rücken zu schließen.
Und als es klingelte, stand Frau Wendeburg im Wohnzimmer mit den Händen am Rücken. Sie erschrak.
Sie trug das Kleid, sie trug die Haare, sie trug den Strauß.
Und als es klingelte, öffnete Frau Wendeburg die Tür. Sie öffnete die Tür im Glauben, ihn davor stehen zu sehen. Sie öffnete die Tür im Glauben, dass er heute zurückkommen würde. Und sie wollte schweigen, wollte sich mit dem Rücken zu ihm drehen und ihn den Reißverschluss hochziehen lassen. Sie wollte ihn fragen nach dem Knoblauch für die Marinade. Sie öffnete die Tür.
Ich weiß, da war niemand; Kinderschritte im Treppenhaus.
Was ist das?, schrie Frau Wendeburg in den dunklen Flur; das Ticken vom Lichtschalter.
Warum denn?, schrie sie.
Das ist nicht lustig, sagte sie leise.
Weit unten das Kichern der Kinder.
Wo bist du?, schrie sie, und das Kichern verstummte.
Die Haustür fiel ins Schloss.

Als wir kamen, war Frau Wendeburg im Wohnzimmer. Hinter ihr im Fernseher verkaufte eine schlanke Frau mit langen Fingern Seife. Seife in außergewöhnlichen Formen. Gelbe Seife, rote Seife, körnige Seife, graue Seife, gepunktete Seife, flüssige Seife. Seife in Form von Meerjungfrauen, von Muscheln, von Segelbooten, von Ankern, Schwimmwesten.

Sie sitzt in unserer Küche und umschließt die Bierflasche mit allen Fingern. Sie sitzt in ihrem hellen, engen Kleid und friert.
Danke, sagt Frau Wendeburg, und Mutter lächelt.
Gern geschehen.
Wir spielen Eile mit Weile. Langsam verschieben wir die Figuren. Sie blickt umher, Frau Wendeburg, von links nach rechts, von rechts nach links. Sie bleibt hängen mit ihrem Blick an den Verfärbungen der Wände, den blinden Fenstern, den Dingen bei uns, den Figuren auf dem Brett.

Die Trockenheit der Luft, denkt sie, die keine Trockenheit, die Wärme ist. Die Lappen, die in der Ecke liegen und riechen, weil sie in die Wäsche müssten, denkt sie, die nach dem Ufer des Sees bei Trockenheit riechen. Der verschleierte Blick von Bruno, denkt sie, der nicht verschleiert ist, sondern nur Müdigkeit. Meine fahrigen Finger sind nicht fahrig, sondern nur fein und schnell. Und die vier Bier von Mutter innerhalb einer Stunde. Und das Spielbrett, an dem die Figuren kleben bleiben. Und die Essensspuren an der Wand, an den Schränken, die braunen Spuren am Boden, das grüne Brot auf der Ablage, die tausend kleinen Dinge auf allen Ablageflächen. Und die tausend Bilder, die Fäden, die von den Lampenschirmen, von den Türrahmen hängen, das Gelb der Wände an manchen Stellen und das Gelb der Innenseite von Mutters Fingern vom Rauchen.
Ich schaue hoch vom Spielbrett und zu Frau Wendeburg. Wenn wir diese Wohnung nicht hätten, sage ich, dann würden wir zu Maschinen werden, ganz langsam, ohne es zu merken. Wir brauchen alle diese Dinge mit ihrem Staub und ihrer Bedeutung, wir brauchen das alles, die ausgestopften Tiere

neben unserem Bett, die uns beschützen und die tausend Zeichnungen von Welt.
Ja, ja, Kind, sagt sie.
Ich muss jetzt gehen, sagt Frau Wendeburg, und dass sie noch einen Kuchen im Ofen habe. Dass sie uns ein paar Stücke vom Kuchen bringen könne. Dass wir uns ein paar Stücke holen könnten. Dass der Kuchen lecker sei. Dass er nach einem Rezept ihrer Mutter gebacken sei und diese habe das Rezept wiederum von ihrer Mutter bekommen und diese auch von ihrer Mutter. Es seien Beeren im Kuchen und Zimt.

Von diesem Kuchen, sagt Mutter, als Frau Wendeburg weg ist, von diesem Kuchen sprach sie schon immer, und nie habe ich ihn gesehen, geschweige denn gegessen. Schon immer sagte sie, wenn sie nicht mehr da sein wollte, ich muss den Kuchen aus dem Ofen nehmen. Statt dass sie einmal gesagt hätte, deine Kinder sind laut oder in deiner Wohnung fühle ich mich nicht wohl, oder dass sie einmal gesagt hätte, was sie denkt über das, was sie sieht, über das, was ich tue zum Beispiel.
Warum fragst du sie nicht?, sagt Bruno. Du tust ja auch, als wäre alles gut.
Es ist ja alles gut, sagt Mutter.
Es ist mir ja egal, sagt sie. Ich brauche diese Frau nicht mehr.
Warum hast du sie gebraucht?, frage ich.
Ihr wart klein und meine Mutter hat mir Vorwürfe gemacht, sagt Mutter. Immer. Sie hat nach Vorwurf gerochen, und alle ihre Geräusche waren voller Vorwürfe. Sogar wenn sie sagte, ich gehe duschen, war darin für mich ein Vorwurf hörbar.
Ich fand ihre Pullover sehr weich, sage ich.
Schön für dich, sagt Mutter.

**Ich bin wegen dem** hier, was du denkst, was aber nicht stimmt, sagt Peter. Er hat Früchtebrot mitgebracht.
Von meiner Mutter, sagt er und hält es mir hin.
Aber warum das Früchtebrot?
Das weiß ich nicht, sie denkt vielleicht, dass du meine Freundin bist.
Und dann bekommt man Früchtebrot als Freundin?
Ich weiß nicht, sagt Peter.
Er steht nervös vor der Tür, wechselt von einem Fuß auf den anderen, hat die Hände unter die Achseln geklemmt.
Was hast du gesehen?
Was hast du im Wald gesehen?
Den Kuss.
Das hast du dir eingebildet.
Komm doch rein, sage ich, wir stehen blöd rum mit dem Früchtebrot.
Auf dem Weg in die Küche sammle ich Kleider auf und werfe sie in Mutters Zimmer.
Willst du Eistee mit Eis und Zitrone?
Peter schaut auf die Sitzfläche des Stuhls.
Setz dich doch.
Peter lächelt. Bruno schaut von unten herauf mit seinen großen Augen. Ich würde gerne seine Brille putzen. Sowieso möchte ich plötzlich, dass alles anders ist, als es ist. Peter lächelt.
Zitrone und Eistee haben wir nicht, sage ich.
Zitrone und Eistee haben wir leider gerade nicht.
Peter lächelt. Peter betrachtet die Bilder im Raum.
Das ist in Frankreich, sage ich.
Ich zeige ihm das Bild mit uns vor dem Wohnwagen.
Da waren wir in Frankreich, wir hatten einen Wohnwagen.
Frankreich?, fragt Bruno.
Ich kenne niemanden, der so wohnt, sagt Peter.
Wie?

So, sagt er.
Wie wohnen denn die, die du kennst?
Normal.
Wie normal?
Sie haben mehr Platz und weniger Sachen.
Wir haben genug Platz und genug Sachen, sage ich.
Und der Käfig?
Das ist ein Vogelhaus im Vogelkäfig.
Das ist unsere Freiheit, sage ich, wenn wir das hier nicht hätten, würden wir mehr Maschinen denn Menschen werden.
Können wir vielleicht alleine reden?, fragt er und schaut zu mir und nicht zu Bruno.
Bruno steht auf, nimmt sein Buch und geht hinaus. Und Peter lächelt immer noch, aber sein Lächeln bleibt irgendwo stecken in ihm, er lächelt und lächelt und lächelt.
Also du hast deiner Mutter nichts gesagt?, frage ich.
Du hast nichts gesehen, du hast das falsch gesehen, sagt er. Er fasst meine Schultern mit tauben Fingern. Es ist die erste Berührung von Peter, eine Berührung, die ich mir sehr gewünscht habe, von der ich mir vorstellte, dass sie sich wie Strom im Körper anfühlte, und nun fühlt es sich an, als berührte mich der ausgestopfte Fuchs.
Nein, sage ich, ich weiß, was ich gesehen habe.
Er trägt die schwarze Trainingshose und seinen Stolz, er lächelt dieses Lächeln. Er hat sich nicht gesetzt, ich rede mit seinem Profil. Er redet mit dem Kühlschrank. Dann schaut er mich doch kurz an, und ich sehe die Grübchen in seinen Wangen. Sie nützen nichts.
Ich will einfach, dass es so ist. O. K.?
Ich sage, dass ich glaube, dass er es seiner Mutter sagen kann, weil man der eigenen Mutter alles sagen kann, weil einen die eigene Mutter so sehr liebt, dass man nichts wirklich falsch machen kann.

Peter lächelt.
Sie würde dich in den Arm nehmen, sage ich, und dir sagen, dass es gut sei, dass es eben so sei, wie es sei, und dass du ihr Junge bist, egal, wen du liebst.
Peter lächelt.
Ich möchte nur, dass du schweigst, keine Lügen verbreitest, sagt er sehr langsam und laut, als sei ich schwerhörig und blöd.
Ich sage nichts.
Peter schaut wieder lange zum Kühlschrank und dann wieder lange zu mir, in meine Augen.
Er ist näher bei mir als je zuvor, er steht vor mir und schaut.
Ich setze mich und schaue zu ihm hoch, unsere Knie berühren sich.
Hast du das verstanden?
Hast du das verstanden, Anais?
Und ich nicke und denke, dass er meinen Namen genannt hat, dass er zum ersten Mal meinen Namen gesagt hat und dass er mich aber damit nicht gemeint hat mit diesem Namen, dass es die Stimme aus den Bahnhofslautsprechern war, die meinen Namen nannte.
Und dann sehe ich seine Turnschuhe und die Beine aus der Küche verschwinden und aus der Wohnung.
Und dann essen Bruno und ich das Früchtebrot.

**Ich stelle mir** vor, wie Peter zu Hause mit seinen Eltern am Tisch sitzt und seine Füße sich taub anfühlen von den vielen Lügen, die mit ihm und seinen Eltern am Tisch sitzen oder unter dem Tisch. Er bewegt seine Beine, wie er es im Unterricht immer macht, wippend. Vielleicht sitzen sie auch in seinem Gesicht, die Lügen. Es zuckt ganz leicht sein Augenlid. Ich stelle mir vor, wie er sich räuspert und sein Vater nicht schaut. Ich stelle mir die schwarzen Haare des Vaters vor, die dicken Haare an den Händen des Vaters. Und die goldene Uhr an seinem Handgelenk, die tickt.
Ich stelle mir vor, wie die Lügen Peter das Atmen erschweren, wie er sich erneut räuspert.
Ich muss euch etwas sagen, stelle ich mir vor, sagt er zu leise oder zu laut.
Der Vater blickt auf.
Die Mutter bleibt weich. Sie ist eine zierliche Frau, so stelle ich es mir vor, das Haus ist groß, sie ist zierlich im großen Haus, die Rosen im Garten, die Katze kommt durch die Katzentür, und die Klappe klackt dreimal. Ich stelle es mir sehr still vor in diesem Haus, so, dass außer dem Klacken der Katzentür nichts hörbar ist, und ich stelle mir vor, wie Peter das Klacken zählt. Eins, zwei, drei. Seine Augen tun sich in meiner Vorstellung schwer, die Dinge zu fassen, und seine Beine sind O-Beine. Ich stelle mir vor, wie die Familie nicht lacht, wie sie sich Fragen stellen, deren Antworten sie kennen. Ich stelle mir vor, wie die Mutter Peter liebt, wie auch der Vater Peter liebt, wie sie schweigen, wie sie sich nicht das fragen, was sie sich wünschen, gefragt zu werden oder zu fragen.
Was willst du sagen?
Ich habe ein Problem, ich habe ein Gefühl, sagt Peter, und seine Mutter schaut jetzt auch zu ihm, und die Katze liegt auf dem Teppich, die Katze ist teuer und grau, auch der Teppich. Und an der Wand hängt ein Säbel, und der Tisch ist ein Glas-

tisch, die Teller sind weiß, die Tischsets golden. Ich stelle mir vor, dass sie beim Essen keine Musik hören. Peters Mutter liebt das Klavier.
Ich stelle mir vor, wie Peter kurz an mich denkt. Wie er denkt, dass ich recht hatte, wie er denkt, dass doch die Mutter einen liebt, egal, was man tut, dass das doch geht, das zu sagen, und dass auch der Vater einen liebt, dass ich das nur nicht wissen kann, weil ich keinen habe, oder einen, der nicht da ist. Ich denke an meinen Vater, den es nicht gibt.
Peter betrachtet seine Eltern, und dann schweigt er, weil sie ihn nicht fragen, wen er liebt und warum. Sie fragen ihn nicht nach dem Wald, nach den Gefühlen, dem Brennen im Gesicht beim Küssen, als küsste man Glut. Sie fragen nicht, ob er an Jungenhände denkt, an Jungengesichter, an seine Hände in den Händen eines Jungen, an dessen Gesicht. Sie fragen nicht, ob er vielleicht ganz anders ist, als sie denken. Und Peter, so stelle ich es mir vor, sagt, er habe im Turnunterricht einen neuen Rekord aufgestellt, sei dann aber falsch aufgetreten, seitdem habe er einen Schmerz im Fuß.
Lass es ansehen, sagt der Vater.

Wenn dann später, nach dem Essen, Peter in seinem Bett liegt, dann denkt er vielleicht noch einmal an mich und dass er mich nicht mehr sehen will, nicht kennen, nicht riechen. Ich stelle mir vor, wie er mit geschlossenen Augen liegt und wie er versucht, die Augen zu öffnen, aber alles bleibt schwarz. Ich stelle mir vor, wie er sich so fremd ist, dass er nicht mehr daran glaubt, dass es ihn gibt. Er schwimmt haltlos auf dem Bett, als wäre das Bett das Meer, und er wäre Wasser. Er kann nicht mehr sagen, wo sein Bein, wo die Bettdecke, wo das Popstarposter ist. Er versucht, seine Hände in sein Blickfeld zu schieben, aber sie erscheinen nicht, er wedelt mit den Armen, er sieht seine Arme, die Hände und die Finger nicht. Er weiß nicht, wo sein Gesicht aufhört und das Kissen beginnt, das er sich aufs Gesicht drückt. Er drückt sich das Kissen in kein Gesicht. Er versucht, die Zehen zu bewegen, aber es bewegt sich nichts. Er schreit ohne Ton.

**Der Riese kommt zurück.** Er steht auf der Schwelle schräg, er steht und schaut von oben auf uns herab. Er umklammert das Notizbuch, als stehe darin die Wahrheit und als zähle nicht das, was er sieht. Er hat die Haare, grau und schwarz glänzend, nach hinten gekämmt.
Was wollen Sie?, fragt Mutter.
Sie waren krank?
Sie waren krank.
Was soll ich denn machen, sagt Mutter, wenn sie doch krank waren, dann kann ich doch nichts machen, wenn sie krank waren.
Es geht so nicht, sagt der Riese, sein Gesicht ist beim Reden unbewegt. Es geht so nicht. Ich wurde von Anais Lehrerin angerufen, sie macht sich Sorgen. Ganz aufgelöst war sie, ganz besorgt. Ganz hoch war ihre Stimme.
Eine Etage tiefer ist Frau Wendeburg aus ihrer Wohnung getreten, sie bewegt sich am Geländer entlang. Ich sehe den Ärmel ihres Wollmantels. Ich sehe den grünen Wollmantel und die weiße Hand mit den kleinen, fleischigen Flecken, die sich am Geländer festhält. Ich sehe, wie Ärmel und Hand sich nicht mehr bewegen, weil der dazugehörige Kopf alles verstehen will.
Gehen Sie, bitte, sagt Mutter.
Ich will mit Ihren Kindern reden.
Mutter schaut ihn an, schaut zu ihm hoch, und dann geht sie weg.
Erzählen Sie etwas, sage ich, dann erzähle ich.
Immer noch ist Frau Wendeburgs Hand unbewegt am Geländer. Ich könnte auf die Hand spucken.

Meine Töchter haben früher meine Sätze wiederholt, hundertmal, sagt der Riese. Jetzt schweigen sie, sie haben irgendwann angefangen, eigene Sätze zu bilden. Und später haben sie oft

Nein gesagt, und jetzt sagen sie gar nichts mehr. Früher habe ich mit ihnen Pilze gesucht. Sie kamen zu mir gerannt mit den Pilzen, und ich habe in einem Buch nachgesehen, ob sie giftig sind; wenn sie giftig waren, sind die Zwillinge doppelt kreischend vor mir gestanden, und ich habe sie sofort beruhigen können. Weil ich ihr Vater bin, darum habe ich sie beruhigen können. Wir haben auch sauren Klee gesammelt. Und wir haben Klee und Pilze auf dem Feuer gebraten und im Wald gegessen.
Ich höre Mutter in der Küche atmen.
Und du?, fragt der Riese.
Wir waren krank, sage ich.
Ich bin mir nicht sicher, sagt der Riese.
Mutter atmet.
Wir waren krank, sage ich, unsere Mutter hat uns Tee gekocht und salziges Gebäck gebracht, sie hat uns vorgelesen, bis sie Kopfschmerzen bekommen hat, weil sie das Licht nicht zu hell machen wollte in unserem Zimmer, da sie dachte, das sei für uns unangenehm, weil man doch so empfindlich ist bei Fieber. Sie hat unsere Füße mit ihren warmen, gesunden Füßen gewärmt, sie hat uns Essigwickel gemacht, sie hat unsere Rücken gestreichelt, stundenlang. Es war uns schrecklich langweilig, schrecklich langweilig war es, und wir wären lieber im Schulzimmer gewesen, ich bin da nämlich gerne, wegen der großen Landkarte, dem Geruch von Kreide und wegen Tina und wegen Peter, in den ich ein wenig verliebt bin, weil er mir manchmal einen Bissen von seinem Pausenbrot gibt, und das deutet ja wohl darauf hin, dass er auch ein bisschen in mich verliebt ist, sonst würde er das ja nicht tun, aber andere sind ja auch in ihn verliebt, weil er so braune, die braunsten Augen von allen hat, und darum wäre es ja vollkommen blödsinnig, ginge ich nicht zur Schule, wenn ich nicht wirklich krank wäre, denn jeder Tag kann eine ungeahnte Wendung

nehmen, eine also, die man nicht vorhergesehen hat, und wenn man dann nicht dort ist, wo etwas passiert, kann man auch nicht darauf reagieren.

Mutter hat mich getröstet, sie hat gesagt, wir könnten bald wieder hingehen, weil ich gerne dort bin, in der Schule, und weil Bruno gerne lernt, und in der Schule lernt man. Mutter hat uns Suppe gekocht mit viel Salz, weil Salz wichtig ist für den Körper, wenn er schwach ist, und sie hat uns ihre goldene Decke gegeben, weil uns kalt war, und ihre Decke ist mit Seide bezogen, Seide wärmt.

Ich höre, wie Mutter die Balkontür öffnet, höre sie hinaustreten. Ich höre Bruno nicht.

Der Riese schaut mich lange an.

Gut, sagt er.

Er gibt mir ein Papier für Mutter, das sie unterzeichnen soll, dann geht er.

Ich weiß nicht, was ich tun soll, sagt er noch.

Ich weiß es auch nicht.

Der Riese sieht traurig aus, wie er die Treppe hinuntergeht, die Hand über das Geländer zieht. Unten grüßt er Frau Wendeburg. Ich sehe ihre Hand verschwinden und höre sie die Wohnungstür leise schließen.

In der Küche werde ich mit Applaus empfangen. Bruno liegt auf dem Rücken und lacht. Mutter steht an der Balkontür, hinter ihr das Sonnenlicht, das sie zu einer Erleuchteten macht. Wir reden nicht darüber, wir klatschen und bedecken mit dem Geräusch der Freude unsere Angst.

**Und ich stelle mir** den Riesen vor, wie er in großen Schritten die Straße entlang zur Schule geht, er schaut dabei in die Gärten, beißt in sein Laugenbrot, kaut. Das Sonnenlicht ist warm in seinem Gesicht. Ich stelle mir vor, wie er das Lehrerzimmer betritt, wie es darin riecht; nach Kaffee, nach Rauch und Druckerschwärze, auch faulem Wasser.
Ich mache mir Sorgen, sagt die Lehrerin zum Riesen. Ich mache mir große Sorgen.
Sie setzt sich auf einen Bürostuhl mit braunem Polster, und auch der Riese setzt sich auf einen Bürostuhl mit braunem Polster, abgewetzt. Ich kenne das Polster dieser Stühle, ich saß schon einige Male auf ihnen, und mir gegenüber saß sie, die Lehrerin, und ich kenne ihr Sitzen auf diesem Polster. Wie sie nicht mit mir redet, sondern über mich. Wie sie die Prinzipien, nach denen zu leben ihr recht erscheint, mit dem Finger verdeutlicht, indem sie Fussel von ihrem Wollpullover zupft. Sodass am Ende alles genauso ist, wie sie es will, wie es zu sein hat.
Ich stelle mir vor, wie sie ihren zitronengelben Seidenschal neu knotet. Ich stelle mir ihre Haut am Hals hart vor, porös, rau, Sandsteinhaut.
Ich mache mir Sorgen, sagt sie, der Riese ist dabei, seine Beine seitlich unter den Tisch zu schieben.
Sie wartet, dass er fragt, aber er schweigt, krumm dasitzend an dem für ihn zu kleinen Tisch, in der für ihn zu klein gebauten Welt.
Sie ist unaufmerksam, sagt sie.
Sie schaut oft stundenlang aus dem Fenster, sagt sie zum Riesen.
Und der Riese betrachtet die Steifheit der Lehrerin, die trockene, rote Haut an ihren Ellbogen, die weiße Haut unter ihren Augen, und er versucht sich vorzustellen, wieweit sich das, was sie als besorgniserregend empfindet, sich mit seinem eigenen Empfinden decken kann.

In meiner Vorstellung ist das Schulhaus leer, alle Kinder sind verschwunden.
Danke, dass Sie mich informiert haben, sagt der Riese.
Das verstehe ich als Teil meiner Aufgabe, sagt sie, sie schiebt ihm ein Papier über den Tisch, schiebt das Papier vor ihn hin. Es sind auch unsere Kinder, irgendwie, sagt sie. Wir müssen diese Kinder schützen.

Die Lehrerin lächelt beim Abschied, sagt, dass man sehen werde, was zu tun sei. Dass man nur das Beste wolle.
Für die Kinder nur das Beste, sagt sie, und ihre Haut reißt beim Lächeln am Gesichtsrand leicht auf; beim Weggehen rieselt ihr etwas Körper vom Körper. Es rieselt an ihr hinab, von der Haut fällt Haut wie Staub. Und sie geht durch den Flur in ihren Schuhen, deren Farbe mich an Kochschinken erinnert. Sie klackt davon. Schnelle Schritte. Klack, klack machen die Absätze auf dem roten Steinboden. Und der Staub fällt. Klack, klack. Die Mappe mit dem Originaldokument unter den Arm geklemmt. Klack, klack. Beim Gehen schabt die Mappe an der Haut ihrer Handinnenfläche, von der Hand rieselt Hautstaub. Klack, klack, geht sie die Treppe hoch. Sie betritt das Klassenzimmer. Klack, klack. Sie öffnet die Tür zu ihrem Reich, atmet die Luft ein, Gummi, Kinderschweiß, Kreidestaub, Leder, von Butter aufgeweichtes Brot. Die Lehrerin kontrolliert jede Bank. Nimmt Papierflieger, Frischhaltefolien mit Butterresten und Zettel mit geheimen Botschaften aus den Fächern unter den Tischen. Sie beginnt Kaugummis von der Unterseite der Schulbänke zu kratzen, erst benutzt sie die Fingernägel, dann eine Feile. Sie stochert in den Kaugummis, sie schabt, bis es keinen Kaugummi mehr gibt. Dann wischt sie die Tafel, einmal, zweimal, dreimal, und stetig fällt etwas von ihr ab.
Die Lehrerin bleibt an meinem Tisch stehen, dessen Rillen ich über Stunden mit einem Bleistift nachgefahren bin, in dessen

Holz ich kleine Löcher mit dem Zirkel gestochen habe, auf dessen Oberfläche ich Mutters Perlenkette gezeichnet habe und die Linde im Hof und ihren Schatten. Sie holt einen Radiergummi und versucht, das Blei aus den Rillen zu holen, sie kratzt das Schiefergrau mit der Nagelfeile heraus. Sie entfernt die Linde. Die Lehrerin macht mit ihren dünnen Absätzen der Schinkenschuhe tausend kleine Ringe ins Linoleum. Sie kontrolliert die Wandtafeloberfläche bei Sonneneinfall. Sie drückt drei Lichtschalter, geht hinaus auf den Schulhof und zerfällt langsam. Es fällt ihr ein Arm zu Boden und ein Teil vom Gesicht. Es rieselt von ihr herab, immer mehr und mehr. Die Haare lösen sich auf, die Finger bröseln, Augen fallen. Sie versucht, ihre Hüfte zu halten, aber der Hüftknochen ist porös, und durch ihre Berührung fällt die Hüfte vom Körper ab wie die Wand von der Sandburg. Sie verliert die Zunge, sie rieselt ihr aus dem Mund.
Da liegt jetzt ein Häufchen Sand, das vom nächsten Windstoß fortgetragen und auf dem Pausenhof verteilt wird.

Ich stelle mir die Stille vor. Kein Klack, klack. Kein trockenes Räuspern. Keine Ledertasche, die beim Gehen an den Hüftknochen schlägt. Kein Rascheln von trockenem Lehrerinnenhaar. Nur der Beton ist da, die Stille vom Beton, der auf ihm, auf den Linien vom Basketballfeld verteilte Mensch.

**Auf der Straße vor** der Siedlung Fundamentbohrungen. Auf der Straße zwei schreiende Autobesitzer. Der Riese ist weg. Mutter steht noch immer bei der Balkontür, sie kratzt die letzten Reste der goldenen Weihnachtssterne von der Scheibe, Glitzer klebt unter ihren Fingernägeln, auch an ihrem Hals, im Gesicht. Dann macht sie den Kühlschrank auf, dann nimmt sie ein Bier heraus, dann öffnet sie es.
Lange bleibt sie mit dem Bier und dem Glitzer am Tisch sitzen. Sie schaut hinaus, schaut zu, wie der Innenhof blau wird. Bruno liest unter der Decke. Immer wieder gehe ich in die Küche, schaue Mutter an. Immer wieder ist es dunkelblauer geworden und irgendwann schwarz. Ich mache Licht in der Küche, aber Mutter schüttelt den Kopf. In der dunklen Küche holt sich Mutter Wein aus dem Regal. Ich höre das Plop des Korkens, der aus der Flasche springt. In der dunklen Küche sehe ich ihren Rücken, wie sie weiter nach draußen schaut, trinkt, raucht, schaut.

Später das Klirren, Mutter, die am Boden zwischen Stuhl und Tisch sitzt, neben ihr ist das Weinglas zersprungen. Mutter als Haufen neben den Scherben. Mutter, die nicht mehr schaut. Sie summt ganz leise mit dem Kühlschrank.

Im Bett sagt sie, dass alles gut werden würde.
Ihr werdet sehen, sagt sie.
Sie sagt auch, dass das Leben eine Wucht sei.
Sie sagt, sie wolle gerne noch eins haben.
Sie versucht, mit ihren Fingern unsere Gesichter zu berühren.
Sie erreicht sie nicht, ich beuge mich zu ihr, und sie streichelt mich, als wäre ich schwach und sie nicht.
Sie sagt, ich habe euch im Bauch gehabt. Ich habe eure Händchen und Füßchen an der Innenseite meines Körpers gespürt. Ihr hattet meine Wärme in euch, sagt sie. Sie möchte Brunos Gesicht erreichen, aber Bruno hält sein Gesicht zurück.

Du hasst mich.
Und Bruno sagt nichts.
Gib mir dein Gesicht, sagt Mutter, dein Gesicht ist auch mein Gesicht, und es ist alles, was ich habe.
Bruno sagt Nein.
Mutter sagt, sie möchte noch eine rauchen und auch noch ein Glas Wein.
Sie möchte aufstehen, und auf ihrem Pullover sind einzelne weiße Katzenhaare.
Sie möchte aufstehen, aber ich drücke sie zurück ins Bett.
Sie möchte aufstehen, aber ihre Beine fallen zu Boden.
Ich lege die Beine zu ihr ins Bett, und an der Wand hängt das Bild von ihr mit roten Lippen.
Sie sagt, das sei Marseille gewesen und dass es viel zu hell sei auf der Welt.
Mutter ist meinem Blick gefolgt und sagt, damals in Marseille habe sie französisch geredet und auf dem Markt Holzkisten verkauft, Bücher auch, Silberbesteck, Ölbilder, Puppen aus Porzellan. Sie habe Freunde gehabt, die mit ihr gelebt hätten in diesem Haus von Corbusier, in dem sie gelebt hätte, damals, und dass sie auch solche Häuser bauen wollte, die brutal sein sollten und für das Volk, mit Würde aber und Stärke, mit Würde für das Volk, sagt sie. Sie hätte auch nach Tunesien reisen können, nach Tunis vielleicht, da leben können, zu den Salzseen reisen, weiter hinunter, durch den ganzen Kontinent hätte sie reisen können, jahrelang. Jahrelang. Das wäre bestimmt sehr anstrengend gewesen, aber auch spannend. Spannend, sagt sie. Alles das hätte sein können, wenn sie dieses Bild anschaue, sagt Mutter und schaut uns an im Spiegel hinter ihrem Bett. Dann hätte alles das sein können.

Bruno und ich schließen alle Fensterläden. Der Wind macht sie wieder auf. Wir durchsuchen die Wohnung nach Feinden.

Wir schauen in alle Schränke, in alle Kisten, unter Mutters Bett, unter unser Bett, hinter die Dinge, wir schauen genau in den Spiegel, in alle Spiegel hinein, ob, wenn wir uns abdrehen, sich hinter uns etwas bewegt. Wir zeichnen Bilder und füllen mit ihnen die Leerstellen. Wir schauen durchs Guckloch in den Hausflur. Wir sehen durch das Guckloch einen Schatten. Wir schauen länger, der Schatten bleibt. Wir machen noch mehr Zeichnungen. Ich mache noch mehr Zeichnungen, fahre mit den Farbstiften schnell über das Blatt. Ich fülle Blatt um Blatt um Blatt. Bruno geht wortlos zu Bett. Er putzt die Zähne auf den roten Kacheln liegend, damit niemand von hinten an ihn herankommen kann. Ich schaue aus dem Fenster, überall Schatten. Ich hänge Bilder an die Fenster. Ich stelle Tassen und Vasen in den Flur, lege Gabeln dazwischen, für den Fall, dass jemand hereinschleichen will.
In der Nacht sehe ich die Schatten immer noch, gehe in Mutters Zimmer, und da liegt Bruno bei ihr mit den Füßen auf ihrem Bauch und dem Kopf bei ihren Füßen. Ich lege mich auf der anderen Seite neben sie. Es gibt viele Schatten, sage ich.
Ich habe nichts gesehen, flüstert Mutter.
Ich habe Angst, sage ich.
Das musst du nicht, sagt Mutter, ich passe auf, das verspreche ich dir, wir bleiben einfach hier, dann wird alles gut.
Dann lege ich meinen Kopf in Mutters Achselhöhle, schließe die Augen.
Dann ist es dunkel, und ich denke an die Wärme, die hier ist, denke an die Meise in unserer Blumenkiste, an die Autos, die auf der Straße draußen fahren. Ich denke an meinen Vater, versuche ihn mir vorzustellen, aber ich sehe nur Mutter mit breiteren Beinen und Haaren im Gesicht.
Draußen die Autolichter, das Jaulen. Draußen die von Licht umrahmten Arme der Linde, daran bläuliche Blätter und gelbliches Licht dahinter. Draußen die Geräusche von Füßen im

Sandkasten. Das Klirren einer Scheibe oder das Zuschlagen einer Autotür. Draußen das Singen einer Gruppe Männer und Frauen. Ihre Stimmen hoch und tief, verzerrt. Draußen die Nacht. Drinnen mein Kopf in Mutters Achselhöhle und Brunos Kopf an ihren Füßen. Drinnen die große Decke. Unter der Decke die Wärme, dann mein Schlaf.

MUTTER

*Sie haben dich aus mir herausgenommen, dich weggebracht, gewaschen, wiedergebracht, und deine Augen waren geschlossen, deine Hände waren Fäuste, aprikosengroß.*
*Und meine Mutter stürmte herein, riss die Fenster auf.*
*Anais braucht frische Luft, rief sie, viel frische Luft.*
*Sie riecht nach Grieß, rief meine Mutter, sie ist wundervoll, rief sie in den Krankenhausflur hinaus.*
*Du hattest kaum Haare, du warst ein Teil von mir, der in einem Plexiglasbettchen lag, durch dessen Seitenwände ich dich sehen konnte. Meine Mutter, die Füchsin, an der Scheibe des Bettchens, als wollte sie dich fressen.*
*Mutter!, sagte ich.*
*Sie schaute auf, die Füchsin im Glück.*

*Die Freundinnen kamen und weinten vor lauter Gefühl und Situation. Ich lag da mit dir, und neben uns lag eine andere Frau mit ihrem Kind, sie ging hinaus, immer wieder, und ihr Kind war ganz klein und gelb.*
*Nikotinfarben ist dieses Kind, sagte meine Mutter leise zu mir, wenn die Frau den Raum verlassen hatte.*
*So schön, flüsterten die Freundinnen, so wunderschön, flüsterten sie, als sie dich sahen, von ganz nahe. Anais ist so schön, sagten sie und gingen nahe mit ihren Gesichtern an deines heran. Die Freundinnen küssten uns, dich und mich. Küssten meine Mutter mit Tränen in den Augen. Meine Mutter nahm dich aus dem Bettchen und legte dich allen in die Arme. Er nahm dich wieder aus den Armen heraus, legte dich zurück.*

*Er beobachtete uns, dich und mich, die Freundinnen, die Füchsin. Er stellte viele Fragen, wenn die Ärztin kam. Ist sie gesund? Ist sie genug groß? Warum trinkt sie nicht? Ist die Hautfarbe normal? Ist das nicht gelb? Ist sie nicht gelb ein bisschen, die Haut? Hat meine Frau genug Milch? Ist meine Frau gelb? Ist sie nicht ein biss-*

*chen gelb? Hat sie sich gut ernährt? Soll das Kind auf dem Rücken schlafen? Auf dem Bauch? Warum? Und die Ärztin hat uns angelächelt, in der Hand die Kinderliste. Alles gut, sagte sie.*

*In der Nacht lagst du bei mir, es setzte sich eine Fliege auf dein Gesicht, und ich habe meine Hand vor deinem Gesicht bewegt, sie kam wieder, ich habe die Hand vor deinem Gesicht bewegt, sie kam wieder, die ganze Nacht habe ich meine Hand vor deinem Gesicht bewegt. Stundenlang, acht Stunden lang. Ich bin mir nicht sicher, ob es diese Fliege gab.*
*Jede Stunde kam eine Hebamme, sie tauchte auf, sie öffnete die Tür, hinter ihr helles Licht, sie kam herangeschlurft auf weichen Sohlen, hatte auf der Nase eine Warze, hatte tiefe Ringe unter den Augen, dunkelviolett. Sie nahm dich und drückte dich an meine Brust.*
*Die Fliege verschwand. Die Hebamme tauchte auf. Trink, trink, Kleines, trink. Sie flüsterte hexenhaft zu dir. Ich bin mir nicht sicher, ob es diese Hebamme gab. Es gab dich und mich, die Milch, das Liegen, das gelbe Kind, das Weiß und das Blinken der Maschinen im Zimmer in der Nacht.*

*Außer dir und mir gab es noch den Schnee, der auf allem lag. Außer dir und mir gab es noch die Geräusche des Teekochers und des Wassers, das in die Badewanne lief. Es gab die Kreise, die ich auf deinem Bauch machte, wenn du geschrien hast. Es gab meinen schweren Körper, die Milch, die trockene Haut des Winters, das kalte Haus, die Geräusche des Parketts.*
*Wenn du an meiner Brust lagst, dann gab es nur uns, und wenn er am Abend nach Hause kam, dann saß er mit dir auf dem Sofa und redete leise in deinen schlafenden Körper hinein. Er beugte sich tief über dich und berührte mit seinem Mund beim Reden deinen Kopf oder deine Ärmchen.*

*Und die Freundinnen kamen zu uns, wollten ihre Finger von deinen Fingerchen umschlossen haben. Sie erzählten von ihren pausenlosen Tagen, ich erzählte von dir.*
*Ich sagte, sie sieht mich nicht.*
*Ich sagte, wir sitzen am See, und ich sehe den See, und sie liegt neben mir im Wagen mit den Augen offen, ich darf nicht schweigen, denn sie sieht mich nicht, darum muss ich reden, damit sie mich hört. Ich rede dann vom See, von den Farben des Sees und den Enten, den schmutzigen Enten und dem Treibholz, das auf dem Wasser treibt, von den Spaziergängern, den Eheleuten, den Kindern, den Händen ihrer Eltern, die sie berühren, den alten Männern mit Hut und den Menschen mit leeren Augen, vom Wasser, das ans Ufer kommt, von den kleinen Wellen, den Hunden im Wasser, den Hunden an den Leinen, von den Pommes frites essenden Familien, dem Geruch, der aus ihren Mündern kommt, den Worten, die aus denselben Mündern kommen.*
*Sie braucht dich, sagten die Freundinnen, das ist das Schönste, sagten sie.*
*Wenn ich mich mit meinen Freundinnen traf, dann saß ich auf meinem Stuhl und wartete.*
*Wann wirst du wieder arbeiten, und was willst du tun?, fragten sie.*
*Ich weiß es nicht, sagte ich.*
*Du bist eine wundervolle Mutter, sagten sie, es rauschte, wenn sie sprachen. Manchmal rauschte es so laut, dass ich nichts verstehen konnte, dann sah ich dich an und wartete, bis das Rauschen vorüber war. Ich schaute von dir weg zu den Mündern, denen das Rauschen kam. Ich sah die Frauen, die da saßen und rauschten, die sich Kaffee nachschenkten, die Kuchen in ihre Münder schoben, was das Rauschen kurz unterbrach, kaum war der Kuchen geschluckt, fuhren sie sich mit der Zunge über die Schneidezähne und rauschten weiter.*
*Wenn ich mit meinen Freundinnen redete, dann versuchte ich*

*manchmal, zu rauschen wie sie. Ich fragte nach ihren Dingen und redete von meinen, von Windeln, von Wehen, von weißen Nächten, von den roten Flecken an deinem Kinn, von der Milch, die ich in mir hatte, und der Milch, die du in dir hattest. Ich sprach von den ersten Hormonschüben, die ein Kind mit wenigen Monaten hat, dass du selber Milch in deinen Brüsten hattest, wegen der Hormone.*
*Obwohl sie keine Brüste hat, sagte ich.*
*Unglaublich, sagten die Freundinnen.*
*Eklig auch ein bisschen, sagten sie.*
*Wenn ich mich mit meinen Freundinnen traf, dann hoffte ich, es könnte wieder sein, wie es war.*
*Aber es gab uns nicht mehr, es gab nur noch mich und dich.*

*Du schliefst, du schriest, du sahst mich nicht, du sagtest nichts. Du lagst in deinem Bettchen, und immer mehr Stofftiere lagen um dich herum, immer mehr Gesichter erschienen über deinem, immer besser konntest du die Gesichter und Dinge unterscheiden. Irgendwann hast du mich gesehen. Und du wolltest meine Milch und meine Wärme und du wolltest wahrgenommen werden wie ich. Und du hast angefangen, Dinge von dir zu stoßen, und hast angefangen, Dinge einzufordern. Löffel wolltest du, Äpfel wolltest du. Meine Arme wolltest du, meine Stimme. Du wolltest dich bewegen und wolltest, dass ich dir helfe, dich zu bewegen.*

*Und er kam und beugte sich über dich und legte ein neues Spielzeug in dein Bett. Er berührte dich mit seinen Lippen, wenn er mit dir sprach.*
*Hör auf, in dich hineinzuschauen, sagte er zu mir, wenn ich sagte, er solle nicht in dich hineinreden, er solle nicht mit dir reden, als wärst du eine Leiche.*
*Was haben wir falsch gemacht?, fragte ich ihn. Er legte seine Füße in den weißen Socken auf das Sofa, unter die Füße schob er ein*

*Kissen, und eine Wolldecke legte er über sich und seine Füße, darüber noch eine Decke über sich und die Decke, dann ein Kissen unter den Kopf. Ich sah ihm dabei zu und dachte, dass er sich einrichtet, um für den Rest seines Lebens da zu liegen. Er strich die Decke glatt an den Beinen.*
*Was haben wir getan?, fragte ich.*
*Nichts, sagte er, nichts haben wir getan, ein Kind haben wir jetzt.*
*Aber wir können nicht mehr miteinander reden, wir haben keine Sprache, wir haben nur Sorgen.*
*Ich habe keine Sorgen, sagte er, und du bist müde und ich auch.*
*Ich bin nicht müde, ich bin glücklich, sagte ich.*
*Du bist müde, wir haben jetzt ein Kind, ein größeres Glück gibt es nicht.*
*Er zog mich am Arm in dein Zimmer und zeigte auf dich.*
*Da, sagte er, das Glück.*
*Dann zog er seine braunen Lederstiefel an und verließ die Wohnung. Aus dem Fenster sah ich ihn gehen, auf der Straße, im Schnee. Ein Regenschirm verdeckte alles von ihm, vielleicht war es nicht er, vielleicht war es ein anderer Mann.*

*Ich brauche dich, sagte ich zu dir, als er weg war.*
*Ich brauche dich, sagte ich zu ihm, als er nach Hause kam. Ich kann nicht immer nur mit dem Kind, sagte ich.*
*Du bist die Mutter, sagte er, was denkst du dir?*
*Ich bin die Mutter, sagte ich, aber neben der Mutter bin ich auch ich.*
*Du bist die Mutter, und ich bin der Vater, sagte er, das ist es. So wollten wir es. So ist es jetzt.*
*Er ging in sein Arbeitszimmer, drehte den Schlüssel im Schloss.*
*Wo bist du?, rief ich.*
*Ich bin hier draußen, rief ich.*
*Dann öffnete er die Tür, Anais erwacht, sagte er. Wenn du so schreist, dann erwacht sie.*

*Du hast gelernt, dich zu drehen, zu sitzen, zu kriechen, zu stehen. Du hast gelernt, aus der Flasche zu trinken, aus einem Becher, aus einem Glas. Du hast gerufen nach mir, hast mir zugehört, wenn ich sagte, dass ich manchmal nicht wisse, was das alles soll und wie. Du hast auch gelacht, wenn ich wütend war, und hast an meinen Haaren gerissen, wenn ich dich küsste. Du wolltest getragen werden und hast mich angeschaut, wenn ich sagte, mir fallen jetzt alle Arme ab. Du hast mich angeschaut, wenn ich sagte, dass nicht nur du mich brauchst, sondern auch ich dich. Du hast mich angeschaut und deine dicken Fingerchen nach mir ausgestreckt, wenn ich sagte, dass mich diese Liebe zu dir manchmal erdrückt. Es kann passieren, dass dieses Glück in Angst kippt. Wenn dir etwas passiert, sagte ich zu dir, und habe deine Fingerchen gehalten, wenn dir etwas passiert, dann gibt es mich nicht mehr. Es gibt in mir, sagte ich, den Versuch der Vorstellung von dem, was wäre, gäbe es dich nicht, und diese Vorstellung ist eine Unmöglichkeit, es gibt diese Vorstellung nicht, es gibt nur die Möglichkeit, dass es dich nicht gibt, und dann gäbe es auch mich nicht mehr. Du hast Geräusche gemacht dazu und bist umgefallen, hast geweint, weil du hingefallen bist, und ich habe dich hochgenommen und gewartet, bis es wieder stiller war.*

*Wir spazierten, er, du und ich. Wir saßen an deinem Bettchen, er und ich. Wir schauten dir beim Schlafen zu und sahen, wie du dich bewegtest. Sahen dir zu, wie du Klötze in die dafür vorgesehenen Löcher in einer Holzkiste fallen ließest. Wir machten Ausflüge an einen See oder fuhren auf einen Berg, wir liefen um die Seen herum, schoben den Kinderwagen uns abwechselnd die Bergwege entlang.*
*So habe ich es mir vorgestellt, sagte er, die frische Luft, das gesunde, fröhliche Kind, meine schöne Frau.*
*Vor uns die Weiden mit Kühen, vor uns die Seen mit den Häusern am Ufer, die Spazierwege, die Familien in Windjacken, der blaue Himmel überall.*

*Vielleicht, sagte ich, vielleicht sollten wir in ein Land ziehen, in dem es lauter ist und staubiger, farbiger auch.*
*Nein, sagte er, das sollten wir nicht.*
*Vielleicht sollten wir in ein Land gehen, wo das Leben nicht so einfach ist, wo man nicht gefärbte Eier kauft und nicht in Plastik eingeschweißte Würste, nicht auf vielen Tafeln lesen kann, was man darf und was nicht.*
*Sei still, Maria, sagte er, sei endlich still, ich mag das nicht mehr hören.*
*Warum?, fragte ich.*
*Weil du es nicht aushältst, dass es uns gut geht, weil du möchtest, dass wir unglücklich sind.*
*Wir saßen auf roten Bänken, aßen Wurst und Brot. Wir ließen dich über Weiden gehen an unseren Händen.*
*Das ist eine Kuh, sagte ich zu dir, sie ist glücklich, glaube ich.*
*Meine Mutter sagte, es sei nicht nur einfach mit einem Kind, sie kenne das, sie hätte auch fast alles allein gemacht, aber es sei, wie es sei, und es nütze nichts, da müsse man durch. Das sei das Leben, dazu seien wir da, wir mit der Fähigkeit, Leben zu machen, Leben zu schützen, einen besseren Menschen aus unseren Kindern zu machen, als wir selbst ein Mensch sind. Ihnen ein schöneres Leben zu geben, als wir eines hatten.*
*Aber, sagte sie, geh mal für ein paar Stunden raus, Anais und ihre Großmutter bleiben hier und machen was Schönes.*
*Ich kann nicht, sagte ich.*
*Aber das wolltest du doch?*
*Aber ich kann nicht.*
*Ach was, sagte meine Mutter und legte mir eine kalte Hand auf den Arm, die Armreifen klirrten leise.*
*Jetzt los, triff jemanden, lach ein bisschen, viel Spaß, aber bleib in der Nähe, geh nicht zu lange weg, sagte sie, denn ich weiß nicht, wie Anais, wie sehr sie dich vermissen wird.*

*Ich ging durch den Schnee, und ich sah im Wald die Bäume, sah auch Männer und Frauen in farbigen Anzügen durch den Wald rennen. Ich ging zu einem Sportplatz, ins Vereinslokal und trank ein Glas Rum.*

*Ein paar Wochen später ging ich wieder durch den Wald und in dieses Vereinslokal. An den Wänden hingen Girlanden von Silvester, Pokale standen in den Regalen, dicht unter der Decke. Staub. Aufgeweichte Bierdeckel und der Mann hinter der Theke, der mich ansah.*
*Er sieht mich vielleicht, dachte ich. Es gibt mich hier vielleicht.*
*Er fragte, wie geht's?*
*Ich sagte nichts, bezahlte, ging.*

*Ich ging wieder durch den Wald und ins Lokal, trank Rum, betrachtete die Männer an den Tischen, die Frauen der Männer, wie sie manchmal zu mir schauten mit ihren hellblau bemalten Augen, ihrem gefärbten Haar und den engen Sporttrikots, den lachsfarbenen Fingernägeln, der faltigen Gesichtshaut. Misstrauisch schauten sie, sie sahen mich.*
*Bald wird es Frühling, sagte der Mann hinter der Theke.*
*Er hatte einen rötlichen Bart und weibliche, etwas dicke Hüften.*
*Ich antwortete nicht, ging hinaus in den Wald, in den Schnee, nach Hause, zu dir.*

*Es wurde Frühling und dann Sommer, jede Woche saß ich nun auf dieser Bank, Monat für Monat an diesem Tisch, in den jemand eine Jahreszahl und ein Torverhältnis geritzt hatte, eine Hand, die das Victoryzeichen macht, und fühlte mich fremd und wohl. Ich betrachtete die Jugendlichen mit ihren übertriebenen Gesten, sah durch das Fenster das beleuchtete Spielfeld, hörte den Mann seine seltsamen Geschichten erzählen.*
*Einmal sagte er, er sei sich sicher, die von den Menschen erschaf-*

*fenen Dinge seien alle nach derselben Norm gemacht. Alles passe
ineinander, wie bei Legosteinen. Zum Beispiel, sagte er, sei dieses
Feuerzeug genau zwanzigmal weniger lang als die Tischkante. Er
zeigte es vor.
Ein alter Mann schüttelte den Kopf. Eine der Frauen krächzte. Jemand bestellte ein Bier. Der Rothaarige lachte mit nur einer Gesichtshälfte. Wenn er lachte, musste ich ihn anschauen, wenn er
mich ansah, sah ich weg.*

*Und natürlich kam er irgendwann hinter der Theke hervor und
setzte sich zu mir an den Tisch. Er saß mir gegenüber und schaute schräg in mich hinein mit seinem asymmetrischen Gesicht.
Wie geht's?, fragte er.
Was machst du so?, fragte er.
Ich bin hier, sagte ich, weil ich den Wald mag und den Kunstrasen.
Das ist gut, sagte er, ich mag den Wald auch.
Er sah nichts, ich war mir sicher, da war nichts. Dann streichelte er meine Hand.
Ich würde dich gerne küssen, sagte er.
Es passierte nicht viel in mir. Er küsste mich und berührte meinen Körper, da passierte ein bisschen mehr. Zuerst küsste er den
Hals, dann den Rücken, dann die Hüfte. Als niemand mehr in der
Bar war, gingen wir in die Umkleidekabine und schliefen miteinander. Es roch nach Schweiß, nach Männerduschmittel, nach Parfüm und Leder. Wir duschten, umarmten uns unter dem Wasser,
küssten uns unter dem Wasser. Dann ging ich hinaus in den
Wald, durch den Wald und die Dunkelheit hindurch zu dir.*

*Du bist erwachsen geworden, sagten die Freundinnen. Du kleidest
dich elegant, sagten sie. Du hast ein Kind, das süß ist und gehen
und reden kann, und einen Mann und Geld, um dir Schuhe und
Mäntel zu kaufen.*

*Wir beneiden dich darum, sagten sie. Ich beneidete sie nicht mehr so sehr um ihre Körper, ihre hohen Gläser, aus denen sie Sekt tranken, und ihre Finger, die sich wie Tentakel bewegten. Sie waren der Mittelpunkt ihrer Welt, sie wussten, wie sie sich bewegen wollten, wann sie etwas sagen und wann sie schweigen wollten. Sie wussten, dass sie diejenigen sind, die sie im Spiegel sahen. Sie wussten, welche Farbe zu ihrem Haar oder ihren Augen passte. Sie wussten, in was sie gut sind. Sie wussten, für was sie geliebt wurden. Ich trug die Schuhe, die er mir mitbrachte. Ich trug die Kleider, die ihm gefielen, weil ich wollte, dass er mich sieht.*

*Jede Woche ging ich zur Sportanlage und küsste den Mann hinter der Theke. Ich küsste ihn in den Kabinen, auf dem Tisch, im Keller, auf dem Fußballfeld. Ich legte meine Hände in seinen roten Bart und berührte seine weibliche Hüfte auf dem Kunstrasen in der Dämmerung.*
*Ich erzählte ihm nichts von dir, und ich dachte, während ich mit ihm zusammen war, nicht an dich. Ich dachte an Berührungen meiner Beine, meiner Arme, meines Gesichtes, die Berührungen meines Gesichtes durch die Haut eines Mannes, der nicht wusste, dass es dich gab.*
*Ich dachte an die Hände des Mannes, an die roten Haare an seinen Armen, sein asymmetrisches Gesicht beim Lachen, und ich hörte seine Worte, die aus ihm kamen wie eine Flüssigkeit. Es war mir egal, was er sagte. Es waren keine Worte, es war mehr ein Klang. Er klang nach mir.*

*Ich wollte es dir sagen, ich wollte es ihm sagen, aber machte es nicht. Ich wollte es ihm sagen und wollte, dass er mich verlässt, aber ich sagte ihm nichts, weil dann alles anders geworden wäre. Es war gut.*
*Es war gut, durch den Wald zu gehen, nachdem ich in der Sportanlage gewesen war. Es war gut, die Erde zu riechen, Schritt für*

*Schritt wieder nach Hause zu kommen. Es war gut, zu Hause meine Mutter zu sehen, wie sie im Wohnzimmer sitzt und sagt: Sie schläft, das schöne Ding.*
*Es war gut, sie dann zu umarmen und die Frage zu hören, wo ich eigentlich immer hingehen würde, und dann zu sagen, ich gehe schwimmen, dann trinke ich ein Bier.*
*Es war gut, beim Einschlafen an den Mann oder an dich zu denken, aber nie an beide.*
*Es war gut, an deinem Bettchen zu sitzen, dich anzusehen, dich wiederzusehen.*
*Es war gut, mich im Spiegel zu sehen und zu erkennen, auch in fremden Schuhen und Kleidern.*
*Es war gut, auch wenn er nicht mit mir sprach, auch wenn er zu dir sagte, deine Mutter ist seltsam.*
*Es war gut, wenn er zu mir sagte, Anais wird jeden Tag größer, wenn ich nach Hause komme, oder, Anais isst viel, das ist gut, oder wenn er fragte, hat Anais heute genug gegessen und was? Wenn er fragte, sollte sie nicht langsam vielleicht reden können?*
*Es war gut, auch wenn er mich manchmal ekelte mit seiner klaren Vorstellung.*
*Es war gut, weil ich ein Ich hatte im Wald, das seine Finger auf dem Kunstrasen reiben konnte.*
*Es war gut, weil ich eine Mutter war, die ihr Kind schon im Schlaf erwachen hörte.*
*Du riechst anders, sagte er.*
*Du riechst auch anders, sagte ich.*
*Du riechst nach Minze, sagte er.*
*Ich habe nichts mit Minze zu tun.*
*Du schaust auch anders, sagte er.*
*Es geht mir gut, sagte ich.*
*Du schaust nach außen.*
*Ja.*
*Gut, sagte er und ging in sein Arbeitszimmer.*

*Dann kam er wieder raus.*
*Du redest auch anders, sagte er. Du tust auch anders.*
*Es geht mir gut, sagte ich, deshalb.*
*Und warum?*
*Weil ich Anais habe, schau sie an, sie ist das Glück, sagte ich.*
*Er ging wieder. Ich hörte ihn eine Schublade öffnen und wieder schließen, eine andere öffnen und wieder schließen.*
*Er kam zurück.*
*Was tust du den ganzen Tag?*
*Ich gehe herum. Betrachte mit Anais die Tauben und Pfauen im Park, wir essen Kuchen, ich schaukle Anais in den Armen oder in der Wiege, zeige ihr in einem Buch die Elefanten und Kraniche und Autos, Schiffe, ich gehe in den Wald und sehe ein Reh, dann sage ich, Anais, da ist ein Reh, sie schaut, und es frisst Gras, es kann die Ohren wie Satellitenschüsseln drehen.*
*Satellitenschüssel, wiederholte er.*
*Ich gehe einkaufen, sagte ich, koche für Anais, für mich und für dich. Ich wasche. Ich besuche meine Mutter oder deine. Ich gehe in einen Bücherladen und lese die ersten Sätze von Büchern, ich schreibe selber einen Satz auf die Serviette im Café.*
*Gut, sagte er und ging wieder ins Arbeitszimmer.*

*Meine Freundinnen sagten, du bist wieder selbstbewusst, also, du bist wieder in dir vorhanden.*
*Meine Freundinnen sagten, es war nicht so schön mit dir, als du so weit von dir selber entfernt warst.*
*Ich war ein Fremdkörper in der Welt, sagte ich.*
*Ja, genau so, sagten sie.*
*Gut, bist du wieder da, sagten sie und lachten über die Vergangenheit und unsere Verlegenheit. Sie lachten viel zu hoch und viel zu lange. Sie lachten über meinen Bauch, meine Themen, meine Abwesenheit.*
*Sie sagten, du warst seltsam.*

*Ihr seid meine Freundinnen gewesen, sagte ich.
Ach, wie schön, sagten sie und, schön habt ihr es hier. Uns gefallen die Vorhänge, und das Kinderzimmer ist ein richtiges Kinderzimmer. Sie könnten es sich gar nicht vorstellen, wie man das macht, mit Kind und Kinderzimmer, aber es sei sehr schön. Ihnen würden die Blumen gefallen auf dem Tisch und der Tisch auch, der sei aus Kirschholz, nicht wahr? Und der Kaffee sei sehr gut. Sie würden selber selten Kaffee trinken, zu Hause. Sie würden gar keine Zeit haben für Kinderzimmer und Kinder und Kaffeemachen und Blumenkaufen, was schade sei, denn sie könnten es sich durchaus vorstellen, so ein süßes Kind, eine Mutter zu sein. Die würden dann gar nicht gesehen werden, die Blumen, sagten sie, weil sie immer unterwegs wären. Die Blumen würden vertrocknen, ohne gesehen worden zu sein.
Ich möchte mit Anais sein, sagte ich. Ich möchte, dass ihr mich in Ruhe lasst. Ich möchte, dass euch der Mond auf den Kopf fällt heute, wenn ihr euch anlügt, wenn ihr aus meiner Wohnung geht. Beim ersten Wort, wenn ihr das Gartentor hinter euch geschlossen habt, möchte ich, dass ihr vom Mond erschlagen werdet.
Lange sahen wir uns an, es tat mir gut, dieses Schauen. Dann gingen sie, und ich habe nicht aus dem Fenster geschaut. Ich habe gehört, wie das Gartentor geschlossen wurde.
Wir sahen auf dem Wald einen schweren Himmel liegen. Wir sprachen über den Wald und was es in ihm alles gibt, rote Waldameisen, Rehe, Wurzeln, Flachwurzeln, Pfahlwurzeln, Herzwurzeln, auf den Wurzeln Moos. Knospen, Dornen, Steinpilze, Fliegenpilze, Fliegen, Luft und Wind. Hunde, Leinen, Libellen, Teichwasser, Harz, Rinde, Menschen, Bänke für die Menschen und Wege. Dachse, Füchse, Äste, Zweige, Blätter, Insekten jeglicher Art. Nebenblätter, Stämme und Kronen. Wir kennen den Wald, sagten wir. Wir sprachen über das, was wir gerne kennen würden, über das, was wir sein könnten, aber nicht über das, was*

wir waren. Er fragte mich nicht, was ich tat, wenn ich nicht bei ihm war, nicht, wo ich lebte und mit wem.
Der Rothaarige sagte einmal, dass, wenn er Tee trinke, er krank werde, er fühle sich sofort schlecht, weil seine Zellen, die würden auf Tee mit Krankheit reagieren.
Er sagte auch, dass er es grundsätzlich seltsam fände, dass man sich, wenn man esse oder trinke, etwas in den Kopf hineinschiebe. Manchmal fühlte ich mich dabei wie früher. Manchmal vergaß ich, wo ich war. Manchmal hatte ich keine Ahnung davon, wer da neben mir lag. Wir sahen auch lange schweigend ins Tor. In die Maschen des Netzes. Wir verglichen unsere Füße und Hände, unsere Haare. Deine Haare sind rot, sagte ich. Deine Augen haben ein Muster, sagte er. Ich hole noch Bier, sagte er. Manchmal hörten wir im Wald den Fuchs schreien. Manchmal sahen wir auf dem Kunstrasen ein Reh, wenn wir leise waren, sahen wir es lange; wenn wir uns bewegten, rannte es weg.

Er wartete auf mich. Ich habe es an seinen Bewegungen gesehen, wenn ich von draußen durch das Fenster in den Schankraum schaute. Ich sah, wie er zur Tür blickte, mich suchte. Wie er das Bier langsam in die Gläser laufen ließ, wie er nicht sofort reagierte, wenn jemand nach ihm rief. Ich sah, wie langsam er das Bier auf die Theke stellte, wie er um die Theke herumging, das Bier langsam zu den Tischen trug.
Wenn ich den Raum betrat, immer um die gleiche Zeit, dann wurde er schneller.
Komme bald, sagte er dann.
An meinem Platz wartete ich, und die Männer grüßten oder grüßten nicht, je nach Abend und Stimmung und Trunkenheit. Die Frauen grüßten wenig oder nicht, wussten nicht, was ich hier tat. Sie schauten manchmal zu mir mit ihren hellblau angemalten Augen, und dann schaute ich aus dem Fenster und fand mich schön, mit ihren alten Blicken auf mir.

*Dann wurde ich wieder schwanger und erzählte es dem Mann hinter der Theke nicht, ich ging nicht mehr zu ihm, ging nicht mehr in den Wald. Ich sagte auch ihm nichts. Ich sagte es dir, und du sagtest nichts. Ich sagte es meiner Mutter, und auch meine Mutter schwieg. Ich sagte ihr, weil sie nichts sagte, dass ich sie liebe, dass ich dich liebe, dass ich das ungeborene Kind lieben würde, aber dass ich sonst niemanden lieben könne und deshalb wegmüsse von hier. Ich sagte ihr, dass ich sehr gelitten hätte auch unter ihr, aber vor allem unter ihm, dass ich mir vorkäme wie ein Tier, wenn er mit mir spricht. Ich sagte ihr, dass er nie überlegen würde, was für ein Leben er lebt und warum, dass er einfach tut, was er tut, weil man es tut, weil er einmal damit angefangen hat, weil er dachte, man tue das so, und ich sagte ihr, dass mich das beinahe krank gemacht hätte. Ich sagte ihr, dass ich es manchmal bereuen würde, dich bekommen zu haben, dass ich mich dafür hasste und dass ich niemanden auf der Welt so liebe wie dich. Ich sagte ihr, dass ich auch das ungeborene Kind einmal so lieben würde, da sei ich mir sicher, und dass mir diese Liebe manchmal Angst mache, diese Liebe, die einen vom Leben derer vollkommen abhängig mache, die man liebt. Ich sagte ihr, dass ich mir sicher sei, dass auch sie manchmal bereute, mich bekommen zu haben. Ich sagte ihr, dass ich glaube, dass jede Mutter das täte und dass jede Mutter sich dafür hasst. Ich sagte ihr alles, was ich nie gesagt hatte, und das war sicher zu viel. Sie sagte am Schluss, ich müsse es wissen, aber sie sei froh, dass ich so klar reden würde, endlich, da ich ja lange genug in mich hineingeredet und -gelebt und -geschaut hätte. Diese unheimlichen Geheimnisse, das anscheinende Schwimmen und Alleinsein, das seien alles große Lügen gewesen, die sie wiederum sehr verletzten, aber jetzt sei es ja alles raus und somit gut, sie müsse jetzt gehen und ein bisschen auf sich selber hören, das sei zu viel auf einmal gewesen. Aber, sagte sie noch, machte die Tür noch einmal auf, sie freue sich auf das Kind, es werde wohl ein Junge werden, das spüre sie, und vielleicht könne er ja Bruno heißen wie ihr Vater.*

*Dann öffnete sie die Tür noch einmal, sah mich lange an, ich stand im Flur und sah ihr Haar grau und vom Flurlicht gelblich schimmernd, sah die Altersflecken an ihren Händen an der Tür. Ich habe es niemals bereut, dich bekommen zu haben, sagte sie. Dann schloss sie die Tür, und ich hörte die trippelnden Schritte der alten Füchsin auf der Treppe leiser werden, hörte, wie das Gartentor geschlossen wurde.*

*Wir verbrachten die Tage auf Spielplätzen. Ich rechnete damit, dass er irgendwann auftauchen würde, dass er nahe an mein Gesicht herankäme mit seinem und leise sagte, Maria, du kommst jetzt wieder nach Hause mit dem Kind. Aber er kam nicht. Ich stand neben dir, die auf der Schaukel schaukelte, sah neben mir die Mütter und Väter ihre Kinder auf der Schaukel schaukeln. Ich sah mich neben ihnen stehen, sah uns warten. Neben den Müttern und Vätern auch Hunde, die warteten. An den Fahrrädern die Fahrradanhänger, in die sie Kinder und Hunde packten und davonfuhren, wenn es Zeit war, am Abend, wenn der Tag vergangen war, die Kinder ins Bett gebracht werden mussten. Dann würden die Väter und Mütter noch etwas beisammensitzen, dachte ich, dann würden sie noch etwas über die Kinder reden, über den Beruf, über das Leben, die Probleme, die Rechnungen, die bezahlt werden sollten, die Kindergärten, die Urlaubsmöglichkeiten. Ich wusste es nicht, konnte mir nicht gut vorstellen, über was sie sich unterhalten würden. Ich sah die Kinder nach Eis rufen, ich sah sie hinfallen und weinen, sah die Eltern die Kinder aufheben vom Boden, sah sie Eis kaufen. Ich sah sie den Kindern das Eis vom Mund wischen. Du wolltest kein Eis, du weintest nicht, wenn du hinfielst. Du nahmst dir nicht viel Raum, du wusstest, dass es diesen Raum nicht gibt. Ich hatte diesen Raum nicht. Ich sah die Mütter und Väter sich küssen, sah sie schweigen, sah sie mit ihren koordinierten Bewegungen. Und ich sah dich stundenlang im Sand sitzen, sah, wie du Sand auf einen Haufen und dann vom*

*Haufen auf einen anderen Haufen schaufeltest, von diesem Haufen auf einen nächsten und wieder auf einen Haufen. Kuchen, hast du gerufen. Mama Kuchen. Manchmal hast du mich angelächelt. Du, die mich anlächelte und Mama rief. Du, die da saß, und ich, die neben dir stand und wartete, bis der Tag vergangen war.*

*In einem dunklen Restaurant mit Engeln als Lampenständer und einem einäugigen Kellner saß ich ihm gegenüber. Der Kellner stellte die Teller vor uns und klopfte dreimal auf den Holztisch. Alles Gute, sagte er und zeigte auf meinen Bauch. Wir aßen Fleisch und Artischocken.*
*Er sagte: Ich zahle, ich zahle auch für Anais.*
*Gut, sagte ich.*
*Er zog ein Blatt von der Artischocke.*
*Ich habe jetzt eine Frau, sagte er, schon länger habe ich sie, jetzt bekommt sie ein Kind von mir, das sie sich wünscht.*
*Gut, sagte ich.*
*Wir müssen uns scheiden lassen, damit ich sie heiraten kann. Sie will mich heiraten, sagte er.*
*Gut, sagte ich, und Anais?*
*Ich weiß nicht, sagte er.*
*Willst du sie noch sehen?*
*Nein, ich glaube, besser nicht.*
*Besser nicht, wiederholte ich und dachte an die Nacht, in der du gezeugt wurdest, und dass das doch ein Wahnsinn ist, wie leicht man Kinder machen kann, aber wie schwer es ist, sich zu lieben oder wenigstens auszuhalten. Ich dachte an den Abend, an dem ich ihn getroffen hatte und ihn spannend fand in seiner Ruhe. Ich versuchte, mich zu erinnern, wie das war. Das lauwarme Bier, die Berührungen, er an meiner Seite, den ganzen Abend ist er nicht von mir gewichen, und ich habe mich stark gefühlt, weil da jemand war.*

*Es würde sie unglücklich machen, sagte er.*
*Was?*
*Mein neues Glück, meine Frau, das Kind, die Familie, in die sie nie ganz hineingehören können würde.*
*Gut, sagte ich.*
*Du hast dich sehr verändert, sagte ich.*
*Und ich hatte gehofft, du veränderst dich, sagte er.*
*Gut, sagte ich.*

*Aber gut war es nicht, ich war schwer, mein Gesicht war schwer und in mir das Kind, das von einem Mann war, der nichts wusste, und ich wusste nicht, ob ich es haben wollte, aber wusste, dass ich eine Mutter war. Auch meine Arme waren schwer, mussten schwere Hände halten. Ich nahm ein Glas Wein, und der Kellner stellte es vor mich hin und klopfte dreimal auf den Tisch. Als ich noch eins bestellte, zeigte er mir das Symbol auf der Flasche, das eine Schwangere zeigte, durchgestrichen.*
*Aber gut war es nicht, als wir draußen vor dem Restaurant standen und ein Hund neben uns an die Laterne pinkelte, wir sahen dem Hund beim Pinkeln zu, und dann sahen wir weg, zu Boden, sahen uns an, aber da stand nicht er, da stand irgendein Mann in beigem Mantel und mit einer Ledertasche über der Schulter.*
*Aber gut war es nicht, als ich ihm zum Abschied die Hand gab und dann weinte auf dem Weg nach Hause.*
*Aber gut war es nicht, als ich nur Einsamkeit in mir spürte und nicht das Kind. Ich fand dich schlafend auf meinem Bett, mit meinen Kleidern um dich herumgelegt.*
*Dann kam Bruno zur Welt.*

*Er sah aus wie ein alter Mann. Im Krankenhaus saß meine Mutter mit dir an meinem Bett und sang Kinderlieder. Alle Vögel sind schon da. Du hast gesummt und dann «Vögel» gesagt und wieder gesummt. Bruno schwieg. Anders als du schwieg er von Anfang an. Anders als du trank er meine Milch nicht. Anders als du hatte ich den Eindruck, er könne mich sehen. Er sah mich schweigend an. Sein dichtes, schwarzes Haar. Sein ausgeprägtes Gesicht. Er sah aus, als wüsste er bereits, wie das Leben werden würde.*

*Wir zogen aufs Land. In ein altes Bauernhaus mit Menschen, die alle aus der Stadt dahin gezogen waren, weil die Stadt ihnen zu laut oder intolerant war. Du bist über die Felder gerannt, jeden Tag. Hin und her und hin und her. Ich saß mit Bruno vor dem Haus. Ich versuchte, Gemüse anzupflanzen. Ich versuchte, mich an den Hausarbeitsplan zu halten und dir eine Schaukel im Garten zu bauen. Ich versuchte, politische Gespräche zu führen, gegen alle Kriege zu sein. Ich versuchte, daran zu denken, die Wäsche bei Regen von der Wäscheleine im Garten zu nehmen, versuchte, die Pflanzen zu gießen, wenn es so auf dem Plan stand. Ich versuchte, die Menschen anzulächeln, aber lächeln galt bei diesen Menschen nicht. Tun muss man, sagten sie. Verantwortung übernehmen, eine Haltung haben gegenüber den Geschehnissen in der Welt.*
*Ich versuchte, eine Haltung zu haben und Bruno nicht zu vergessen im Laufgitter. Ich versuchte, frei zu sein, wie die Menschen es von sich behaupteten zu sein und von mir erwarteten. Ich musste frei sein, und je mehr ich frei sein musste, umso unfreier fühlte ich mich, und ich war mir sicher, Bruno im Laufgitter war freier als ich. Du warst frei, du hast die Schafe besucht, am Morgen, wenn ich schlief. Du warst frei auf der Schaukel, beim Spiel mit den Blumen vor dem Hof. Ich war frei am Abend, wenn ihr geschlafen habt und ich mich in den Garten setzte, der nicht mein Garten war. Ich hatte den Wein, der mich befreite, der mich weich machte und nicht mehr denken ließ.*

*Ich dachte, dass es besser ist, nichts um sich zu haben, was einem nicht gehört, und die Natur gehört allen. Ich dachte, es sei gut, mit Menschen zu leben in einem großen Haus. Ich dachte, dann seid ihr glücklich, Bruno und du, und ich wäre es dann auch.*
*Dann zogen wir wieder in die Stadt, weil die Natur und die Freiheit mich so müde machten, dass ich wann immer möglich schlief.*
*Ich weiß, dass da der Himmel war, als wir einzogen in diese Wohnung, dass am Ende des Himmels der Himmel weiß war. Wir zogen ein in diese Wohnung und legten uns auf den Boden, das weiß ich noch, weil wir glücklich waren, darum legten wir uns auf den Boden. Bruno neben mir auf einer Decke, seine Händchen in deinem Gesicht, du mit dem Kopf neben meinem. Wir hörten den Fernseher in der unteren Wohnung. Wir hörten Frau Wendeburg die Werbetexte mitreden. Wir hörten Kinder im Innenhof schreien und sahen die große Linde. Die Blätter der Linde bewegten sich. Wir sahen Sonnenflecken im Innenhof, sahen Krähen in den Bäumen. Sahen sie auffliegen. Sahen sie als schwarze Löcher im Himmel. Wir hörten den Laubbläser im Hof, sahen den Rauch, der aus den Schornsteinen stieg. Wir sahen ein paar Fenster der Siedlung, die roten Fensterläden.*
*Wir hatten die Kleider in Kisten. Wir hatten unendlich viele Bilder. Wir hatten Wasser in einer Kristallvase meiner Mutter und eine Keksdose mit Kindern im Schnee. Wir hatten Geschirr mit Blüten aus einer anderen Zeit. Wir hatten Zeit. Wir hatten eine andere Zeit. Wir hatten Vorhänge aus Baumwolle, und wir hatten ein Bad mit roten Kacheln, auf jeder Kachel einen goldenen Stern. Wir hatten all die Dinge, die ich auf der Straße zusammensuchte, um unsere Welt zu füllen, um zu vermeiden, dass wir Maschinen würden. Wir hatten den ausgestopften Fuchs, den ich neben das Hochbett stellte. Wir hatten die schrägen Türrahmen. Wir hatten die farbigen Fäden, die von den Lampenschirmen hin-*

*gen, um die Köpfe zu berühren, um nicht zu vergessen, dass wir Köpfe haben.*

*Ich will nichts mehr dazu sagen, sagte meine Mutter, und dann sagte sie, aber zahlen könnte Brunos Vater, aber einen Mann brauchst du doch, aber es ist schmutzig hier, und Bruno ist ein empfindliches Kind, aber wenigstens eine Bettflasche könntest du besorgen oder wenigstens einen Wickeltisch, einen Luftbefeuchter, eine Wolldecke für die Kinder mit Feen drauf oder wenigstens mit Farben. Und all diesen zusammengesammelten Müll könntest du fortbringen, all dieses unnütze Zeug, all die Bilder von dir und von Menschen, die nackt sind, die die Kinder erschrecken. Die ausgestopften Tiere könntest du entsorgen, wenigstens.*
*Ihr habt geschlafen, meine Mutter umarmte mich und ging, sie streckte noch einmal ihren Kopf zur Tür herein und sagte, schöne Kinder hast du, mein Kind.*
*Und dann kam sie noch einmal und sagte, vielleicht ist es auch nicht nur deine Schuld, vielleicht ist es meine Schuld oder die Schuld meiner Mutter.*

*Als ich anfing, bei Fred an der Bar zu arbeiten, sagte meine Mutter, ich möchte dir nichts vorschreiben, aber gesund ist das nicht, weder für dich noch für die Kinder, weder für den Körper noch für den Geist. Du trinkst zu viel, du rauchst zu viel, du bist in schlechter Gesellschaft, der Heimweg ist dunkel, und vor allem bist du am Abend nie da.*
*Als ich anfing, bei Fred in der Bar zu tanzen, fing meine Mutter an, wegzugehen von meiner Wohnung, bevor ich nach Hause kam.*
*Sie sagte, ich kann nach deinen Kindern schauen, aber dir kann ich nicht in die Augen sehen.*
*Ich tanze, sagte ich.*

*Du verkaufst dich, sagte sie.*
*Ich mache das gerne, sagte ich, weil es aufregend ist.*
*Und was tust du, wenn ich nicht mehr komme?*

*So legte sie manchmal einen Geldschein auf den Tisch oder Kleider für die Kinder. Sie räumte auf, putzte die Fenster und schrieb kein Wort auf einen Zettel.*
*Du sagtest manchmal, Oma sagt gut.*
*Du sagtest manchmal, Oma sagt dich.*
*Du sagtest manchmal, Oma da.*
*Du sagtest einmal, Oma weinte.*

*Jedes Mal, wenn ich die Wohnung betrat, konnte ich die Vorwürfe riechen im zurückgebliebenen Parfüm. Jedes Mal, wenn ich in die Wohnung kam, war die Sauberkeit ein Vorwurf und wart ihr schlafend im Bett ein Vorwurf, und mein gemachtes Bett, das sortierte Besteck, die zusammengelegten und nach Farben sortierten Kleider waren ein Vorwurf. Die Dinge in Plastiktüten gepackt, die sie für unnütz und unreinlich hielt, die ich dann wieder auspackte und in der Wohnung verteilte.*

*Bei Frau Wendeburg an der Tür fragte ich, könnten meine Kinder zu Ihnen kommen, wenn etwas ist, wenn sie nicht schlafen können oder Angst haben, wenn ich bei der Arbeit bin.*
*Sie sind die Frau von oben?, fragte sie.*
*Ja, von oben, sagte ich.*
*Und Sie haben sonst niemanden?*
*Nein, sagte ich, niemanden.*
*Keinen Vater der Kinder?*
*Nein, sagte ich.*
*Das tut mir leid.*
*Danke, sagte ich, aber würden Sie das tun? Kann ich etwas für Sie tun?*

*Ja, ich kann das tun, sagte Frau Wendeburg, wenn Sie nicht mehr mein Waschmittel benutzen und wenn Sie nicht mehr an meinen Waschtagen waschen. Wenn Sie mir helfen, meine Katze zu suchen, falls sie wegläuft, und wenn Sie ab und zu mit Ihren Kindern zu mir kommen, zum Essen, für ein Spiel, zum Reden.*
*Ja, das geht, sagte ich, und dann fiel das gesamte Gewicht meiner Mutter von mir ab.*

*Ich hinterließ ihr eine Nachricht auf dem Küchentisch, auf die sie mir antwortete:*

Liebe Maria,
sollten wir uns nicht vielleicht zusammensetzen? Sollten wir nicht über alles einmal in Ruhe reden? Ich lade euch gerne zu Kuchen und Kaffee ein.
Deine Mama

*Meine Mutter redete viel, und wir aßen feuchten Kuchen. Ihr habt den Kuchen auf dem Tisch und in euren Gesichtern verteilt. Ihr wart still, habt den Kuchen gegessen, habt ein paarmal die Gabel zu Boden geworfen. Meine Mutter hat euch den Mund gewischt und die Gabeln aufgehoben. Ich konnte mich nicht bewegen. Neben uns redeten andere alte Frauen, sie redeten ununterbrochen, und ich wollte sie anschreien, ich wollte ihnen sagen, dass sie still sein sollten und dass dieses ewige Reden nicht nütze. Ich schrie nicht, ich saß und packte in farbiges Papier eingewickelte Dinge aus. Das Zellophan knisterte viel zu laut. Als hätte meine Mutter geahnt, dass wir Weihnachten nicht zusammen verbringen würden, legte sie Geschenk um Geschenk auf den Tisch. Du hattest große Augen beim Auspacken, du hast dich oft bedankt, du hast meiner Mutter dein Gesicht in den Bauch gedrückt. Sie hat dich gestreichelt, dein Haar. Hat gesagt, was für ein schönes*

*Kind du bist, wie lieb und still. Dass sie stolz auf dich sei, hat sie gesagt, du hast von unten zu ihr hochgeschaut. Ihre Nase sei sehr groß, hast du gesagt, und dass ihr Pullover eine Wolke sein könnte. Dann begann sie, dir von deinem Vater zu erzählen.*
*Sie sagte, er ist ein guter Vater, und niemand versteht, warum deine Mutter ihn nicht wollte. Meine Mutter sagte zu dir, du solltest deinen Vater sehen können, ich weiß nicht, warum deine Mutter nicht will, dass du ihn siehst. Er würde dich bestimmt gerne sehen, dein Vater dich.*
*Ich fegte die Tassen vom Tisch. Wir gingen. Ihr habt nichts mehr gesagt, erschrocken habt ihr euch an mir festgehalten. Auch meine Mutter sagte nichts, sie begann, die Scherben vom Boden aufzuheben. Das ist das letzte Bild, das ich von ihr habe. Draußen vor der Tür blickte ich durch die Scheibe nach innen, sah sie am Boden knien, sah die eine Hand die Scherben aufheben und sie in die andere legen. Sah die Waden in weißen Strümpfen, den hellblauen Stoff ihres Kleides, den hellblauen Pullover, das blond gefärbte, dauergewellte Haar. Sah meine Mutter am Boden kauern, sah eine Dame in schwarzem Kleid und weißer Schürze zu ihr eilen, sah, wie die Frau versuchte, meiner Mutter auf die Beine zu helfen, aber meine Mutter weigerte sich. Ich sah, wie sie die Frau wegschickte, wie sie Scherbe um Scherbe vom Boden nahm, ihren gekrümmten Rücken, die Damen an den Tischen, die Blicke auf meiner Mutter. Die alte Füchsin.*
*Und dann sah ich sie ein letztes Mal, ein Jahr später, da war sie bereits tot. Weiß und still lag sie auf einem schmalen Bett mit Blumen um das Gesicht. Ich habe sie berührt, sie war kalt. Ich habe ihre Hände gestreichelt, die kalt waren.*
*Ich habe meiner Mutter in das Grab hinein gesagt, dass ich sie liebe, dass es mir leidtue, dass es aber nicht nur meine Schuld gewesen sei, dass das etwas sehr Kompliziertes sei, dieses Leben mit all seinen Verwandten und seinen Existenzen, seinen Müttern, Kindern und Lebensentwürfen. Ich habe meiner Mutter in das Grab*

*hinein gesagt, dass ich immer wieder an sie denken und versuchen werde, mir vorzustellen, was sie sagen würde zu dem, was ich mache, und dass ich dann abwägen würde, ob ich ihre Meinung annehmen könne.*
*Ich glaubte, Mutter einverstanden zu sehen. Du an meiner Hand hast nicht ins Grab hinein gesehen, und Bruno weinte eines Zahnes wegen, der gerade durch sein Zahnfleisch drückte.*

VERSCHWINDEN

**Es ist Freitag, und** Mutter sagt, ich kann nicht mehr.
Auch bei uns ist nichts anderes als Freitag. Sie steht auf dem Balkon mit der einen Hand rauchend und der anderen in der Blumenkiste.
Ich kann nicht mehr.
Es geht uns doch gut, sage ich.
Ich kann nicht mehr, ich kann nicht mehr, ich kann nicht mehr, sagt Mutter.
Soll ich dir ein Ei braten?
Mutter hört mich nicht.
Bruno sitzt schweigend am Tisch, vor ihm das große Buch.
Sollen wir Suppe kochen?, frage ich.
Mutter ist bleich auf dem Balkon, ihre Füße auf dem kalten Nachmittagsboden, ihre Zehennägel in Türkis.
Sie ist bleich und redet von Liebe, von der Verlorenheit, wie der Himmel aus Stein sein kann, wie er das ist, heute, immer, wie er runterfällt auf ihren Kopf. Sie redet von einem Mann, den es nicht gibt, und davon, dass sie aber, wenn sie ganz ehrlich sein soll, eben doch, auch wenn sie das nie hätte zugeben wollen, daran geglaubt hatte, dass einmal einer kommen würde und das wäre dann der Richtige gewesen und der wäre dann gut gewesen und geblieben und den hätte sie lieben können, aber jetzt könne sie nicht einmal mehr diesen heimlichen Liebestraum haben, in dem sie sich aber auch schon genau vorgestellt hätte, wie der aussähe, wie hell sein Haar gewesen wäre, wie sein Name hätte sein sollen, aber das habe sie vergessen, nur dass er edel gewesen wäre, das wisse sie noch, und dass er gekocht hätte, wunderbar gekocht, und wir wären mit ihm in ein Haus der Liebe gefahren, und das Haus wäre aus Holz gewesen, ein romantisches mit Schnitzereien in den Balken und getrocknetem Lavendel in der Küche, und er wäre auch so gescheit gewesen, dass Bruno ihn gemocht hätte, weil er über die Eigenschaften der Welt hätte mit ihm reden können, und es hätte

natürlich Pferde gegeben, ich hätte da reiten können, was jetzt aber alles nie geht, weil es diesen Mann eben doch nicht gibt und weil, selbst wenn es ihn gäbe, er uns nie sehen würde, weil wir beinahe unter der Erde wohnen, wie Zwischenwesen, weil einer wie der uns nie sehen würde, weil er in einer anderen Welt lebe, und Mutter sagt: Ich hasse unsere Welt.
Halt, sage ich, und ich schwitze. Ich will ja gar nicht reiten, sage ich, hör auf mit dem Reiten.
Dann hör du auf mit diesen Pferdesachen, sagt sie, du mit deinen tausend Pferdesachen. Was denkst du, wie es mir geht, wenn ich das sehe, dann weiß ich doch, dass ich versagt habe. Mit jedem einzelnen Pferdeding willst du mir sagen, was für eine schlechte Mutter ich bin. Mit jedem dieser Objekte sagst du mir, das besitze ich nur, weil ich das, was ich in Wahrheit möchte, nicht haben kann, weil meine Mutter eine Versagerin ist.
Sie klopft die Asche ins Bier und nimmt einen Schluck.
Ich denke, richtige Mütter rauchen nicht. Ich denke, richtige Mütter stinken nicht. Ich denke, ich mag deine Nacktheit nicht.
Ich kann das gar nicht, sage ich, ich mag das Pferd, weil es stark ist und gut riecht und etwas Liebevolles in der Form seiner Augen hat und die langen Wimpern. Aber das Pferd hat nichts mit dir zu tun. Überhaupt nichts. Nicht alles hat mit dir zu tun, sage ich.
Mutter stürzt in die Küche und beginnt, die Pferdekleber vom Küchenschrank zu kratzen.
Sie stinken, wiehern und zittern, sagt sie.
Du stinkst, sage ich.
Mutter schaut auf.
Du stinkst am Morgen, nachdem du getrunken hast, weil du schwitzt in der Nacht. Dann stinkst du, und es ist nicht schön, sich zu dir zu legen am Morgen, weil es stinkt. Es stinkt nach

Schweiß und Rauch, altem Rauch, uraltem, kalten Rauch. Und nach Männern riecht es in deinem Bett, und auch du riechst nach den Männern, und eigentlich wäre es schön, sich zu dir zu legen am Morgen, aber wenn du stinkst, dann ist das nicht schön. Dann stinkst du.
Ich kann nicht mehr, sagt Mutter.
Ich kann noch viel mehr nicht mehr, sage ich.
Ich kann nicht mehr, ich kann einfach nicht mehr, sagt Mutter.
Ich kann noch viel mehr einfach nicht mehr, sage ich und gehe in unser Zimmer.
Ich nehme die Pferdebilder von den Wänden und werfe das Etui mit dem Pferdekopf in eine Tüte, stopfe auch die Bilder da hinein. Ich nehme den Pferdepullover aus meiner Kleiderkiste und lege ihn aufs Bett. Ich streichle einmal den braunen Pferdekopf, dann stopfe ich den Pullover ebenfalls in die Tüte. Ich nehme das Pferdebuch aus der Bücherkiste, lege es in den Turnbeutel mit den Pferden drauf, dann gehe ich nach draußen zu den Müllcontainern und werfe die Tüte und den Turnbeutel hinein. Und weil es alles sowieso nichts mehr nützt, werfe ich auch den Fuchs in den Container, aber so kann ich den Deckel nicht schließen, also schaut der Fuchs aus dem Container. Mutter sieht mich vom Balkon aus und raucht. Ich schaue zu ihr, sie schaut mir zu. Sie bewegt den Mund, als würde sie reden, aber ich höre nichts.

In der Küche sagt Mutter, sie habe ihr Leben für uns aufgegeben, und dann geht sie. Ich höre sie ihren Forellenmantel vom Boden aufnehmen, höre sie Bier aus dem Kühlschrank nehmen und am Reißverschluss der Stiefel ziehen. Mutter knallt die Tür, und ich lege meine eiskalten Hände auf die Beine, schaue immer noch hinaus in die Dämmerung. Das Licht ist rötlich und scheinheilig.

Später sitze ich bei Bruno in der Küche.
Später mache ich einen Papierflieger und lasse ihn in die Dunkelheit des Innenhofs fliegen.
Später lächelt mich Bruno nicht an.
Später gibt es im Radio Harfenmusik und meine Unruhe in der Küche.
Später gehe ich ins Bad und schneide mir die Haare weg. Ich weiß jetzt, dass ich nicht reiten werde, also brauche ich auch kein langes Haar, das beim Reiten im Wind wehen würde.
Später betrachte ich Mutters Stiefel, deren linke Absätze schräg abgelaufen sind.
Später versuche ich zu lachen, einfach so, sehe mir im Spiegel dabei zu.

Im Bett liegend, höre ich Bruno unten schnaufen. Er schnauft schnell.
Die Monster?, frage ich.
Inexistente Wesen?, flüstere ich.
Komm zu mir, sage ich.
Es ist still, nur das Geräusch des Fernsehers von Frau Wendeburg, sehr leise, Musik, das Schnaufen, ein Rumoren in meinem Bauch.
Komm zu mir Bruno, sage ich, oder soll ich zu dir?
Ich schaue nach unten, und Bruno starrt an den Lattenrost.
Ich will runter zu ihm, aber er schüttelt den Kopf.
Liebeskummer?, frage ich.
Bruno schüttelt seinen Kopf. Ich versuche, mich so weit über die Bettkante zu beugen, dass er meine Hand nehmen kann. Er schüttelt den Kopf.
Wegen Mutter?, frage ich.
Bruno dreht sich weg.
Bruno, sage ich.
Ich klettere nach unten, hebe seine Decke an, lege mich zu

ihm. Er ist eingefroren. Ich mache Kreise auf seinem Rücken. Plötzlich dreht er sich zu mir und stößt mich aus dem Bett.
Nichts, sagt er, mit Mühe erzeugt er das Wort ganz hinten im Mund.
Nichts, sagt er, und legt sich auf den Rücken.
Ich sitze noch eine Weile neben ihm. Mutter tanzt irgendwo, trinkt irgendwo irgendetwas mit irgendjemandem. Schüttelt ihr Haar im weißen und roten Licht. Ich sitze neben Brunos Bett und weiß überhaupt nichts. Ich sitze da und schaue auf die Decke, die über Bruno liegt, die nach Bruno riecht. Ich sitze neben dem Bett, und Bruno schnauft.

Ich liege in Mutters Bett und reibe meine Fingernägel am Leintuch. Ich stehe noch einmal auf und betrachte Bruno von Weitem, sehe seinen Rücken, das Monster am Rücken, das seine vielen Arme nach allen Seiten ausstreckt. Ich sehe ihn unbewegt. Ich gehe zurück, lege meine Hände an die kalte Außenwand. Ich schalte den Fernseher ein. Ein Mann mit einem schrägen Gesicht redet über ein Buch. Er hält das Buch in den Händen, dreht es. Er lächelt und sagt, Geschichten machen Menschen lebendig. Schalte weiter, sehe einen Mann und eine Frau, die Kissenbezüge verkaufen. Kissen mit orientalischem Muster, Kissen mit Herzen, Kissen mit dem Eiffelturm, Kissen mit der Mona Lisa. Ich schalte den Fernseher aus.
Ich wühle in Mutters Kleidern. Ich setze mich in den Schrank, schließe die Tür, schaue durch einen Spalt aus dem Schrank in das Zimmer. Ich rieche Mutter. An der Tür hängt ihr gelblicher Bademantel.

**Ich sitze allein in** der Küche. Seit Tagen sitze ich allein in der Küche, mache die Brotkrümel kleiner und verteile sie auf dem Tisch. Ich forme Brotmuster auf dem Tisch, ich warte. Ich befeuchte das trockene Brot und drücke es auf die Tischplatte. Ich schaue zu den Krähen im Baum. Sie fliegen auf, fliegen über die Dächer, kommen zurück, krächzen und fliegen wieder auf, fliegen über die Dächer und kommen zurück, setzen sich in die Linde. Manche haben einen grauen Schimmer im Federkleid. Einen geheimnisvollen Schimmer, einen bedrohlichen Schimmer. Bruno liegt im Bett und spricht nicht, darum verstehe ich ihn nicht. Er liegt da mit seinem Buch, hat kein einziges Mal aufgeschaut. Er hat eine rote Faust auf der Bettdecke gemacht, kaum habe ich das Zimmer betreten. Es war, als läge da nicht mein Bruder, es war, als läge da irgendjemand in irgendeinem Bett irgendwo auf der Welt. Und Mutter schläft. Sie schläft seit Tagen. Nur selten taucht sie auf, wie ein Geist, dann raucht sie als Geist auf dem Balkon, und der Rauch steigt vor ihrem Geistergesicht zum Himmel auf und der Himmel ist grau und die Krähen fliegen auf, fliegen über die Dächer, kommen zurück, fliegen auf, fliegen über die Dächer, kommen zurück.

Ich gehe allein zur Schule. Beim Gehen habe ich ein Gefühl, als hinge ich seitlich aus mir heraus. Es ist mir unmöglich, beschwingt zu gehen, wie ich es sonst tue. Das Gehen fühlt sich an, als hätte ich mich selbst in einer Tüte dabei. Ich betrachte auf dem Pausenhof Peter und die anderen und ihre Geräusche und Bewegungen.
Peter mit dem falschen Peter in sich. Er schaut kein einziges Mal zu mir, er würde, würde ich vor ihm stehen, mich nicht sehen können. Sein Gesicht ist ausdrucksloser denn je, und seine Worte sind nur noch Laute.
Was ist?, fragt er nicht. Seine Freunde werfen den Ball nach mir. Nichts ist, sage ich, lasse den Ball an mir abprallen, halte die

Hände nicht vors Gesicht, lasse den Ball in mein Gesicht prallen. Sie lachen laut, sehr laut. Ich schaue nicht, ob Peter lacht, ich höre ihn nicht lachen, aber ich kann sein Lachen nicht vom Lachen der anderen unterscheiden. Es ist kein Lachen, das sie haben. Es ist, als hätten sie einen Knopf, auf dem Lachen steht, und drückt man bei einem von ihnen den Knopf, löst es auch bei allen anderen ein Geräusch aus, das klingt wie die Vorstellung von Lachen.
Was ist?, fragt Tina, warst du wirklich krank, bist du wirklich immer wieder krank?
Ich sollte besser nach Hause gehen, sage ich.
Nein, bleib doch hier, sagt sie.
Ich sollte besser nach Hause gehen, sage ich.
Bleib, sagt Tina, das ist nicht gut, wenn du einfach gehst, ohne krank zu sein.
Ich sollte besser gehen, sage ich.
Ist es wegen deiner Haare?, fragt sie.
Ich sollte besser nach Hause gehen, sage ich, und dann gehe ich.
Anais, ruft Tina, das ist nicht schlimm mit deinen Haaren.
Sie werfen den Ball nach ihr, dann klingelt es, und alle verschwinden, ganz plötzlich sind sie alle weg, und es wird still, und ich höre mich atmen.

Zu Hause schaue ich in Mutters Zimmer, sehe ihr Haar und das Gold. Ich setze mich in die Küche, mache neue Brotmuster. Ich sehe die Krähen auffliegen. Sie fliegen über die Dächer, kommen zurück, krächzen und fliegen wieder auf, fliegen über die Dächer und kommen zurück, setzen sich in die Linde.

Und dann geht Bruno an der Küche vorbei. Ich gehe ihm nach. Er geht durch die Straßen zur Brücke. Ich sehe ihn von der Brücke schauen, sehe ihn spucken. Ich steige hinter ihm die Böschung hinunter, zum Ufer des Flusses. Das Wasser schmatzt an den Brückenpfeilern. Im Flussbett riecht es nach den trockenen Algen, mit denen die Steine überzogen sind. Ich stehe hinter den Bäumen, sehe Bruno ins Wasser und zur Brücke hochschauen. Ich sehe ihn sitzen mit dem schweren Buch auf den Beinen. Erst im Dunkeln steht er auf, legt sich das Buch auf den Kopf, geht an mir vorbei die Böschung hoch. Er angelt sich mit einer Hand von Ast zu Ast.

Es tut mir leid, sagt Mutter. Sie hat gekocht und aufgeräumt, den Aschenbecher geleert.
Bruno pickt die Reiskörner einzeln aus seinem Teller, versucht, den Brokkoli aufzustellen, versucht, aus dem Brokkoli einen Wald zu machen.
Bruno sagt nichts, und ich kann auch nichts sagen.
Willst du dir die Haare schneiden lassen?, fragt Mutter mich.
Viel kürzer geht nicht mehr, sage ich.
Aber gerader, sagt sie.
Schon gut, sage ich.
Also, sagt Mutter, also, ich bin sehr müde. Ich bin sehr müde, weil ich viel nachdenke, wenn ich viel nachdenke, dann werde ich müde. Ich denke viel nach, wenn es mir langweilig ist. Also, mir ist es langweilig, weil wir schon so lange hier sind und weil sich die Tage gleichen, ein Tag ist wie der andere, aber ich weiß nicht, was ich noch tun kann, es fällt mir nichts mehr ein, weil ich bereits zu müde bin.
Mutter spricht langsam und schaut auf den Reis in ihrem Teller, die vielen Reiskörner, als suche sie zwischen den Reiskörnern nach ihren Worten.
Wir wollen nicht umziehen, sage ich.
Mutter steht auf, stellt den vollen Teller in die Spüle. Sie geht langsam, als wolle sie uns Zeit geben, noch etwas zu sagen.
Im Türrahmen dreht sie sich um und sagt, gut, dann müssen wir schauen, was passiert.

**An diesem Morgen ist** es draußen heller, es ist, als ob ein Scheinwerfer Licht machte draußen, sehr helles Licht. Ich öffne die Augen, und meine Arme schlafen.
Auch Bruno schläft. Ich denke daran, zu ihm ins Bett zu kriechen. Ich schaue über die Bettkante und sehe Brunos Bett leer. Und ich bemerke eine Veränderung. Brunos Bett ist unberührt. Das Buch fehlt neben seinem Bett, und die Taschenlampe fehlt auch. Auch die Hose über dem Stuhl, sein Hemd, sein Taschenmesser auf der Kiste, das am Morgen am Hosenbund befestigt werden muss. Brunos Brille liegt nicht neben dem Bett. Ich bin nicht in unserem Zimmer. Ich möchte das Zimmer verlassen und in Mutters Zimmer Mutter finden, aber auf dem Flur ist ein anderer Flur, der nicht zur Küche führt. Die Nacktzeichnungen fehlen, die farbigen Bilder fehlen, der Rauchgeruch fehlt, die kleinen Dinge in den Körben auf dem Boden und an der Wand fehlen, auch Mutters Ohrringe und Armreifen in den Körben fehlen. Der Schlafgeruch fehlt. Der Staub auf dem Holzboden fehlt. Die Wäsche am Boden, der Wasser- und Duschmittelgeruch, der Dampf vom Badezimmer fehlt. Die trockene Zimmerpflanze.
Und ich gehe über den Boden, der weicher ist und grau. Ich gehe über den Plastikboden, und meine Fußsohlen bleiben an ihm kleben, mein Nachthemd ist nicht mein Nachthemd, es ist ein Nachthemd ohne Bedeutung, es gibt darauf keine Blumen. Mein Bauch ist weich, ich merke sofort, dass es mein Bauch ist.

Dann erwache ich nochmals, und Brunos Bett ist leer.
Ich erinnere mich. Wir haben ferngesehen. Im Fernseher war Sissi. Sissi tanzte mit dem Prinzen, der zuvor den Säbel abgelegt hatte.
Draußen war der Regen.
Draußen waren die dunklen Äste.

Draußen waren die Krähen, die sich in den Bäumen verstecken und krächzen.
Im Fernseher trug Sissi ein wunderschönes, gelbes Kleid, mit weißen Perlen bestickt, eine Schleppe, die bis zum Boden reichte, die hinter ihr weit über den Boden reichte. Weiße Handschuhe trug sie, auch diese mit Perlen.
Draußen stand Bruno im Regen mit einer Plastiktüte bei den Containern. In seinem dunkelblauen Kapuzenpullover uns zugewandt.
Sissi lächelte.
Draußen Bruno, der zu uns hereinschaute, wir vor dem Fernseher sitzend. Mutter, die sich die Zehen eincremte und Rotwein trank.
Mutter, Sissi und ich als Spiegelung auf der Fensterscheibe, zwischen uns Bruno.
Mutter, die wegen Sissi weinte und sich dabei die Zehen eincremte.
Draußen Bruno mit der Kapuze auf dem Kopf, der den Deckel des Containers öffnete und die Tüte hineinhievte.
Mutter, die in der Werbepause die Werbemelodien mitsang.
Draußen Bruno, dem Tropfen über die Nase in den Mund hineinliefen.
Draußen Bruno unscharf, weil Regen an der Scheibe.
Draußen der Regen, der stärker wurde und Bruno verschluckte.
Ich erinnere mich. Ich ging zum Container und öffnete ihn, sah die Plastiktüte. Ich blickte hinein.
Sissi, die im Fernseher weinte.
Mutter, die vor dem Fernseher weinte.
Der Geruch von Nagelackentferner, Rotwein, Regen an Kleidern im Zimmer. Ich stand nass in Mutters Zimmer, Mutter mit dem Kissen als Kopf. In der Tüte lagen Brunos Brille, Brunos Taschenmesser, Brunos Buch über die Brücken der Welt. Ich erinnere mich, ich rannte. Ich rannte die Straße entlang,

in meinem Kopf sah ich Bruno gehen. Ich rannte die Straße entlang, an der Ecke standen die Frauen, in meinem Kopf sah ich Bruno gehen. Ich sah die Lichter, rot, weiß, blau. In meinem Kopf war Bruno, der die Lichter nicht sah. Er zog die Hände die Hecke entlang. Bruno ging ohne Angst.
In meinem Kopf war Bruno, der an der Ecke die Frauen flüstern hörte, ein bleiches Schimmern sah, da, wo die Frauen ihre nackten Beine aneinanderrieben. Er sah rote, gelbe, schwarze und braune Flächen, dort, wo die Laternen das Licht auf die Frauen legten. Bruno reagierte nicht auf die Rufe der Frauen, die mütterlichen Rufe der Frauen, die sich im Regen mit den Fingern durch die Haare und über die Schlüsselbeine strichen. Bruno kannte den Weg, er riss Blätter von den Büschen. Bruno sah ein rot-weiß-blaues Leuchten. Bruno roch das Fett, Salz, Haut, Paprika, Fleisch, die Nässe. Bruno ging vorbei an der Ecke und die Straße entlang, im Park sah er die Bäume nicht. Er sah ihre Dunkelheit. Bruno roch die Schnecken im Regen, die Stille hinter dem Regen, das nasse, faule Holz und die überfüllten Abfallkörbe neben den roten Parkbänken.
Ich rannte, und in meinem Kopf sah Bruno den leeren Spielplatz nicht, er ging langsam. Bruno drehte das Messer nicht in der Hand, er ging noch langsamer. Bruno überquerte eine stille Straße, die Stille waren die gelben Flecken, das Licht hinter den Fenstern. In meinem Kopf dachte Bruno nicht an die Flecken, die Licht waren, in denen Familien saßen. Bruno dachte nicht daran, er dachte an die Brücke. Bruno hörte, wie der Regen in den Fluss fiel, er hatte die Brücke erreicht.
Ich rannte, und in meinem Kopf stand Bruno auf dem Brückengeländer. Der Regen. Es regnete auf Bruno und auf das Brückengeländer, auf das schmatzende Wasser weit unten. Er ging in ihre Mitte, langsam, hielt sich am Laternenpfahl fest, zog sich hoch.

In meinem Kopf verursachte das Laternenlicht ein Glitzern.
Es zeichnete gelbe Glitzerwellen, die Bruno ahnen konnte.
Ich kam zur Brücke und sah ihn. Ich rief. Ich sah den Klettverschluss seiner Turnschuhe silbern leuchten auf der Brücke, seinen Kapuzenpullover sah ich, dem die Bauchtasche abgefallen war. Ich sah ihn, aber er sah nur das Glitzern. Ich rief. Bruno hielt sich am Laternenpfahl. Am Ende der Brücke stand eine Palme in einem weißen Topf, neben dem Topf standen weiße Stühle leer, standen weiße Tische leer. Bruno stand im Regen auf dem Brückengeländer. Er sah nichts. Unter ihm das Wasser, das sich bewegte. Seine feinen Haare an den Beinen. Seine knochigen Arme mit den blauen Äderchen unter dem Pullover.
Ich rief.
Und Bruno dachte vielleicht an die vielen gesprochenen Worte, an seine undurchbrochene Stille, an etwas danach, an Ruhe. Vielleicht dachte er an die Erde, wie sie dreht, oder er dachte an das Wasser. Vielleicht dachte er an den einen großen Zusammenhang von allem.
Ich rief, und Bruno sprang. Bruno war ein Pfeil und verschwand. Ich hörte das Wasser, das aufgeworfen wurde. Ich stolperte zum Fluss hinunter, die Bäume fingen mich auf, sie kratzten mir Zeichnungen in die Arme. Unten schaute ich ins Wasser und rief. Es schmatzte. Ich schaute hoch und sah das Laternenlicht. Ich schaute in den Fluss und rief und rief und rief.
Dann sah ich schwarzes Wolfshaar schwimmen. Es schwamm auf mich zu.
Fliegen, sagte Bruno.
Und dann half ich ihm aus dem Wasser. Er kroch zu mir hin.
Und dann saßen wir lange am Ufer und machten nichts außer Atmen und Lachen.
Ich erinnere mich, ich wickelte ihn in meine Jacke ein.

So eingewickelt, sagte Bruno: Wenn man von hoch oben springt, dann vergisst man während des Fallens, dass man fällt. Das Wasser war plötzlich still, von Brunos nassem Wolfshaar fielen Tropfen auf meine Beine, auch vom Himmel fielen sie da hin.

Bruno liegt in Mutters Bett, Mutter liegt halb auf ihm, halb außerhalb des Bettes. Ich bin mir nicht sicher, also nehme ich ihre Beine von Bruno und fasse ihn an. Ich spüre die Bewegung seines Brustkorbs. Ich bin froh über diese Bewegung, über das Zucken hinter den Augen. Ich fasse in sein Gesicht. Er erwacht und sagt: Anais? Ich sehe nichts.
Im Container, sagt er.
Und ich gehe hinaus, hebe den Deckel an, sehe hinein, sehe ein Hühnerbein, sehe alte, feuchte Zeitungen, sehe die Brille, das Buch, das Messer, schwarze Bananen, Watte mit rotem Nagellack, Pizzaschachteln, ein Kissen, gelb befleckt, eine Raviolibüchse, leere Fleischpackungen, Kaffeesatz.
Da ist nichts, sage ich, aber das macht nichts.
Das macht nichts, du bist von der höchsten Brücke gesprungen.
Ich bin von der höchsten Brücke gesprungen, ich bin mutig und also ein Held, sagt Bruno.
Ja, sage ich.
Bruno strahlt mich in seiner Blindheit an.
Und jetzt?, fragt er.
Wir können die Räume ausdehnen, sage ich, außen kann innen sein. Und dann spüre ich eine Aufregung in mir wachsen, wie sie bei der Entstehung des Weltalls geherrscht haben muss.

**Als Mutter wach ist,** fragt sie nichts. Sie fragt nicht, warum ich in den Regen gerannt bin, warum die Kleider zum Trocknen auf dem Balkon hängen, warum an ihnen Regen ist und Schlamm und Schneckenhäuschen und Blätter der Bäume vom Fluss. Mutter isst in der Küche stehend den Reis mit den Händen, sie gähnt nach jedem Bissen. Ich kann die Reiskörner sehen in ihrem aufgesperrten Mund. Mutter duscht nicht, kämmt sich nur lange das Haar auf dem Bett, dicht an der Wand sitzend.
Dann geht sie und nimmt ihren Forellenmantel mit. Sie öffnet noch einmal die Tür, streckt den Kopf herein. Sie will etwas sagen, das erkenne ich daran, dass sie den Mund öffnet und einen Buchstaben formt, aber statt Worten kommt ihr Arm am Kopf vorbei in den Flur, ganz verdreht muss sie da draußen stehen mit dem Arm und dem Kopf in der Wohnung. Sie streckt uns ihren Arm entgegen, macht mit den Fingern ein Spiel. Macht mit den Fingern eine Bewegung, um uns zu sich zu holen. Ich schaue ihr dabei zu, und Bruno steht mit seiner Blindheit neben mir, und Mutter lächelt bleich, gibt das Lächeln auf und geht.
Wohin gehst du?, fragt Bruno.
Aber Mutter ist weg.

Auch wir gehen nach draußen, wir gehen durch den Innenhof und dann durch die Straßen. Wir schauen uns alles an. Wir notieren in einem kleinen Heft, wo wir die Welt mitnehmen können, wo sie unbrauchbar ist.
Wir brauchen Bäume. Wir brauchen das Unterholz, die Feuchtigkeit vom Moos und die Käfer im Moos. Wir brauchen die Rinde der Bäume, die Wurzeln, das Dickicht. Wir brauchen die Pilze, die trockenen Brombeersträucher, die Birken. Wir brauchen die Erdschichten, die Margeriten, die Läuse. Wir brauchen die kleinen Bäume mit ihren Wurzeln, die Äste, das Laub,

die Ameisenhügel. Wir brauchen Marienkäfer und den Dachs. Wir brauchen Kaninchen, Rehe, Eulen.
In unserer Straße betrachten wir die fremden Gärten, in den Gärten die Bäume, die Steine unangetastet, die Häuser, in denen Menschen mit Berufen, Spülmaschinen und echten Blumen auf den Tischen leben. In unserer Straße betrachten wir all das, was unbrauchbar ist. Die weißen Steine neben den glatten Rasenflächen, die Rasensprenger, die den Rand des Gehsteigs befeuchten, die Baumhütten, die Rutschbahnen, die Tonenten, die Tonzwerge, die Tonhunde.

Am Abend legen wir die Listen auf den Küchentisch und machen Kreuze hinter das Gefundene. Ich schreibe hinter die Kreuze, wo wir es holen werden.

Das Wasser aus dem Fluss holen, die Fische, die Krebse, den Algenwald.
Die Felsen aus dem Flussbecken tragen, die Pflanzen an den Felsen sehen aus wie Adern auf Armen.
Die Tiere im Unterholz einsammeln, die Läuse, die Ameisen, die Schnecken ohne Haus und die mit Haus in Gläsern transportieren.
Die großen Tiere in den Höhlen aufscheuchen, sie mit kleineren Tieren oder Brot in die Welt locken.
Sandkastensand hochtragen.
Birken ausgraben hinter den Häusern.
Waldrandefeu einrollen.
Ein Teil des Sumpfgebietes, darin die Frösche, die Molche, die Kaulquappen, in Eimer füllen.
Waldbodenschichten abtragen.

Wir legen uns ins Bett, die Autos werfen ihre Lichtstreifen an die Decke, an die Wand. Wir hören die Haustür, wir denken,

es ist Mutter. Sie kommt nicht. Sie öffnet nicht die Tür, sie legt ihren Forellenmantel nicht ab. Die Schritte sind nicht ihre Schritte vor der Tür und im Hof.
Warum ist Mutter so spät?, fragt Bruno, als Mutter zum siebten Mal nicht kommt, als zum siebten Mal jemand an unserer Haustür vorübergeht oder draußen jemand auf hohen Absätzen durch den Innenhof geht.
Ich weiß es nicht, sage ich.
Warum kommt sie nicht?, fragt Bruno, als ich eingeschlafen bin und er in mein Bett gekrochen kommt, sich neben mich legt, unter meine Decke, und seine Hände an meinen Bauch.
Ich weiß es nicht, sage ich.
Wo ist sie bloß?, fragt Bruno, als ich aufwache, weil er mit meinen Haaren spielt und seine Nase meinen Hals berührt.
Ich weiß es nicht, sage ich und lege meine Arme um ihn. Ich streichle das Monster auf seinem Rücken.
Ist Mutter gekommen, als ich schlief?, fragt Bruno, als er meinen Arm von seinem Rücken nimmt, als es draußen schon gräulich ist, das Licht, und Mutter nicht gekommen ist.
Nein, sage ich.
Ist ihr etwas passiert, vielleicht, sie kommt nicht, sagt Bruno, als es langsam hellblau wird draußen und wir davon erwachen, wie im Innenhof jemand mit Schuhen geht, die Mutters Schuhe sein könnten, aber mit einem Schlüsselbund, der anders klimpert, als Mutters Schlüssel klimpern.
Nein, sage ich, lass uns etwas schlafen.

Und als ein erstes kleines Sonnenlicht durch die Fensterläden kommt, steht Bruno auf, er steigt langsam hinunter, geht vorsichtig aus dem Zimmer, tastet sich der Wand entlang in die Küche, legt seine Hände auf jedes Bild, ich höre, wie das Papier raschelt und die Balkontür sich öffnet, wie Bruno laut nach Mutter ruft.

Ich springe aus dem Bett. Ich hole ihn in die Wohnung, schließe die Balkontür.

Sie kommt bald, bestimmt kommt sie bald, bestimmt hat sie jemanden kennengelernt, wenn er ein Fred ist, bringt sie ihn mit, wenn es ein pelziger ist, dann kommt sie allein.

Bruno sucht meine Arme ab. Er tastet in meinem Gesicht nach Antworten.

Was hat sie gemacht, als sie ging, als sie noch in der Tür war?
Geschaut hat sie, sage ich, uns angeschaut.

So, als würde sie uns zum letzten Mal anschauen, als wolle sie nicht vergessen, wie wir aussehen? Hat sie so geschaut?
Nein, sage ich.

Und ich sage nichts von den Hilferufen ihrer Finger und nichts von den Bewegungen ihres Mundes. Vom Wortformen ihrer Lippen: Kommt ihr mit?

Und ich sage nichts davon, dass es vielleicht soweit hatte kommen müssen, dass Mutter geht, damit wir bauen können. Ich sage nichts von Brunos Brille, dass ich sie nicht geholt habe, obwohl sie da war, zwischen den Bananenschalen und Fleischpackungen, dem Kaffeesatz, dass ich nicht genau weiß warum, aber dass es besser ist, wenn Bruno keine Brille hat. Ich sage nichts über mein Gefühl, nichts davon, dass ich ihn brauche, so wie er ist, damit er mit mir an die Welt glaubt, die wir haben werden.

**Ich nehme die** Postkarte vom Küchentisch. Die Tischplatte ist gewischt. Auch die Rillen sind sauber. Auch das Geschirr ist gespült. Auch der Aschenbecher auf dem Balkon ist leer. Auch die Sonne ist nicht warm, ist nur Licht vor dem Fenster. Ein unbestimmtes, graues Licht.

*Meine Tierchen,*
*wäre ich nicht fortgegangen, wäre ich so müde geworden, dass ich irgendwann nicht mehr hätte aufwachen können.*
*Wenn etwas gar nicht mehr geht, dann geht zu Frau Wendeburg.*
*Und öffnet niemandem die Tür.*
*Ich liebe euch.*
*Mama*

Bruno nimmt mir die Karte aus der Hand, hält sie sich dicht vors Gesicht.
Es ist eine Linde drauf, sage ich. Eine Linde wie bei uns im Hof.
Er legt sich auf den Boden. Er lässt den Kopf nach vorne sinken, lässt die Arme fallen, sie baumeln. Er geht langsam in die Knie, legt sich mit dem Gesicht auf den Boden, dreht das Gesicht zur Seite, an seiner Wange kleben Brotkrümel, er sucht mit seinen Händen Halt, er sucht mit seinen Händen meine Hände oder Mutters Hände. Aber Mutter hat uns eine Karte geschrieben. Sie hat uns eine Karte geschickt, als hätte sie Urlaub genommen, als hätte sie in der Sonne auf einem Platz aus weißem Stein in einem Kartenhalter diese Karte gesehen und an uns gedacht. Bruno weint leise auf dem Küchenboden, sodass der Küchenboden feucht wird, und ich lege mich zu ihm. Ich habe seine beiden Hände in meinen, und ich tue so, als wäre es gut. Ich versuche, an Pferde zu denken, berühre dabei seinen kleinen Körper, ich denke daran, wie sie traben, die Pferde, wie sie galoppieren und über Hindernisse sprin-

gen, die sie sich selber aussuchen. Ich sage leise in Brunos Haar, es sei vielleicht das Beste so.

Ich denke dann wieder an die Pferde, an braune mit weißer Mähne, ich denke, dass ich Mutter auch verstehen kann, dass es auch schwierig ist, so ein Leben mit zwei Kindern und ohne Freiheit und ohne Möglichkeit von Ferne. Und ich wünsche mir in diesem Moment, dass sie nicht zurückkommt, weil ich befürchte, dass ich sonst immer, um sie nicht zu hassen, an braune Pferde mit weißer Mähne denken muss.

Brunos nutzlose Augen sind voller Tränen, langsam laufen dicke Tropfen über sein Gesicht. Er ist ein kleiner Mensch mit kleinen, feinen Händen, die, in meinen liegend, sich gleichzeitig an meinen Händen festhalten wollen. Und seine Nase glänzt.

**Wir weichen den Straßen** aus. Wir gehen durch Gärten, in den Gärten liegt das ausgeblichene Spielzeug. Die Sonnenschirme schwarz-weiß gestreift, Wasserperlen auf den Schirmoberflächen. Wir klopfen die Perlen nicht von den Schirmen, und wir trinken sie nicht. Wir gehen auf Umwegen. Hinter den Fenstern stehen fremde Mütter.

Am Eingang des Supermarkts steht ein Mann und raucht. Er ist nicht der Riese, aber wir sehen den Riesen überall seine langen Arme schwingen, wir sehen ihn rauchen, gehen, stehen, notieren. Wir versuchen, den Riesen zu vergessen. Den Menschen weichen wir aus und laden das Essen in den Wagen.
Bruno fragt, was Mutter will.
Was will sie?, fragt Bruno.
Eier brauchen wir, sage ich.
Wir können Eiermonat machen, sagt Bruno.
Wir können Eierjahr machen, sage ich.
Wir schieben den Einkaufswagen durch die Gänge, und die Stimmen der Menschen sind laut. Sie rufen nach Angestellten, nach Kindern. Aus Lautsprechern die Stimme, die von Möglichkeiten spricht. Von der Möglichkeit, Birnen zu essen, der Möglichkeit von Honig essen, Möglichkeit von Frühlingssalat, Möglichkeit von weißer Bettwäsche, Möglichkeit von Teekocher und Toaster. Möglichkeit von Milch, von Kochschürze und Sprudelbadewannensalz. Möglichkeit von Hautverjüngungscreme und Haarreparaturkurpackung.
Wir sind unsichtbar. Wir singen nicht. Wir haben kein Luftgewehr, kein langes Haar, kein Messer, keine Brille. Ich halte Brunos Hand, trotzdem stößt er manchmal mit der Schulter gegen ein Regal, sodass die Packungen darin wackeln. Wir gehen leise, Bruno geht auf nackten Füßen, der Boden ist kühl, die Kühlregale sind kühl, das Eisfach ist kühl. Ich schiebe den

übervollen Einkaufswagen, Bruno hält sich am silbernen Gitter fest. Er steckt seine kleinen Finger durch das Gitter des Wagens. Das Silber des Wagens glänzt und rattert.
Wir sehen eine Frau, die sich bewegt, als würde sie selbst in mehrfacher Ausführung um sich herumstehen und applaudieren. Die Frau sieht uns nicht, sie sieht sich selbst in einem Spiegel hinter dem Fleischregal an und lächelt.
An der Kasse vorbeigehend, sehen wir eine dicke Frau, die Lebensmittel über den Scanner zieht. Ihre Schürze ist grau, und es macht piep, piep, piep. An den Blumen vorbeigehend, sehen wir die Blumen, sehen die Frau im schwarzen Hemd hinter den Blumen stehen, sie wickelt sieben farblose Rosen in ein weißes Papier. Am Schluss klebt sie eine kleine Packung Dünger ans Papier. An einem Fleischkäse essenden Jungen vorübergehend, sehen wir den Jungen ohne Haar und mit Eierschalenhaut. Er beißt ins Weißbrot, und der Fleischkäse schmatzt. Draußen raucht der Mann noch immer, er sieht uns nicht. Wir kommen in die Sonne, schauen in sie hinein.
Auf der Straße neben den Gärten dampft der Beton. An den Stellen, wo noch Regen übrig ist, ist der Asphalt dunkel. Auf der Straße fahren die Autos hupend an uns vorüber. Der Wagen ist schwer, ich schwitze Arbeiterschweiß.
Wir gehen so schnell wie möglich, nicht schnell. Wir schieben den Wagen an den Häusern vorbei, an den Fenstern, den Hydranten, den Straßenlaternen, den Gartenzäunen, den Verkehrstafeln. Auf dem Asphalt die Kaugummiflecken grau, da, wo Bänke stehen, da, wo Menschen sitzen. Sie schauen uns an.

Im Treppenhaus ist es kühl, und Bruno wartet beim Einkaufswagen, während ich alles nach oben trage. Er blinzelt und steckt seine Finger durch das Gitter. Es ist kühl hier, sagt er. Ich komme gleich, ich komme gleich.
Im Treppenhaus steht Frau Wendeburg mit ihrer weißen Katze.

Sie trägt das Haar grau, und ihre Jacke ist zu groß und nicht aus Wolle. Sie steht mit einer Schramme unter dem Auge, einer Sonnenbrille in der Hand und mit einer Handtasche, aus der Wasser tropft, vor mir.
Wir machen uns unsichtbar.
Bruno fragt, wer ist da?
Niemand, sage ich.
Im Innenhof streiten Kinder.
Wer redet da?, fragt Bruno.
Niemand, sage ich.
Frau Wendeburg hält mich am Arm.
Und ich bin plötzlich sehr stark, viel stärker als je zuvor, und ich weiß, das hat mit Bruno zu tun und mit Mutter auch. Ich denke nicht an Pferde und nicht an Sissi und nicht und nie mehr an einen Peter.
Loslassen, sage ich.
Was ist denn mit euch? Was habt ihr da?
Frau Wendeburg?, fragt Bruno.
Wo ist eure Mutter?
Sie tupft sich mit einem Taschentuch im Gesicht.
Was habt ihr da?
Es ist alles gut, sage ich, wir waren einkaufen.
Ich nehme Bruno an der Hand, gehe mit ihm die Treppen hoch. Wir gehen in die Wohnung, und ich schließe die Tür.

Einmal noch klopft sie an die Tür. Einmal klopft sie noch und drückt einmal die Klinke. Einmal und noch einmal.

**Ich stelle mir** vor, wie Frau Wendeburg Fisch isst. Es ist gut, sagt sie leise zu ihrer Katze, die zu Hause auf dem Fensterbrett liegt.
Ein Wasser bitte, sagt sie zum Kellner, und leise fügt sie hinzu, für mich.
Frau Wendeburg hat sich eine Sonnenbrille gekauft, durch die man die Welt brauner sehen kann, weicher auch, wie sie findet, und wärmer vor allem, wie die Verkäuferin meinte.

Ich stelle mir vor, wie sie denkt.
Vielleicht hat er mich belogen, hat mich belogen, denkt sie, vielleicht hat er es geschafft, so zu tun, als liebte er mich, vielleicht ist er mit dem Knoblauch in der Hand verschwunden, irgendwie verschwunden, hingefallen, weg gewesen.
Vielleicht hat er mich nicht geliebt, denkt Frau Wendeburg.

Ich stelle mir vor, wie sie den See entlanggeht. Sie geht inmitten der vielen Spaziergänger. In das Geländer des Stegs hat jemand I love you geritzt.
I love you, sagt Frau Wendeburg. Sie denkt an Rosa, und dass Rosa eine Katze ist. Sie denkt auch an die Ruhe in ihrer Wohnung, an die Ruhe in ihrem Schlaf, an die Ruhe, wenn sie einmal nicht mehr da sein wird.
Ein Junge kommt von links gerannt und läuft in sie hinein, Frau Wendeburg fällt.
Oh Gott, sagt ein Mann, bleibt stehen, und um sie herum bleiben andere stehen, schauen. Frau Wendeburg ist mit dem Gesicht gegen das Geländer gefallen, unter dem Auge läuft Blut aus ihrer Wange. Sie schaut auf den See, sieht ihn nicht recht, sie schaut in sein Gesicht, sieht auch das nicht recht.
Ich sehe dich nicht recht, sagt sie besorgt.
Er nimmt ihren Arm, hilft ihr hoch, führt sie zu einer Bank. Rundherum wird geflüstert.

Besser jetzt?
Wunderbar, sagt Frau Wendeburg.
Auf dem Geländer stand I love you.
Er lächelt, nun sieht sie ihn.
Bist du es?
Gut, sagt er und hält ihre Hand.
Ich sehe dich, sagt Frau Wendeburg, du bist hier.
Ja, sagt er, ich bin hier.
Das ist gut, sagt Frau Wendeburg, das ist gut.
Er drückt ihr ein Taschentuch an die Wange, und sie hält seine Hand, die das Taschentuch hält.
Geht es besser?, fragt er.
Ja, wunderbar.
Gut, sagt er, und dass er dann mal weitermüsse, man warte auf ihn.
Alles Gute, sagt er.
Und Frau Wendeburg möchte aber noch etwas sagen, sie möchte etwas sagen, das ihn dazu bewegte zu bleiben. Sie möchte noch etwas fragen, auf das er gerne antworten würde. Sie möchte etwas erzählen, was nicht so blöd klingt wie I love you. Und er geht davon, dreht sich nicht um, winkt nicht, der See wirft keine hochhaushohe Welle ans Ufer, Frau Wendeburg kippt nicht nach hinten in den See, es gibt kein Erdbeben, und er kommt nicht zurück und sagt: Ach, das habe ich beinahe vergessen, dein Arm fühlt sich wunderbar an, dein ganzes Wesen scheint mir liebenswert.

Frau Wendeburg geht mit den Ringen ins Wasser. Sie geht auf den glitschigen Steinen. Sie schaut in den Himmel, mit den tausend kleinen, pfirsichfarbenen Flecken auf ihrem Körper. Ihr Wollmantel schwimmt dicht unter der Wasseroberfläche, macht Quallenbewegungen unter dem Wasser. Sie hört das Quaken der Enten, das Rufen der Menschen am Ufer nicht.

Sie läuft und verliert die Steine unter den Füßen, taucht ein, sieht das trübe Wasser vor sich und Luftblasen, die ihren Mund verlassen. Sie friert nicht und fühlt angenehm die Schwere ihrer mit Wasser vollgesogenen Kleidung. Sie hält die Augen offen und tut nichts. Sieht nicht, denkt nicht, bewegt sich nicht.

NICHTS

*Wir würden in einem Raum sein, du, Bruno und ich. Es könnte ein Raum sein, in dem es warm ist. Die Wände wären weiß und neu, und es wäre hell. Es würde nach frisch getrockneter Farbe riechen, nach den Oberflächen der Dinge, erwärmt durch die Sonne, die an einem Sommermorgen durch die Scheibe fällt auf einen hellbraunen Boden mit feiner Zeichnung, auf weiße Wände, frisch verputzt.*

*Als ich fortging von euch, wollte ich tanzen. Ich tanzte eine Nacht lang, lag dann in einem Raum, der einem Mann gehört, der neben mir schlief, und ich wusste nicht, wer er war. Ich habe sein Gesicht nicht gesehen, sah sein Haar, braun und mit grauen Strähnen. Ich war nackt unter einer Decke und hatte das Gefühl zu fallen, und der Mann schlief. Ich konnte mich nicht bewegen, neben mir das braune Haar, darin Geruch von Rauch und Gin.*
*Du stinkst, hast du zu mir gesagt.*
*Du stinkst.*
*Seine rechte Hand mit den Fingern neben meinem Hals, wohl die Finger, die mit mir getanzt hatten, an meinen Armen waren sie warm. Meine Haut unter den Fingern war warm gewesen. Die Finger, die im Tanz mit meinen Haaren gespielt hatten, mit meiner Hüfte, meinem Rücken, meinem Nacken, die meine Schultern berührt hatten, und meine Gänsehaut dabei. Er war schön. Ich hatte getanzt. Ich war schön. Vom Rand der Tanzfläche aus hatte er mich beobachtet. Ich wurde davon immer schöner.*

*Bruno würde seinen Kopf auf meinen Bauch legen, und die Sonne würde sein Gesicht wärmen, würde durch das große Fenster fallen. Staub, der über dem Fernsehtisch schwebt, das Licht der Sonne, das die Teilchen vom Staub beleuchtet. Es läge ein weicher Teppich unter dem Tisch, sandfarben und grau. Es würde eine Zimmerpflanze auf dem Heizkörper am Fenster stehen, ein Was-*

serstandsanzeiger in den Tonkugeln zeigte den Wasserstand. Es würde sich der kugelförmige Papierlampenschirm leicht im Wind bewegen, weil das Fenster gekippt wäre, weil der Wind durch den Spalt käme, er wäre lauwarm, der Wind, der Lampenschirm weiß, auch die rasch vorüberziehenden Wolken hinter dem Fenster.

Sein Körper strahlte Wärme aus, die Wärme kam unter der Decke hervor. Eine Alkoholwärme. Er bewegte seine Finger im Schlaf, als spiele er Klavier. Kurze, breite Finger. Auf dem Bauch lag er. Ich konnte nicht aufstehen, nicht gehen, und auch der Körper neben mir bewegte sich nicht, und ich wusste nicht, wer da lag. Ich hatte getanzt, und das Licht, ich hatte im Licht getanzt. Ich erinnere mich an ihn. Er kam von hinten an mich heran. Er hatte seinen Oberkörper an meinen gelegt und ihn gerieben an meinem. Hin und her. Sein Hemd war weiß gewesen, auch die Menschen im Raum waren immer schöner geworden. Mir war sehr warm. Die Schweißtropfen waren in den Gesichtern, oberhalb der Lippen, auf der Stirn und am Hals unterhalb der Ohren. Hände bewegten sich über den Köpfen im Licht. Jemand flüsterte in mein Ohr. Jemand streichelte meinen Arm. Jemand rief mich.
Maria, rief jemand und flüsterte jemand in mein Ohr. Maria. Und die Stimme desjenigen vibrierte, und sie war weich.
Maria? Wollen wir gehen?
Nein.
Sein Mund an meinem Hals, mein Schweiß an seinen Lippen.

Ich würde dem schlafenden Bruno vorsichtig meine Hand unter den Kopf schieben, ihm die Brille vom Gesicht nehmen, die Bügel einklappen, die Brille ins Etui legen, es leise schließen, es auf den Fernsehtisch legen.
Es wäre ruhig bei uns, denn es würde keine Musik geben, keine

*Radiostimmen, kein Rauschen, kein Schreien im Hof, kein Schreien der Kinder im Hof, kein Schreien auf der Straße vor dem Hof, kein Echo der Absätze auf dem Asphalt, kein Hundebellen im Treppenhaus, keine Lastwagen auf der Straße, kein Klimpern von Schlüsseln am Schlüsselbund, kein Fernseher in der Wohnung unter uns, kein Klingeln an unserer Haustür, kein Schlagen der Fensterläden gegen die Wand.*

*Er wendete sein Gesicht, und als er mich erblickte, veränderte sich sein Blick nicht. Er bewegte sich ohne Lächeln, auch ich lächelte nicht. Stein, dachte ich. Stein ist schön, ist echt, ist Welt, dachte ich, und das Gesicht kam näher und atmete tief, atmete in meinen Mund, berührte meinen Mund mit Lippen, die feucht waren und zwischen denen Luft hervorkam, abgestandene Luft. Er schob seine Zunge zu meiner Zunge. Ich konnte mich nicht bewegen. Meine Arme wurden berührt.*

*Wenn wir sonntags spazieren gingen, würden wir durch den Wald gehen, der direkt hinter unserer Wohnung beginnt. Im Wald wäre es dunkel und kühl. Wir würden durch die Lichtflecken, über kleine Steine, über Wurzeln gehen, gingen langsam nebeneinander her. Bruno würde reden. Das ist ein Dachsbau, würde er sagen und auf eine aus der Erde ragende Wurzel eines leicht nach hinten gekippten Baumes zeigen.*
*Er würde sagen, wenn bei einem Rehbock das Geweih zu wachsen beginnt, dann nennt man das Geweih Rosenstock.*

*Er berührte meine Brust, meine Beine, meine Arme, meinen Mund. Er keuchte, der Mann, den ich nicht kannte und dessen Gesicht für mich keinen Sinn ergab. Es war leicht angeschwollen von seiner Lust und dem Bier. Ich glaube, er hieß Frank oder Paul, und obwohl er auf mir lag und obwohl er in mich eindrang, wusste er nicht, dass ich da bin. Ich konnte nicht aufstehen.*

*Sonntags, wenn wir aus dem Wald treten würden, würde die Stadt in der Hitze atmen. Wir würden die gleichmäßig verteilten Häuser sehen, das Flimmern, den See, die Boote auf dem See, die braunen Dächer, die tausend Schornsteine ohne Rauch, die Menschen als schwarze Punkte auf den Booten, die Straßen und Kreuzungen, die Hochhäuser, die Grünanlagen und die Innenhöfe der Siedlungen weit unten zwischen den breiteren Straßen. Wir würden auf die Stadt schauen und dann hinein in unsere Wohnung gehen, würden uns auf das Sofa setzen und warten, bis es kühler würde.*

*Der Mann war fertig. Frank oder Paul. Er war fertig und ließ von mir ab. Er stand auf, Frank oder Paul, und ging ins Bad. Das Wasser rauschte aus dem Duschkopf, er putzte sich die Zähne.*
*Ich fragte mich, wo ich war und wie ich hierhergekommen war und wo die Tür sein könnte, um zu gehen. Ich konnte mich nicht bewegen, schloss die Augen, um die weißen Regale nicht zu sehen und das Bild, das an der Wand hing, von dem ich im Moment, in dem ich die Augen schloss, vergaß, was darauf abgebildet war. Eine Mondlandschaft vielleicht, Toskana, Frank, Paul. Das Wasser wurde abgedreht. Ich hörte, wie er sich rasierte, wie er pinkelte.*
*Er öffnete die Tür, meine Augen hielt ich geschlossen. Er ging umher im Raum. Er öffnete eine Schranktür, und ich hörte die Beine, die in Jeanshosenbeine stiegen, ich hörte den Gurt, der durch die Schlaufen gezogen wurde, und er schaute mich an, da bin ich mir sicher.*

*Du würdest mich ansehen. Ich würde dein feines Gesicht sehen. Es wäre gut, weil ich nicht mehr stinken würde, weil du mich nicht hassen würdest. Es wäre gut, weil ich da wäre, weil wir zusammen da wären, weil es keinen Wein mehr geben würde, kei-*

*ne laute Stille, wie du es nennst, die Stille, in der das Unausgesprochene laut ist. Es wäre gut, weil wir zusammen da wären. Du, Bruno und ich. Du wärst stark, und Bruno wäre nicht mehr bleich. Es wäre gut, weil der Wald hinter uns läge und die Stadt unter uns. Es wäre gut, weil du und Bruno einen Kleiderschrank besitzen würdet, eine Ersatzzahnbürste, einen Luftbefeuchter, ein Radio, das nicht rauscht, eine Lavalampe, ein Daunenkissen, einen Rucksack mit Reißverschluss, ein paar Stiefel, eine Jacke mit Kapuze, eine Weltkugel, die gleichzeitig Nachttischlampe ist, eine Tasse mit euren Namen aufgedruckt, einen Teppich vor eurem Bett und eine Lupe.*

*Willst du nicht aufstehen?*
*Ich bewegte mich nicht.*
*Guten Morgen.*
*Ich bewegte mich nicht.*
*Ich muss arbeiten gehen, wäre es in Ordnung für dich, wenn du jetzt auch gingest?*
*Ich bewegte mich nicht.*
*Es war schön, ja, aber jetzt möchte ich, dass du gehst.*
*Ich öffnete die Augen nicht.*
*Könntest du jetzt gehen? Hallo?*

*Wenn es Abend würde, kochte ich für uns, wir hätten einen Tisch im Wohnzimmer, an dem wir sitzen. Wir würden Ofengemüse essen, Fischstäbchen, Salat, Reis, Kuchen. Wir würden unsere Teller in die Küche tragen, den Abwasch gemeinsam machen, früh zu Bett gehen.*

*Wenn du dir mehr erhofft hast, dann tut es mir leid. Ich weiß nicht, was du tust und was du vorhast. Wir kennen uns nicht wirklich, aber ich muss los.*
*Frank oder Paul ging unruhig in seinem Zimmer auf und ab. Das*

*Dunkel, in dem ich mich befand, wurde noch dunkler, wenn er vor dem Fenster stand, wenn er vom Fenster wegging, wurde das Dunkel heller.*
*Steh doch auf, bitte.*
*He, steh auf.*

*Ihr würdet zur Schule gehen. Ihr würdet immer zur Schule gehen, außer wenn ihr krank wärt, dann würdet ihr zu Hause bleiben. Wenn ihr krank wärt, dann hättet ihr Fieber. Wenn ihr krank wärt, würde auch ich nicht zur Arbeit gehen, dann bliebe ich zu Hause und würde schauen, dass ihr bald wieder gesund werden könntet.*

*Hallo? Geht es dir gut?*
*Frank oder Paul schüttelte mich, zog an mir.*
*Oh Mann, was für ein Scheiß. Verarschst du mich?*

*Ich würde in einem Büro arbeiten, würde die Akten von einem Raum in einen nächsten tragen. Würde die Akten kontrollieren, ob die Zahlen an der richtigen Stelle stehen, in der richtigen, für diese Zahl vorgedruckten Spalte. Ich würde die Zahlen in die Spalten einfügen, Zahlen aus den Spalten streichen. Würde die Zahlen durchrechnen, die Summe überprüfen, sie in die dafür vorgedruckte Spalte einfügen, unten am Ende der Reihe von Zahlen, auf einem Blatt.*

*Er schüttelte mich, und ich konnte nicht antworten, konnte nicht gehen, nicht die Augen öffnen. Ich war irgendwo in mir drinnen, in einer Ecke saß ich, weit innen in mir.*
*Du schläfst nicht.*
*Steh jetzt auf.*
*Geh, sagte er.*

*Auf meinem Weg von der Arbeit nach Hause würde ich an euch denken. Manchmal würde ich an die Möglichkeiten denken, die es gibt. Manchmal würde ich im Wald einen Menschen zu sehen glauben, der mich ruft. Manchmal würde ich einen Menschen mit Stirnlampe durch den Wald rennen sehen, das Licht der Lampe, das zwischen den Bäumen wackelt. Manchmal würde ich mir vorstellen, dass da jemand lebt mitten im Wald. Manchmal würde ich müde sein, so müde, dass ich nicht mehr schauen könnte, dann würde ich die Augen beim Gehen schließen und stolpern. Dann würde ich hinfallen und eine Weile liegen bleiben. Wenn mich dann jemand ansprechen würde, ob er mir helfen könne, wenn ich da läge, in den Himmel schaute, in die Tannen, dann würde ich sagen, Vielen Dank, ich bin sehr gerne hier.*

*Verlass jetzt sofort meine Wohnung.*
*Frank oder Paul ließ mich los und ging zum Telefon.*
*Ich rufe die Polizei.*
*Er warf das Telefon aufs Bett.*
*Ich rufe wirklich die Polizei.*
*Er nahm das Telefon wieder zur Hand.*
*Scheiße.*
*Er warf das Telefon aufs Bett.*
*Was für eine Scheiße.*

*Am Abend würde ich mich erheben, ich hätte die Sterne betrachtet und würde mich dann erheben. Und ich würde euch schon von Weitem durch das Küchenfenster sehen können. Von Weitem schon würde ich euch sehen zwischen den Bäumen, wie ihr am Tisch in der Küche sitzt und Schulaufgaben macht zwischen den Osterbildern, die wir an die Scheibe gehängt hätten mit Eiern und Hasen, Blumen, Früchten, alles. Ich würde den Schlüssel im Schloss drehen. Hallo, würde ich rufen, und ein Hallo käme aus der Küche zurück.*

*Nach dem Essen würde ich euch zu Bett bringen, irgendetwas erzählen, vom Wald, von den Zahlen, vom Licht im Wald, und dann würde ich euch auf eure Kinderstirn küssen und das Licht löschen.*

*Frank oder Paul telefonierte.*
*Ja, was soll ich denn tun?, sagte er.*
*Nein, die liegt da einfach. Ich kann nichts tun.*
*Nein, das kann ich nicht. Nein, das ist nicht lustig.*
*Scheiße, Mann, das ist nicht lustig.*
*Er warf das Telefon neben mich.*
*Du bist gemein, sagte er.*
*Und Frank oder Paul klang weinerlich. Gemein, sagte Frank oder Paul.*
*Er wickelte mich in eine Decke, hob mich vom Bett, trug mich durch seine Wohnung und legte mich vor die Tür. Dann schloss er die Tür von außen und ging davon.*
*Ich gehe jetzt arbeiten, sagte Frank oder Paul. Der Lift öffnete sich, er ging hinein.*

*Wenn du und Bruno schlaft, dann würde ich noch einmal ins Zimmer kommen und euch ansehen. Ich würde euer Haar betrachten, eure Beine, eure Nase, die Nasenlöcher, die kleiner und größer werden. Ich würde eure Hände sehen, die auf der Decke liegen, eure Finger, die sich im Traum bewegen, das Zittern hinter den Augen, ich würde an euch riechen. Hinter den Ohren riecht ihr nach Leben.*

*Eingewickelt in eine Daunendecke, denke ich an gestern. Er war nett. Wir haben gelacht, ich erinnere mich. Du bist eine Diva, hat er gesagt, du kannst alles tun, was du willst. Alles. Immer. Hat er gesagt. Du bist so schön, dass du alles haben kannst, und überhaupt. Und ich erinnere mich an das Geräusch der Eiswürfel in*

*den Gläsern, wie die Eiswürfel aneinander und an das Glas klackten. Der Geschmack von Gin in meinem Mund und die Gurke. Wasser und Bitterkeit.*
*Ich erinnere mich an seinen Humor. Frank oder Paul hatte Humor. Vielleicht sollte ich hier liegen bleiben und auf ihn warten und ihn fragen, wie er heißt. Vielleicht trägt er mich am Abend wieder in seine Wohnung. Vielleicht küsst er mich, und wir sind glücklich, wie gestern, als wir glücklich waren, mit dem Leben zufrieden und bereit für alles. Ich bin zu allem bereit, Maria, hatte er gesagt. Seine Haare glänzten, und die Augen traten leicht aus ihren Höhlen. Ich wollte schon immer einmal nach Afrika, hat er gesagt. Und dann wollten wir zusammen nach Afrika, Paul oder Frank und ich. Das war der Plan. Ich erinnere mich an sein Lachen, bei dem man alle Zähne sehen konnte. Ich erinnere mich, wie er mich hochgehoben hat beim Tanzen und von allem sprach, schnell und mit schwerer Zunge. Alles, alles, du und ich und das Universum, hatte Frank oder Paul gesagt.*
*Ich höre den Lift, der runterfährt und wieder hoch, der aber nie auf diesem Stockwerk hält. Ich höre ein Mädchen im Aufzug kichern. Irgendwo hinter irgendeiner Tür das Geräusch eines Staubsaugers. Jemand gießt die Pflanzen auf dem Balkon, und das Wasser plätschert nach unten auf den Asphalt der Straße vor dem Haus. Mit meinen Zehen kann ich die Fußmatte berühren, fahre mit meinem großen Zeh über die braunen Borsten des Teppichs. Meinen Kopf ziehe ich in die Decke hinein. Ich verschwinde.*

*Es würden Bäume am Himmel kleben, und der Himmel wäre aus Papier. Seidenpapier. Grau. Blau. Weiß. Und weil wir lange schauten, würden die Vögel schwarze Löcher am Himmel werden, Risse im Papier. Wir würden den Wind vergessen, und so bliebe das Tanzen der Blätter vor der Tür. Wir würden die Verhältnisse vergessen, und so blieben Häuser insektenklein, wür-*

den Insekten hausgroß sein. Wir würden die Sprache vergessen und die Geräusche der Menschen hören. Das Knistern des Himmels. Wir würden das Gehen vergessen und stehenbleiben auf der Straße und den Geräuschen zuhören und warten und warten und warten. Wir würden auch rückwärtsgehen oder seitwärts, anders, unlogisch uns bewegen und unsere Beine vergessen, vergessen, dass wir Menschen sind. Wir würden in den Spiegel sehen und unsere Gesichter vergleichen, wir fänden in unseren Gesichtern den anderen auch. Dann würden wir unsere Gesichter vergessen, die Nasen, Wimpern, Wangen, Augen, die Väter und Mütter in unseren Gesichtern. Uns. Wir würden alles vergessen, alles. Wir würden einen Kinderwagen schreien hören, auf dem Tisch könnten Berge stehen, wenn die Berge klein hinter dem Tisch zu sehen sind. Und beim Tisch wüssten wir nicht, was zu tun ist, würden den Tisch betrachten und wieder vergessen. Wir würden das Wohnzimmer betrachten und wieder vergessen, den Teppich, die Zimmerpflanze, den Lampenschirm. Wir würden hinausgehen und der Schnecke zuhören, dann vergessen, wie sie schmatzt mit ihrem Körper auf dem Beton der Straße, wenn sie sich bewegt, und wir könnten hinter der Schnecke herkriechen. Wir könnten hinter ihr in eine neue Landschaft kriechen, über Felder, langsam, in Wiesen, langsam, und unsere Hände in Kuhfladen wärmen. Unsere Hände würden warm ineinanderliegen. Wir könnten sehen, wie der Schnee aus dem Papierhimmel fällt, wir könnten dem Schnee beim Fallen zuhören, sehen wie das Land weiß wird und dann auch den Schnee vergessen, dann das Land und die Kühe, die Fladen, die Hände, die Wärme, die Welt. Das könnten wir. Wir könnten verschwinden und auftauchen und verschwinden und auftauchen. Wir könnten mit dem Bereuen aufhören, weil wir alles vergessen, weil wir Wiese, Schnecke, Feld sind.
Wir könnten die Erde verstehen als etwas, was sich bewegt und was klingt und innen sehr heiß ist, glüht. Wir könnten behaup-

*ten, dass es den Baum gibt. Wir könnten behaupten, dass es uns gibt. Wir könnten behaupten, dass wir die chemischen Reaktionen in unserem Hirn kennen, dass wir wissen, was wir betrachten müssen, um glücklich zu sein.*

WELT

**Die Fensterläden** sind fest verschlossen. Es hängen vor dem Balkon die zusammengenähten, braunen Decken, sie riechen noch immer nach Bruno und mir und lassen kein fremdes Licht herein. Ich schiebe die Postkarte mit der Linde darauf zwischen Wolldecke und Balkongeländer hindurch, sehe, wie sie in den Hof segelt. Ich sehe, wie die Linde in der Linde hängt.

Mutter ist weg, und unser Zimmer wird ein Gebirge sein. Wir tragen die Steine, tragen sie immer weiter hinauf und immer weiter ins Gebirge hinein. Wir türmen die Felsen auf, Stein auf Stein auf Stein, auf Stein, auf Stein. Wir schreien, wir hören unsere Schreie zwischen den Felsen hängen. Auf den Spitzen der Berge liegt kalt der Schnee, und dort ist ein ewiger Winter. Wir machen die Badewanne zum Ozean, legen tausend Steine an seinen Grund.
Wir holen die Birken mit ihren zitternden Blättern vom Waldrand, tragen das Geäst durch die Straßen, schleifen die Stämme der Eichen die Fahrbahn entlang. Wir füllen die Eimer mit der Erde des Waldes, mit dem Schlamm aus dem Moorgebiet, und in der Erde und im Moor sind die Regenwürmer, die Schnecken, die Käfer, Ameisen, die Kaulquappen, die Frösche und Molche. Wir häufen das Laub auf, wir nehmen die Blumen mit den Wurzeln mit, wir holen den Kies aus der Kiesgrube am Ende der Stadt. Wir holen die weiß überzogenen Steine vom Fluss, und die von Moos überzogenen holen wir aus dem Wald. Wir fangen die Bienen mit Netzen ein und tragen den Igel mit Handschuhen. Wir legen den Igel in den Wald, lassen die Mäuse über das Bett laufen. Wir locken den Dachs durch die Straßen, früh am Morgen, es ist dunkel und still, und die Fenster sind blind. Wir locken den Fuchs ins Treppenhaus in der Nacht und legen die trägen Blindschleichen in den Sand.

Wir finden eine aus dem Nest gefallene Amsel und nennen sie Kanarienvogel.
Es kann auch ein Adler sein, sagt Bruno.
Denkst du, sie kommt wieder?, fragt er.
Ich weiß es nicht, aber wenn, dann haben wir all das gemacht.
Sollen wir sie suchen?, fragt Bruno.
Nein, das sollten wir nicht.
Wir holen im Innenhof den Sand aus dem Sandkasten. In Plastiktüten tragen wir ihn hoch. Wir machen eine Wüste in der Küche, und ich sage, Küchenland mit Wüste, mit Schlangenspuren im Sand und kalten Sternenbildern am Nachthimmel. Ich sage, Zimmerland mit Gebirge und ewigem Winter auf seinem Gipfel. Ich sage, Badezimmerland mit Ozean, mit tausend Wassertieren und Steinen am Ozeangrund. Wir schütten Salz in die Badewanne, legen Krebse an die Küste.
Dann holen wir den Wald in Mutters Zimmer. Wir erschaffen einen Wald, legen die Stämme hinein, die Blätter der Birken berühren die Decke, die Insekten surren gegen das Licht, fliegen gegen die Scheibe. Die Vögel verstecken sich in den Büschen, die wir vor dem Schrank auftürmen. Die Schnecken legen wir ins Gold, Spinnen laufen in die Zimmerecken, Wurzeln riechen nach dem Inneren der Welt. Wir zeichnen tausend Blätter dazu.
Um Mutters Schlaf zu schützen, sagt Bruno, wenn sie wieder da ist, damit Mutter einen ruhigen Schlaf hat.

**Bei uns ist die** Bergkette, Dolen fliegen an die Felswände heran; die Felswände wachsen in den Himmel hinein. Der Schatten eines Berges, der auf einem anderen Berg wächst. Bei uns sind der ewige Schnee, das Echo der Dolenschreie, der Geruch von tausend Jahren, der Geruch von Eis und Gestein. Bei uns sind die schmalen Pfade, die zwischen den Bergen hindurchführen, und ein silberner Himmel über allem. Bei uns ist der Ozean tief, die Quallen, die tausend Tierarten im Ozean verborgen. An seinem Grund sind die Seegurken und Seeigelskelette, die Rochen, die Aale, die Laternenfische und Wale, die Schalentiere groß wie gestürzte Türme. Bei uns ist die Wüste mit ihrem Sturm und mit Nacht über der Wüste und in der Nacht das Glitzern der Trillionen Sterne. Bei uns sind die Vogelstimmen und das Grillenzirpen, die leintuchgroßen Blätter, das Rauschen der tausend Birkenblätter, die Schreie, die Tiger und Affen.

Bruno hat seinen Wolfskopf auf den Boden gelegt, ist mit meiner Stimme in seinen Schlaf gefallen, und die Nadeln fallen leise von den Bäumen, sie fallen auf Bruno, den Boden und mich. Tap, tap, tap, machen die Nadeln, die auf uns fallen. Tap, tap, machen sie. Ich puste sie aus Brunos Wimpern. Ich wische sie ihm von Haaren, Wange und Stirn. Ich lege mich zu ihm. Sehe über den Fichtenarmen die leintuchgroßen Blätter, sehe hinter den Blättern die Dämmerung. Bruno schläft, und ich berühre seinen Wolfskopf behutsam und leise. Ich liege und warte auf die größtmögliche Dunkelheit.

Wir verschieben die Schnecken im Wald und tauchen einmal in den Ozean ein. Wir lecken das Salz von unsren Handrücken und steigen ins Gebirge mit kaltem Gesicht und eiskalter Luft in der Lunge. Die Tannen sind mit frischem Schnee bedeckt. Wir machen Schneehaufen und springen in sie hinein. Bruno macht eine Mutter aus Schnee. Wir suchen die Baumgrenze, gehen an ihr entlang und gehen einmal quer durch die Wüste und wieder zurück, und wieder durch die Wüste und wieder zurück, und wir sehen auf unserem Weg einen Wüstenfuchs, der sich hinter einem Sandhügel eingerollt hat, der Sand wird vom Wind durch sein Fell getragen. Wir sammeln das Kraut im Wald, die Pilze und essen täglich fünf Eier.

Wir finden in der Wüste keine Brille. Wir finden eine unechte Perle, eine Münze, einen Stein, der einem Gehirn gleicht, vierundzwanzig Zigarettenfilter, eine tote Maus, eine Haarklammer und eine Murmel; in der Murmel befinden sich rote und grüne Flammen, eingefroren. Bruno hält die Fundstücke lange in seinen kleinen Händen, dreht die Murmel zwischen den Fingerkuppen, streichelt die Maus, riecht an der Münze, öffnet und schließt die Haarklammer, beißt auf die Perle und hält den Stein in der Faust. Ich erkenne alles, sagt er und läuft gegen den Tisch. Ich kann das Wasser in den Wänden hören, sagt Bruno und reibt sich die Brust. Ich höre das Fett in der Pfanne von Frau Wendeburg. Ich kann den Sand unter deinen Füßen hören, und Mutters Schlaf höre ich auch. Ich kann in der Nacht die Gebirgsplattenverschiebungen hören, und ich höre, wie viele Reiskörner in den Topf fallen. Ich kann hören, wie der Wind über den abstehenden Lack der Fensterläden geht, und ich höre dein Glück. Ich kann die großen Fische im Ozean schwimmen hören und im Wald die Bewegung der Schnecke. Ich höre die Bewegungen in der Linde und die Fensterläden der Nachbarn am Morgen aufgehen und am Abend zu. Ich höre das Geräusch beim Essen von Toast Hawaii, das Knirschen vom Toastbrot im Mund von Frau Wendeburg, und ich höre ein Teppichausklopfen im Hof, die Regenwürmer, die sich durch die feuchte Erde drücken.

Und als es klingelt, erschrecken wir nicht. Leise gehe ich zur Tür, schaue durch das Guckloch. Ich sehe den Riesen vor der Tür stehen.
Hallo, ruft er.
Ich sage nichts.
Der Riese hat sein Auge am Guckloch. Ich weiß, dass, wenn ich mich bewege, er sieht, dass sich etwas bewegt. Ich bewege mich.
Anais?
Er bleibt mit dem Auge an der Tür, klingelt.
Anais? Geht es euch gut? Ich weiß, dass du da bist.
Ich schaue nicht durch das Guckloch, lange ist es still.
Anais, sagt er irgendwann, ich schaue wieder.
Damals, also, als meine Töchter geboren waren, also kurz nach der Geburt meiner Töchter, habe ich sie in einem Doppeltragekorb ins Haus getragen.
Und ich sehe, wie er beim Reden mit seinen schmalen, weißlichen Händen Figuren vor der Brust macht. Zwei Fischen gleichen die Hände, die er vor seiner Brust bewegt.
Anais?
Ich habe ihnen die Linien im Stein des Steinwegs beschrieben, habe ihnen die dunklen Äste des Baumes im Garten beschrieben. Sie sind dunkel, habe ich gesagt, und dass sie eine Logik haben. Ich habe ihnen das Gefieder des Eichelhähers im Baum beschrieben. Hier war einmal ein Wald, habe ich gesagt, zu den winzigen, beinahe blinden Kindern, hier war einmal nur Wald, große Bäume mit ihren Kronen, die Ameisenstraßen im Laub, jetzt liegt hier eine Straße, an der Straße stehen Häuser, in den Häusern leben Menschen. Der Eichelhäher aber kennt hier noch den Wald, darum sitzt er in diesem Baum, den wir unseren Baum nennen, weil er in unserem Garten steht, der zu unserem Haus gehört. Verstehst du mich, Anais?
Ich schaue seinen Fischhänden zu, wie sie schwimmen. Hin und her und hin und her.

Ich habe den Töchtern die alte Treppe beschrieben, die vom Eingangsbereich in den ersten Stock führt, sagt er. Wie gut sie riecht, habe ich gesagt. Alt und nach Politur und nach Staub. Dann habe ich die Töchter aus dem Tragekorb gehoben und in ihre Bettchen gelegt, darin haben meine Töchter geschlafen.
Stille.
Bruno steht jetzt neben mir.
Anais?
Stille. Ich schaue durch das Guckloch, sehe den Riesen an die Wand gelehnt. Sehe ihn wieder näherkommen. Dann sehe ich nichts mehr. Er hat sein Ohr an die Tür gelegt.
Als ich klein war, nannten mich die Kinder «den Riesen». Auch meine Frau hat mich so genannt.
Eines Tages sagte sie, das sei kindisch.
Und wenn ich es aber mag?, sagte ich zu ihr.
Dann sei es trotzdem kindisch, sagte meine Frau.
Riese, flüstere ich.
Bruno tippt sich an die Schläfe.
Wir haben alles, was wir brauchen, sage ich.
Dann wieder die Stille. Sein Gesicht erscheint.
Es ist gut, dass du etwas sagst, sagt er, ich bin froh, sagt er.
Worüber?, frage ich.
Dass du da bist, dass es euch gut geht. Wo ist Bruno?
Er ist im Wald.
Wo?
Im Wald.
Und was tut er da?
Schlafen vielleicht.
Und ist er gesund?
Ja.
Und wo ist eure Mutter?
Sie ist auch da.
Kannst du sie rufen?

Nein.
Warum?
Weil sie schläft.
Und machst du mir die Tür auf?
Nein.
Warum?
Weil Sie aussehen, als wären Sie nett, aber wir wissen es nicht.
Ich weiß es auch nicht, sagt der Riese, ich weiß auch nicht, was ich jetzt tun soll. Man sagte mir, ihr hättet etliches Material in eure Wohnung getragen. Was soll ich jetzt tun?
Ich weiß es auch nicht, sage ich.
Bruno hat sich neben meine Beine gesetzt und drückt seine Finger in meine Wade, seine Augen finden keinen Halt.
Aber so könnt ihr nicht für immer sein.
Aber warum nicht?
Weil ihr zur Schule gehen müsst und Geld braucht und Sonne.
Aber warum?
Ich weiß es doch auch nicht, also vielleicht doch, vielleicht, weil ihr nicht für immer da drinnen bleiben könnt.
Aber warum nicht?
Weil ihr Sonne und Essen braucht, und damit ihr Essen kaufen könnt, müsst ihr zur Schule, damit ihr etwas lernt, um damit Geld zu verdienen und Essen zu kaufen. Und Sonne.
Sonne?
Anais, lass mich rein.
Gehen Sie weg, sage ich, bitte lassen Sie uns in Ruhe.
Der Riese nimmt sein Auge von der Tür. Er geht ein paar Schritte zurück, dreht seinen Kopf nach links, nach rechts.
Was tun Sie?
Ich weiß es auch nicht, sagt er.
Nicht die Tür eintreten.
Der Riese starrt an die Tür, dann kniet er sich hin und schnürt seine Schuhe neu.

Also, sagt er, während er sich langsam erhebt, immer größer und größer wird, bis er wieder riesenhaft und langarmig vor mir steht.
Ich gehe wieder, aber du musst mir versprechen, dass ihr zur Schule geht. Und geht es eurer Mutter gut?
Ja.
Gut, aber wenn ihr morgen nicht in der Schule seid, dann komme ich wieder.

Kopf und Beine des Riesen sind abgeschnitten, sein gestreiftes Hemd mit dem losen Knopf, da, wo der Bauch am weitesten vorsteht. Da sind die Streifen nicht mehr parallel. Noch immer steht er da. Dann bückt er sich und schaut mich an, und ich schaue auch. Seine Arme hängen an ihm, an den Armen die schmalen, bleichen Hände, die Fische sind still, als hätte man sie an die Luft geholt.

**Bruno nimmt** etwas in die Hand und versucht, es zu streicheln. Mit dem Zeigefinger fährt er vorsichtig darüber, über die schimmernden Flügeldecken vielleicht. Es ist ein Käfer. Aus Brunos Gesicht fallen Tropfen auf das Tier, machen den Käfer nass.
Ich setze mich in den Schrank, schließe die Tür. Im Dunkeln fahre ich über Mutters Blusen und rieche an ihnen.

Ihr wart nicht in der Schule.
Nein?
Anais.
Eure Mutter ist nicht da?
Nein.
Ich schaue durchs Guckloch. Der Riese steht da mit einer Tüte, auf der Tüte ist ein Kuchen abgebildet. Er hält sie so, dass ich den Kuchen sehen kann.
Ist das für uns?
Ja.
Die Tüte ist sehr klein, weil der Riese seine Riesenhände um sie gelegt hat.
Stellen Sie sie hin?
Der Riese hat wässrige Augen, sie liegen tief in den Augenhöhlen, als könnten sie hineinfallen, wenn er nach oben schaut, aber er schaut mich an und überlegt etwas mit seinen wässrigen Augen, sie sind vom Wasser hell, beinahe grau geworden.
Was ist mit Ihren Augen?
Ich konnte nicht schlafen.
Hat Ihre Frau im Schlaf ihren Arm auf ihr Gesicht gelegt?
Nein.
Hat Ihre Frau Sie umarmt?
Nein, heute nicht.
Stellen Sie die Sachen hin?

Ja, sagt er und stellt die Tüte hin, worauf sie eine normale Tütengröße bekommt.
Der Riese bleibt stehen, er lehnt sich an die Wand, geht weg von der Wand, wischt sich den Staub von der Schulter und von der Locke auf seinem Kopf. Der Staub fällt langsam zu Boden, durch ihn geht ein Sonnenstrahl.
Es ist schön draußen, sagt er. Es gibt vor der Kirche einen Markt, von da habe ich das.
Er zeigt auf die Tasche.
Wollt ihr mit mir dahin?
Nein.
Der Riese schaut mich wieder an. Er schließt die Augen. Schaut mich wieder an. Er schließt die Augen wieder. Dann nimmt er einen Brokkoli aus der Tasche.
Das ist ein Brokkoli, sagt er.
Ich weiß, sage ich.
Ihr müsst Gemüse essen, sagt er.
Gut, sage ich.
Gut, sagt der Riese.

Von den Blättern tropft Wasser auf unsere Gesichter. Ich öffne den Mund, und die Tropfen fallen in mich hinein.
Das ist gut, sage ich.
Was ist gut?, fragt Bruno.
Ich halte seinen Kopf unter die Blätter und sehe Brunos vergessene Faust. Bruno hat den Käfer vergessen, er hat ihn in seiner Faust erstickt.
Der Käfer, sage ich.
Was?, fragt Bruno.
Bruno lässt sich die Tropfen auf die Zunge fallen. Ich öffne seine Hand, der Käfer glänzt darin, fällt aus der Hand, fällt zu Boden.

Bruno weint jeden Tag nach dem Aufwachen, nachdem er in der Wohnung nach Mutter gesucht hat. Ich erzähle Bruno von Mutters Glück, beim Einschlafen und wenn ihn etwas traurig macht; seine Blindheit, seine wachsende Unbeweglichkeit oder der Hunger. Manchmal hält er den Bademantel für Mutter und hält sich an ihm fest. Manchmal stolpert er über ein Stück Fels, das sich von der Felswand gelöst hat. Manchmal sagt er, er wisse ganz genau, wo das Ende der Welt sei, und trotzdem laufe er dagegen. Manchmal schweigt er tagelang und bewegt sich kaum. Er sagt, ohne eine Mutter sei das Leben kein Leben mehr, in dem ein Kind noch Kind sein könne. Er sagt, er glaube, er sei kein Mensch, der durch Glauben die Welt erlebt, er müsse die Dinge erleben, indem er sie verstehe.

Ich höre dich rufen im Gebirge, sagt Bruno, ich höre Frau Wendeburg in ihrer Wohnung die Werbetexte mitreden, ich höre, wie die Katze vom Kratzbaum auf ihren Schoß springt. Ich höre an der Küste die Salzkrusten entstehen und wie das Fell des Dachses im Wald bleicher wird. Ich höre, dass sich das Windrad auf dem Balkon nicht dreht.
Bruno macht mit seinen langen Fingernägeln Zeichnungen in die feuchte Erde. Ich nehme seine Hand und beiße die Nägel ab.
Aber ich bin mir nicht sicher, sagt Bruno.
Weswegen?
Allgemein.
Der Kampffisch, sage ich, wir könnten einen Kampffisch fangen, später, wenn die Sonne rot ist, wenn die Schatten lang sind, wenn das Wasser stiller wird.
Ja, sagt Bruno und hält mir die andere Hand hin.
Bruno geht an meiner Hand langsam über den rauen Stein, über die vom Salzwasser verformten Felsen, über die kleinen Salzwasserbecken in den Felsen. Wir sind an der Spitze der

Bucht, da, wo vor uns nur noch Meer ist. Wir sehen den Kampffischen beim Kämpfen zu.

Bruno hält seine Augen fast nur noch geschlossen, manchmal frage ich mich, ob er mich noch hört. Manchmal habe ich das Gefühl, dass er weniger wird. Dass er keine Worte mehr findet, keine Bilder. Manchmal scheinen mir seine Haare grau wie die Haare eines alten Mannes, und er redet auch wie ein alter Mann.
Ihm tue der Rücken weh, sagt er, oder dass er das Liegen dem Sitzen vorziehen würde.
Es scheint mir, als würde seine Haut runzlig werden, als hänge ihm die Haut an den Armen herunter, als bewege sie sich, wenn er langsam geht, hin und her.
Und Bruno redet nicht, und die Luft scheint zu schimmeln. Das Licht scheint an den Dingen zu kleben. Irgendetwas hat sich verändert. Es gibt keinen Wind, kein Wort. Ich konzentriere mich auf das farbige Gefieder der Vögel in den Bäumen um uns. Ich konzentriere mich auf die Geräusche im Inneren des Waldes. Das Schreien des Dachses, auf das Hacken des Spechtes, das Knacken der Äste, auf das Gehen der Herdentiere weiter weg. Ich konzentriere mich auf den Geruch des Mooses, den Geruch der überreifen Früchte, des feuchten Holzes, der Pilze.

**Ich muss ganz dringend** zur Toilette, sagt der Riese.
Ich schaue durchs Guckloch und sehe ihn tanzen.
Das geht nicht.
Bitte.
Was tun Sie, wenn Sie bei uns sind?
Zur Toilette gehen.
Und dann?
Dann reden, sagt er.
Reden können wir auch so.
Gut, sagt der Riese, dann gehe ich zur Toilette, sage Bruno Hallo, dann gehe ich wieder hinaus.
Und der Riese versucht, in kleinen Schritten durch unsere Welt zu gehen, dennoch sind es die Schritte eines Riesen, der versucht, kleine Schritte zu machen. Er schiebt die Lianen und Zweige zur Seite, stolpert über die Wurzeln, bleibt am Geäst hängen, tut, als wäre nichts. Der Riese geht zur Küste, schaut aufs Meer. Vor Bruno, der liegt und die Augen geschlossen hat, bleibt er stehen. Bruno öffnet die Augen langsam und erschrickt, weil er den Riesen als Schatten erblickt.
Hallo Bruno, sagt der Riese.
Hallo, sagt Bruno und tut, als würde er wissen, wo die Augen des Riesen sind.
Du siehst abgemagert aus, sagt der Riese, und auch ein wenig dreckig und auch ein wenig traurig und auch ein bisschen krank.
Sie haben gesagt, Sie sagen Hallo, sage ich.
Er sagt, dass es so nicht weitergehen kann.
Es geht gut, sage ich.
Weißt du, wo eure Mutter ist?
Nein, aber sie kommt bald wieder, dann ist alles wieder normal, dann wird sie arbeiten, und wir werden zur Schule gehen, und ab und zu werden wir Eis essen mit heißen Früchten.
Ist das ein Hirschkäfer?, fragt Bruno.

Ja, sage ich.
Hat er ein Geweih?
Ja, sagt der Riese, ein beachtliches.
Ich höre, wie er mit dem Geweih gegen das Holz stößt, und Affen, sagt Bruno. Hören Sie die Affen?
Baustellenlärm, da wird Metall zertrennt.
Metall?, fragt Bruno.
Nein, Affen, sage ich.
Affen, sagt der Riese.
Bruno versucht, die Affen zu imitieren, und der Riese sitzt bei uns, bis es dunkel wird, dann sagt er, dass er froh sei, dass er hereinkommen durfte und dass er uns morgen wieder besuchen würde und ob wir etwas Bestimmtes bräuchten.
Suchen Sie bitte unsere Mutter, sagt Bruno.
Der Riese nickt und erhebt sich. Er schüttelt seine Anzughose aus, nimmt seine Mappe.
Schreiben Sie das alles auf?
Nein, sagt er. Er schaut an die Decke, an der die Feuchtigkeit hängt. Viele kleine Tropfen kleben an der Decke, und wir können den Wald sehen, wie er aus den Tropfen wächst.

**Der Riese schlägt die** letzten Eier auf. Er legt das Gemüse aufs Feuer, sieht schweigend in die Glut, durch deren Hitze sich das Gemüse zu bewegen beginnt. Von der Paprika löst sich die Haut. Er brät beim Reden die Fische. Ich betrachte gerne sein Gesicht. Es sieht aus, als hätte es jemand mit viel Lust und wenig Kenntnis geformt.
Meine Zwillinge sehen mir nicht in die Augen, sagt er, ich halte niemals ihre Hand. Sie senken ihre Blicke und beißen in die Seiten ihrer Finger. Sie tragen ihre Körper stolz, sie tragen offene Schuhe, sie tragen verschlossene Blicke, schmale Finger und an diesen geschenkte Ringe. Manchmal kann ich ihre Schultern sehen, darauf Strähnen ihrer langen, braunen Haare.
Vielleicht, sage ich, sind sie von Ihrer unglaublichen Größe irritiert.
Vielleicht, sagt der Riese, sind meine Töchter nur so, weil ich so bin. Vielleicht sind sie so, weil ich es nicht schaffe, nicht ihre schmalen Hälse zu bemerken und die Brüste, die wachsen, da, wo ich es aber nicht sehen sollte. Und es macht mich traurig, dieses Wachsen, aber wie soll ich das meinen Töchtern sagen, dass es mich traurig macht, dass ihnen Brüste wachsen?
Das verstehe ich nicht, sagt Bruno. Was haben Sie mit denen zu tun?
Mit den Brüsten?
Das ist uninteressant, sagt Bruno, und Sie reden unentwegt.
Der Riese verteilt daraufhin schweigend und etwas beleidigt das Gemüse.
Ich finde das uninteressant, sagt Bruno noch einmal und legt sich ein Ei in den Mund. Eigelb läuft aus den Mundwinkeln, und ich wische ihm den Mund mit meinem Ärmel sauber.
Er habe gesehen, wie sie aus ihrer Mutter herausgekommen seien, sagt der Riese, das habe er seinen Töchtern gesagt. Er

habe die Nabelschnur durchgeschnitten, die sie in ihrer Mutter mit ihr verbunden habe. Er habe ihnen Staubkörner aus den Augen genommen und Kieselsteine aus Knien und Handflächen. Er habe ihnen auch Geschichten erzählt, ihre Beine gestreichelt, den Bauch geküsst.
Ich liebe euch mehr als alles andere auf dieser ganzen Welt, sagt der Riese, habe er zu seinen Töchtern gesagt.
Und was haben sie gesagt?, frage ich.
Bruno sucht den Blumenkohl.
Wir sind auch in unserer Mutter gewesen, sagt Bruno.
Ich lege ihm meinen Kohl auf den Teller.
Sie hat uns wenige Geschichten erzählt, aber sie hat einige erzählt, und die hat sie wunderbar erzählt, weil sie diese Geschichten gerne erzählt hat, genau in diesem Moment. Sie hat uns auch Staub aus den Haaren genommen oder den Augenwimpern, sagt er und wird dabei immer kleiner. Er scheint jetzt so klein zu sein, dass der Riese ihn in seine Hand nehmen könnte. Sie hat auch unseren Bauch geküsst, sagt Bruno, nur weiß ich es nicht mehr, und dann geht er aus der Wüste hinaus. Den Kohl vergisst er.
Bruno sagt, wenn man an etwas nicht denken will, dann denkt man, während man nicht denken will, immer daran, man denkt immer genau an das, woran man nicht denken will, an genau das denkt man immer.
Bruno reißt die Augen auf. Ich höre euch reden und sehe eure Gesichter, es sind fleischfarbene Luftballons.
Mutter ist jetzt glücklich, sage ich. Mutter ist jetzt bei sich, vielleicht hat sie eine Liebe gefunden, sage ich, vielleicht hat sie nur das gebraucht, nur eine Liebe, in Marseille vielleicht. Mutter denkt an uns, sage ich, sie tanzt in einem roten Kleid und denkt an uns.
Der Riese hat angefangen zu schweigen. Er legt die Beine in den Sand. Ein Pillendreher rollt seine Dungkugel. Bruno hat

sich in eine Höhle verkrochen. Ich höre ihn husten. Ich hole aus dem Schrank Mutters Kleider, krieche in die Höhle und decke ihn zu.

**Das einzig sichtbare Bild** hinter den Blättern zeigt Mutter, die sich selbst nackt gezeichnet hat, mit langen Beinen, die verdreht auf einem Stuhl liegen. Der Riese versucht, vor dem Bild und inmitten der Bäume stehend, seine Beine so zu verdrehen, wie Mutter sie auf dem Bild verdreht.
Ich muss nach Hause, sagt er.
Der Riese schaut vom Bild zu Bruno.
Und was tun Sie?
Ich werde nach Hause zu meiner Familie gehen. Ich werde mich an einen Tisch mit vier Beinen setzen, auf einen Stuhl mit vier Beinen, mit den Händen werde ich eine Gabel halten und ein Messer und werde dann ein Stück Fleisch zerkleinern und die Stücke mit der Gabel aufstechen und sie in meinen Mund schieben, und dann werde ich kauen, bis das Fleisch genug zerkaut ist, dass mein Magen es verdauen kann, wenn ich es geschluckt habe.
Was tun Sie hier, fragt Bruno, was tun Sie hier? Ich verstehe nicht, was Sie hier tun, ich bin mir nicht einmal ganz sicher, ob es Sie gibt. Haben Sie unsere Mutter gefunden oder wenigstens gesucht?
Ich möchte euch helfen, sagt der Riese.
Angst haben Sie, vor allem haben Sie große Angst.
Ja, das stimmt, sagt der Riese.
Dann bleiben Sie hier, sage ich.
Nein, sagt Bruno, suchen Sie unsere Mutter.
Bruno kriecht in den Wald, der immer dichter aus dem Zimmer wächst, er kriecht unter den Wurzeln hindurch, er winkt nicht, sagt nichts mehr, ist langsam. Der Riese schaut dorthin, wo Bruno verschwunden ist. Dann geht er.

Und das feuchte Gewächs quillt zwischen Brunos Zehen hervor. Wir stehen im Sumpf. Ich führe ihn zum Meer, schiebe die Blüten und Äste zur Seite, erkläre die Lichtverhältnisse.

Das Licht kommt von einem Punkt und wird vom Nebel verstreut, fällt auf uns, sage ich.
Der Riese hat nach Mutter gerochen, sagt Bruno.
Kennst du das Bärtierchen?, frage ich ihn.
Der Riese hat nach Mutter gerochen, Anais.
Das Bärtierchen, sage ich, ist so klein, dass man es mit bloßem Auge nicht sehen kann. Es ist stark. Es ist so stark, dass es überall leben kann. In der Wüste, im Wasser, in den Bergen, hoch oben, oberhalb der Baumgrenze, da, wo wir nicht mehr atmen können.
An der Küste stehen wir im groben Sand, Bruno zieht sich aus. Ich helfe ihm. Er geht langsam in seinem festen, kleinen Körper über die Steine ins Wasser. Ich reibe Brunos Rücken mit Sand ab, und Bruno befühlt die Küste. An seinen Armen ist das Haar schwarz, seine Haut ist weiß wie das Gebirge. Bruno hat rote Flecken am Rücken, an den Stellen, an denen er mit seinen Händen nicht hinkommt. Ich reibe die Flecken ab.
Anais, der Riese hat nach Mutter gerochen.

Ich gehe durch den Wald, über Lichtungen, weit durch den Wald bis zur Ebene. Am Waldrand schläft ein Gürteltier, sein Panzer bewegt sich leicht, als würde ein Stein atmen. Von der Ebene gehe ich ins Gebirge. Ich gehe den schmalen Pfad der Felswand entlang, bis tief ins Gestein hinein. Irgendwann stehe ich mitten im Gebirge und schreie. Die Dolen fliegen auf, die Sonne ist verschwunden, die Luft ist steinig, auch alles andere um mich.
Ich denke an Mutter, an ihren Geruch, an die Wärme ihrer Ohren, wenn sie ihre Ohren an meiner Nase gerieben hat.
Ich rufe gegen die Felswand, und die Felswand wirft alles Gesagte zurück.
Wir bleiben hier, rufe ich.
Wir bleiben hier, ruft das Gebirge.

Eine Gämse springt von einem Vorsprung zu einem nächsten und weiter, der Wand entlang, aus der Wand rieselt Stein als Staub. Es regnet Stein. Der Staub bleibt auf meinem Kopf liegen. Ich laufe den Weg zurück, den ich gekommen bin.
Bevor ich mich zu Bruno in den weichen Wald lege, nehme ich das letzte Bild von der Wand, und die Wand verschwindet.

**Bruno und ich sitzen** in der Wüste und brechen einen toten Skorpion auf.
Wir locken mit Haferflocken die Steppeniltisse an.
Vielleicht mögen sie keine Haferflocken, sagt Bruno.
Vielleicht mögen sie keine Menschen, sage ich.
Aber sind wir denn noch Menschen, so wie man den Menschen als Menschen versteht?, fragt Bruno.
Ich weiß nicht, sage ich, als was die Iltisse uns verstehen.
Und ich weiß nicht, ob es die Iltisse gibt, sagt Bruno. Ich bin mir fast sicher, es gibt sie nicht.
Wir legen den Schinken in die Wüste, warten auf den Wolf.
Wir suchen den Himmel nach Schwalbenmustern ab.
Wir schütteln die Bäume und fangen keine Raupen auf.
Wir graben in der Erde nach den Würmern.
Wir betrachten die Wasserstellen und suchen in ihnen nach Einzellern.
Wir rufen die Eulen.
Wir schreien, wie der Hirsch schreit.
Wir suchen im Meer die Bewegungen der Quallen.
Dann zählen wir die Spinnen und geben ihnen Namen; um sie wiederzuerkennen, versuchen wir, sie mit farbigen Punkten zu markieren. Bruno macht Punkte dahin, wo keine Spinnen sind.

Und der Riese ist in unserer Welt, isst mit uns, ist schweigsam, trinkt einen Wein und noch einen, trinkt, als müsste mit dem Wein noch viel mehr verschwinden als nur der Wein in ihm.
Der Riese sagt, das Leben sei etwas ganz Verrücktes, es dauere so lange und in ihm passiere so viel. Dann fragt der Riese uns, wie es uns gehe, ob es uns denn gut gehe, wir sagen ja, wir sagen, wir haben schließlich die ganze Welt für uns, er nickt, sagt, ja, das sei gut.

Er schaut in die Dunkelheit vor dem Balkon und lächelt ein bleiches Lächeln, das Bleiche liegt auch in der Bewegung seiner Hand.
Wir sind froh, dass du hier bist, sage ich.
Am Morgen betrat ich die Küche, sagt er, und meine Töchter bewegten sich nicht. Sie hatten ihr langes Haar an der Seite des Kopfes zu einem Zopf geflochten. Sie hielten Farbstifte in ihren angespannten dünnen Fingern, dass die Fingerkuppen rot wurden und die Haut am untersten Fingergelenk weiß.
Ihre Leggins sind regenbogenfarben, und sie liegen dicht an ihren feingliedrigen Körpern, sie tragen weiße Pullover, und sie hören leise Musik, die Musik kommt aus den Kopfhörern direkt in ihr Ohr, je in eines ihrer Ohren. Sie trinken Orangensaft. Sie trinken den Orangensaft in kleinen Schlucken.
Die Zwillinge, sagt er und schweigt einen Moment.
Sie waren stumm, fuhren mit den Farbstiften über das Papier, langsam. Und dann haben sie Hallo gesagt.
Und?, frage ich.
Hallo, haben sie gesagt. Hallo. Und ich war ganz erstaunt, ihre Stimmen zu hören, ganz ungewohnt war es, ihre Stimmen zu hören, sie mit mir reden zu hören. Ganz aufgeregt war ich.
Was macht ihr?, habe ich dann gefragt.
Schulaufgaben, sagten sie und schauten wieder auf. Schauten mich an, ganz lieb und kindlich. Sie haben mich angesehen.
Und du?
Kaffee und Notizen, sagte ich. Ich habe mich zu ihnen gesetzt, neben die beiden, nein, zwischen die beiden habe ich mich gesetzt.
Wollt ihr einen Satz hören, den ich mir eben notiert habe?, habe ich dann gefragt, so zwischen ihnen sitzend.
Und sie haben Ja gesagt.

Wir sind sehr froh, dass du hier bist, sage ich wieder, und der Riese legt seine langen Arme um mich, drückt fest, drückt sein Gesicht an meinen Hals.
Ich weiß nicht, wo Bruno ist, versuche, ihn durch die Haare des Riesen hindurch zu sehen. Bruno sitzt direkt neben uns, schaut uns an, als wären wir eine Felswand. Er hat die Hände als Sichtschutz an die Seite seines Gesichtes gelegt und schaut.
Der Riese flüstert etwas in meinen Hals. Ich tue nichts, denke an Mutter, denke an Pferde, an das Zittern ihres Fells, das Aufschwirren einer Fliege vom zitternden Fell, die Bewegung der Ohren wie Satellitenschüsseln, das Wiehern und Auftreten der Hufe auf den Steinboden unter dem Stroh.
Es tut mir leid, sagt der Riese.
Was?, frage ich.
Alles.
Und?, frage ich.
Ich habe einen Anruf erhalten.
Und?
Eure Mutter.
Und?
Ihr müsst mitkommen.

**Mit offenen Augen** sehe ich die Sonne; sie wirft Licht in die Wüste. Bruno isst ein Stück Brot, spuckt Sand aus. Bruno schweigt. Er kaut das Brot langsam und spuckt Sand aus. Der Riese ist verschwunden.
Wir müssen gehen, sage ich.
Bruno schweigt.
Wir müssen gehen, Bruno.
Bruno steht auf. Er schüttelt seinen Kopf nicht, der Sand bleibt in seinem Wolfshaar. Seine Arme sind so dünn, seine Augen geschlossen.
Bruno?
Ich versuche, Sandkörner aus seinem Haar zu nehmen.
Ich möchte ihn umarmen, aber Bruno ist ein Stein. Und ich streichle den Stein, fahre mit den Fingerkuppen seiner rauen Oberfläche entlang. Ich versuche, mit den Händen in seine Haare zu gelangen, aber meine Finger biegen sich.

Ich stelle mir den Riesen vor, wie er in seinem Haus sitzt, wie es nach Holzpolitur riecht, wie er lächelt, seine Töchter anlächelt und dabei schrumpft. Er streichelt die Köpfe der Töchter, die ebenfalls lächeln, sanft, dumm. Sie lächeln sich an, und die Frau steht hinter dem Riesen, hat ihre Hände auf seine Schultern gelegt, und der Ehering glänzt im Licht der Lämpchen, die in einer Reihe über dem Tisch angebracht sind, auch sie lächelt. Sie lächeln, und der Riese schrumpft. Sie freuen sich über dieses Schrumpfen. Alles am Riesen wird kleiner und feiner. Und dann sehen sie, wie die Finger in den Händen verschwinden, wie seine Nase im Gesicht verschwindet, der Mund bleicher wird und hinter den Zähnen verschwindet, wie auch die Zähne im Zahnfleisch verschwinden und dann das Zahnfleisch im Kiefer, der Kiefer im Schädel. Sie schauen und lächeln. Die Füße ziehen sich in die Beine zurück, und die Beine verschwinden im Unterleib und der Bauch verschwindet in

der Brust, die Brust im Hals und dann ist der Riese weg. Die Töchter und die Frau bleiben an Ort und Stelle, auch das Licht bleibt, die Uhr tickt: tick, tick.
Die Frau hebt die Kleider auf, streicht sie glatt, faltet sie, legt sie im oberen Stockwerk in den Schrank. Tick, tick. Sie stellt die Schuhe in den Schuhschrank. Tick, tick. Sie setzt sich zu den Töchtern, die immer noch lächeln, und schneidet drei Stücke Brot vom Brotlaib.

Wir gehen aus der Wüste hinaus, können nicht mehr gut gehen. Wir sind müde. Wir gehen durch den Wald, kommen ans Meer, gehen ein Stück die Küste entlang.
Ich sehe an mir hinab und sehe, dass ich meine Füße sehen kann. Ich sehe einen anderen Körper, es ist Mutters Körper, auf meiner Haut die Muttermale als Perlenkette. Ich nehme Brunos Hand, dann hebe ich ihn hoch und trage ihn ins Gebirge hinein. Es ist hell und warm. Das Gebirge hat für uns die Wärme gespeichert. Ich laufe, unter meinen Füßen knirscht der Boden, und auch in meinem Kopf ist die Wärme. Bruno schläft.

**Mit der Abendröte im** Gesicht liegt Bruno in meinem Arm, halb schlafend, halb wach, halb träumend, halb singend.
Und Bruno sagt, ich höre sie draußen stehen. Ich höre, wie sich die Äste des Baumes bewegen, höre das Blaulicht sich drehen. Den Riesen höre ich im Hof, er macht mit seinen Holzsohlen Kratzgeräusche im Kies. Ich höre Werkzeug, das aus Kisten gehoben wird, höre den Wind durch den Hof ziehen, und Frau Wendeburg höre ich, die ihre Katze im Arm hält, leise mit der Katze redet. Ich höre das Atmen des Sanitäters, das Rascheln einer Raumfahrtdecke, höre das Aluminium knistern und wie die Leiter vom Wagen genommen wird, wie die Menschen aus den Fenstern schauen. Ich höre, wie sie die Fenster nervös bewegen und wie Kinder in den Büschen warten. Ich höre, wie der Riese die Augen schließt, wie seine Wimpern auf den Wangen aufliegen, wie die Pupillen zittern. Ich höre, wie die Menschen ihre Köpfe heben und zum Balkon schauen. Sie sehen keine leintuchgroßen Blätter, keine tiefroten Blüten, keine sonnenuntergangsorangenen Früchte. Sie sehen unseren Balkon. Es gibt diesen Balkon, und ich höre, wie die Feuerwehrmänner die Decken vom Geländer schneiden, wie sie in ihren schweren Schuhen über das Geländer steigen.
Ich höre Mutter, sagt Bruno.

Auf dem höchsten Berg stehen wir ungesehen, wir sind durch die Wüste gelaufen, haben das Meer überquert.
Auf dem höchsten Berg stehen wir, Bruno, Brunos Stolz, meine Liebe für Bruno und ich.
Wir warten.
Wir können sehen, wenn sie kommen. Wir können sehen, wie sie langsam durchs Tal gehen, mit einer Axt in der Hand. Wir können die Männer beobachten, wenn sie kommen, wie sie leuchten in ihren Leuchtwesten, wie sie umherschauen

und nichts verstehen. Wir können einen Stein werfen auf sie. Sie werden hochschauen, wir werden uns verstecken. In ihren orange leuchtenden Uniformen werden sie den Weg ins Gebirge finden und dann nicht weiterwissen.
Wir werden warten. Sie werden warten. Sie werden schweigen, das Gebirge wird schweigen. Irgendwann werden sie den Weg zurückgegangen sein, den sie gekommen sind.
Und wir sind hier und schauen diesen Weg entlang, bis dorthin, wo der Weg zu Stein wird.
Kommen sie?, fragt Bruno.
Nein, sage ich, sie werden uns nicht finden.
Aber wir werden verhungern, sagt Bruno.
Wir können hier sein, sage ich.
Ich sehe nichts, sagt Bruno.
Aber du hörst alles.
Aber das nützt nichts.
Aber doch, sage ich.
Aber doch.
Und dann sagt Bruno, ich glaube dir nicht.
Ich glaube dir keinen Krebs, keinen Wald, kein Sandkorn und keinen Felsen, keine Adern am Fels. Ich glaube dir keinen Pillendreher und auch keine Dungkugel, keinen abgefallenen Schwanz einer Eidechse. Keinen Kranich glaube ich dir, keinen Stolz des Kranichs und auch kein Meer.

Und ich schweige, sehe Bruno, seine Blindheit. Und ich denke, ich habe alles versucht. Und ich denke, vielleicht bin ich der Stein. Vielleicht bin ich der Stein, bin ich ein Stück der Welt, vielleicht bin ich zu klein. Vielleicht hatte Mutter recht, als sie manchmal daran dachte, dass es besser gewesen wäre, uns nicht bekommen zu haben. Vielleicht bin ich der Stein, und alles ist gut, als Stein ein Teil des Gebirges zu sein.

Ich denke und sehe die anderen tausend Steine, sehe die Felsen, sehe meine Liebe für Bruno, und er sieht mich nicht.
Ich bin der Stein, der tausend Jahre hier liegen wird, der sich nicht bewegt. Ich bin die ochsengroßen, abgefallenen Felsstücke unten im Tal. Ich bin die Gämse und der Schatten des Gebirges, ich bin das Leinkraut zwischen den Felsen.
Ich möchte schreien, bin stumm wie der Stein, die Gämse, der Himmel, das Kraut.
Dann schlagen sie die Balkontür ein.

# ZEICHNUNGEN

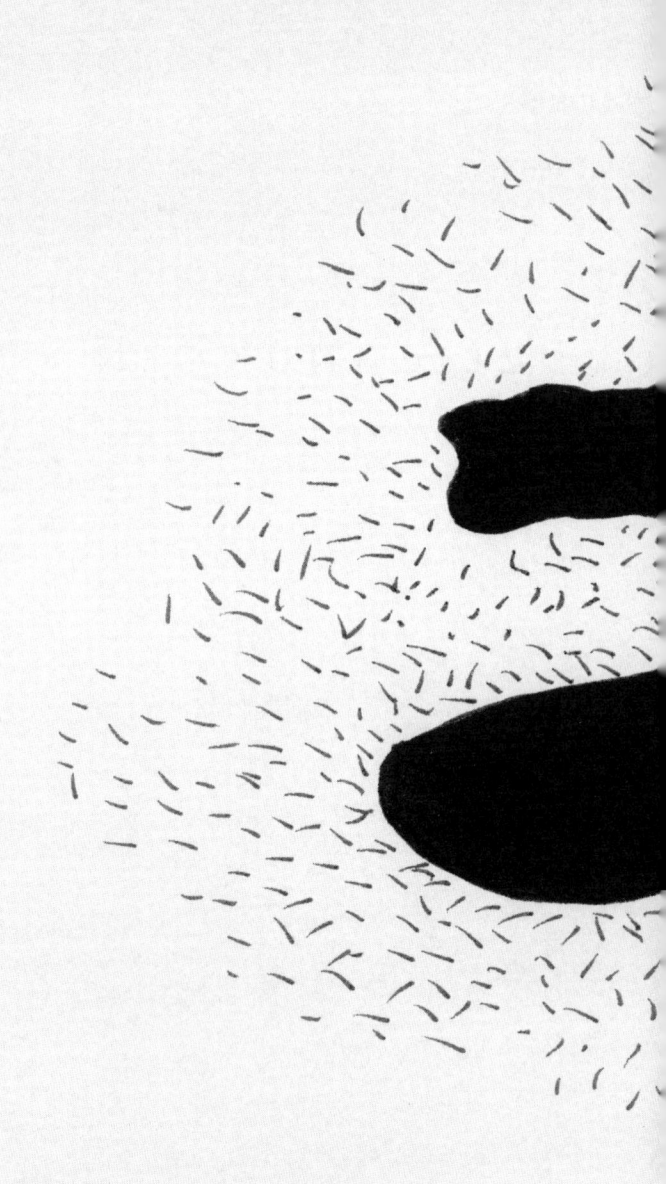

Abdrücke von Koloss und Hund im Gras

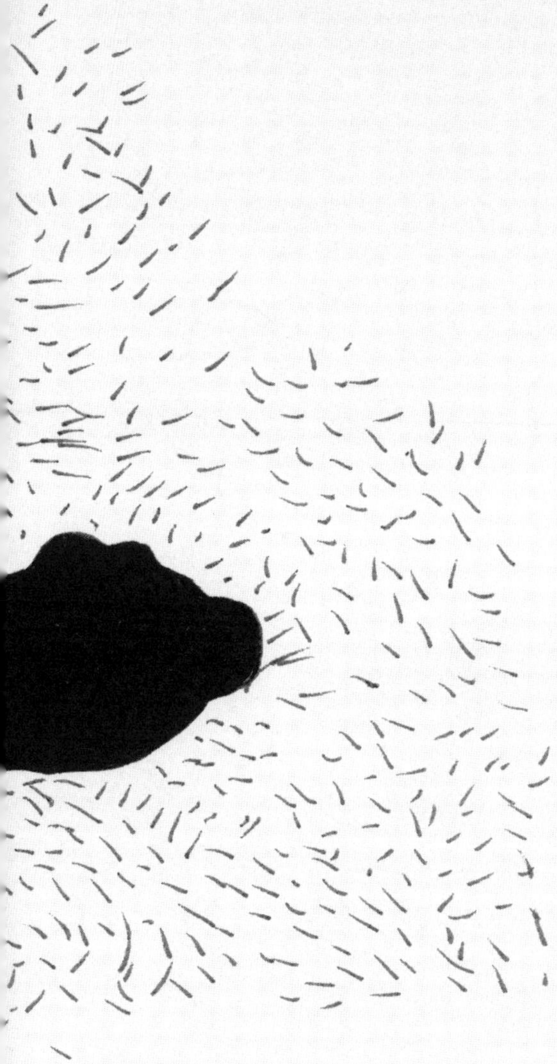

Wolke in Tassenform

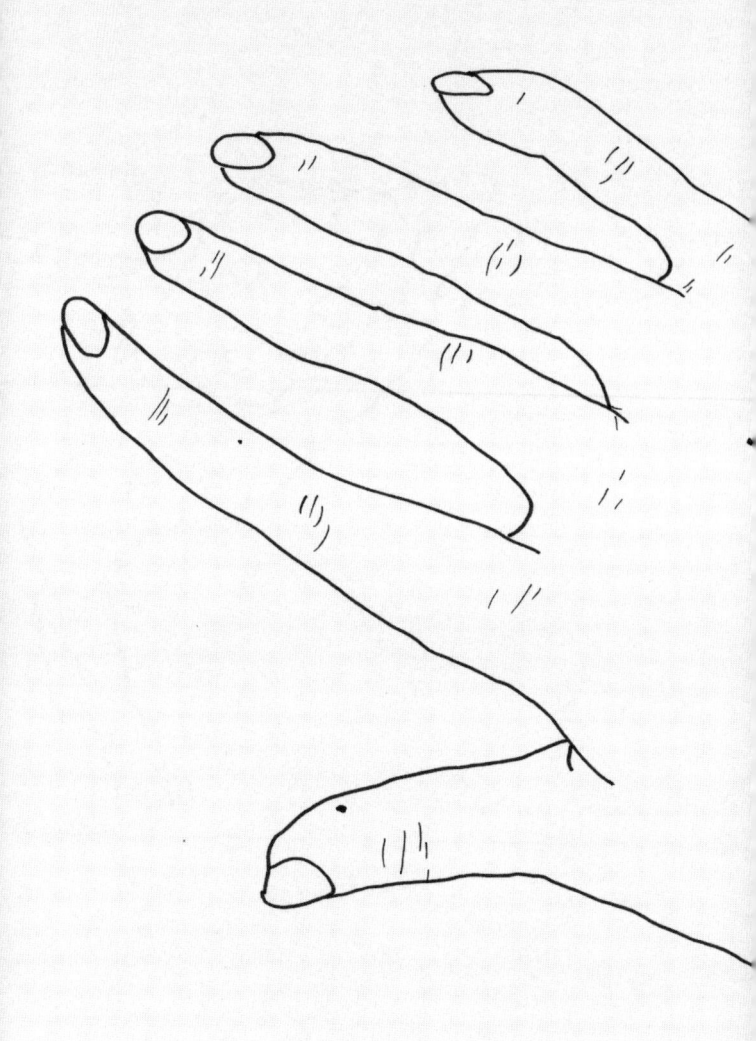

Anais' feine Finger

Der ausgestopfte Fuchs

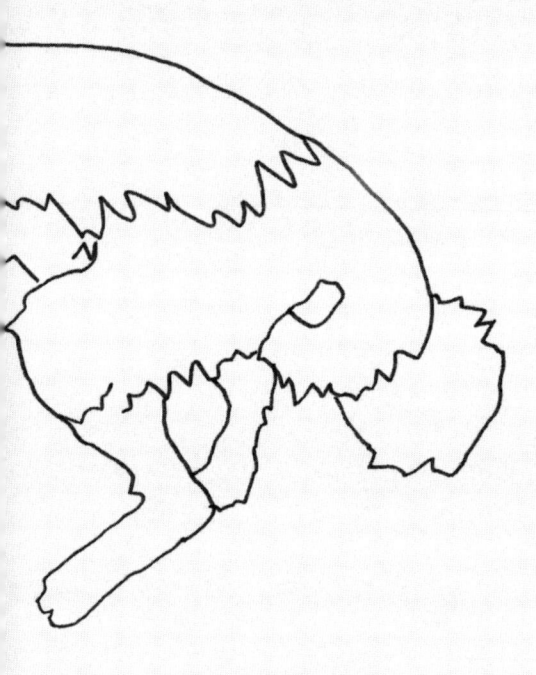

Mutters Logik

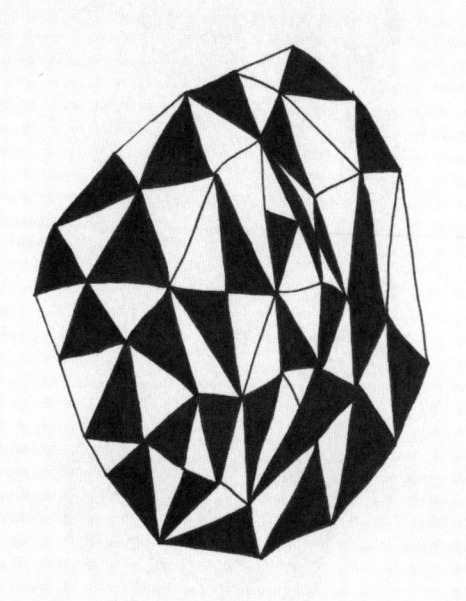

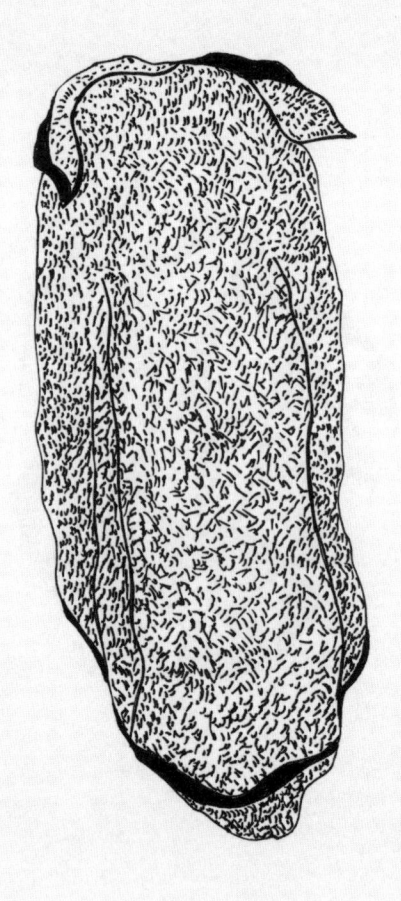

Frau Wendeburgs weicher Wollmantel

Mutters Stirnabdruck an der Scheibe

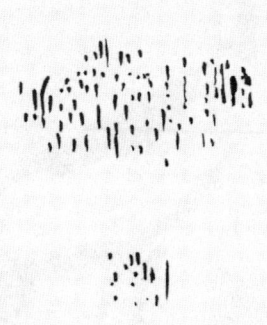

Kranich

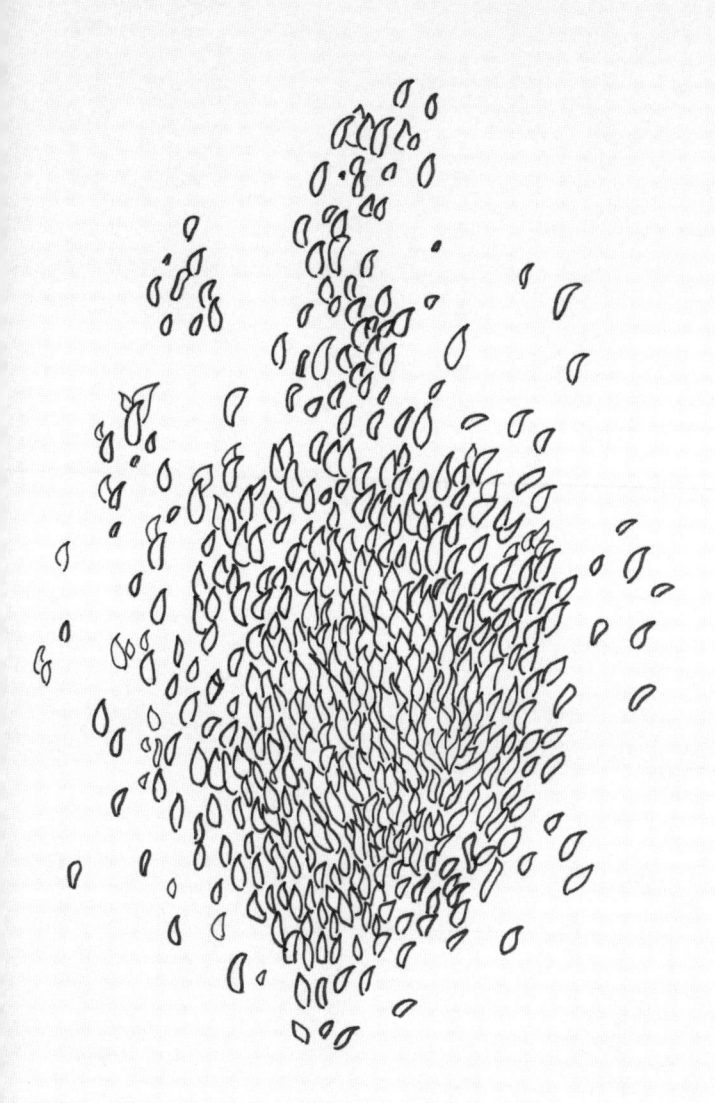

Die Liebe für Peter

Brunos Stolz

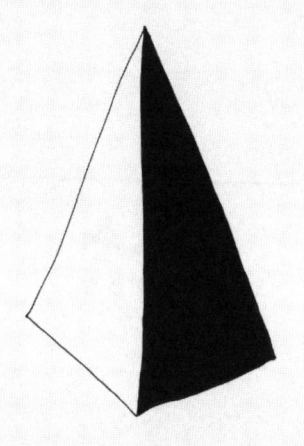

Bruno, Anaïs, Mutter als Mutter dazwischen

Kellerassel

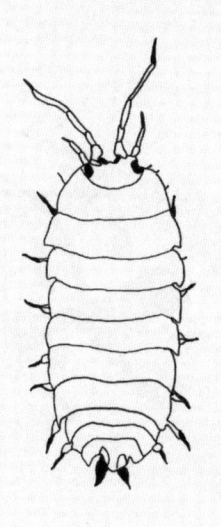

Drei tote Fische

Brunos Logik

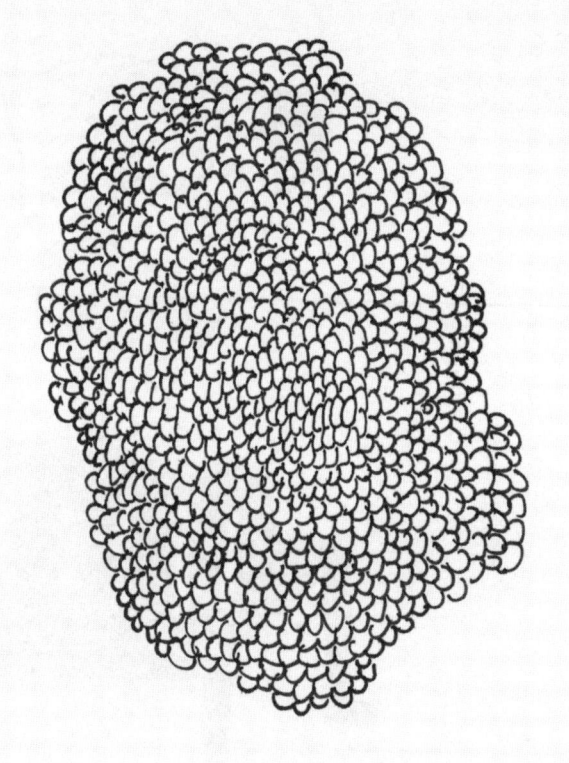

Frau Wendeburgs Bewegungen beim Weinen

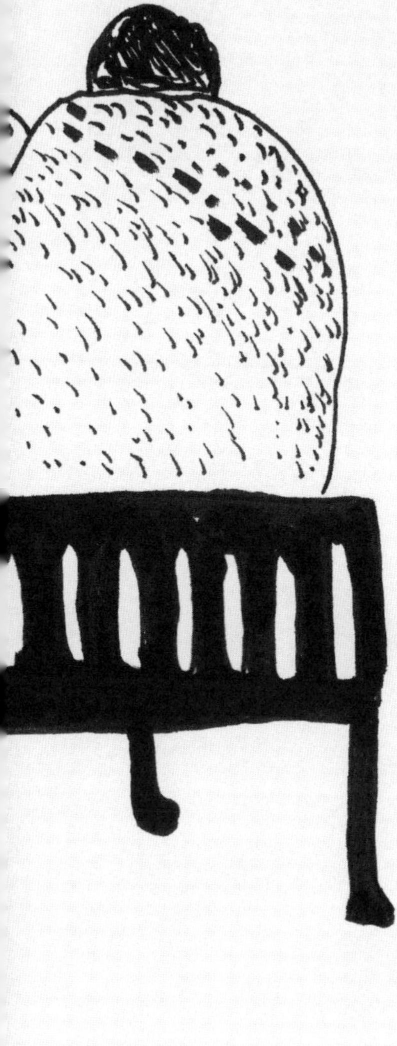

Mutters mögliche Leben

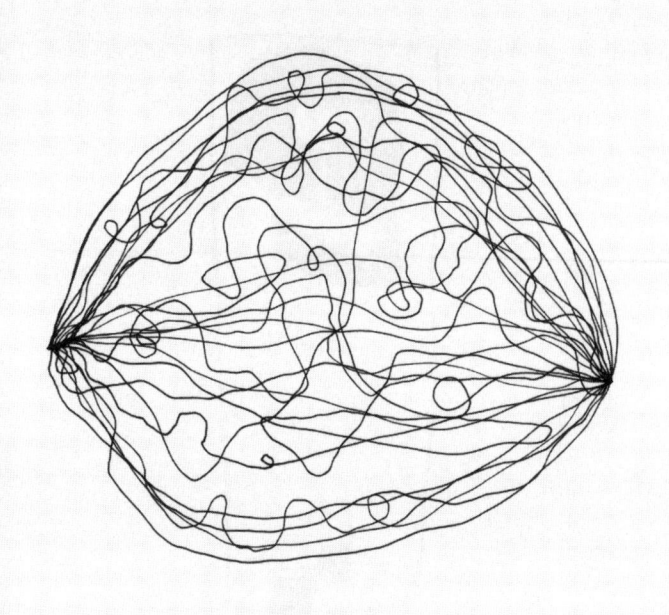

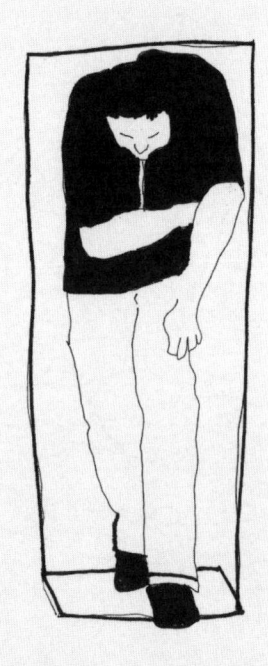

Der Riese im Türrahmen

Staub

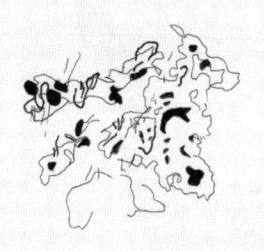

Regenwurm

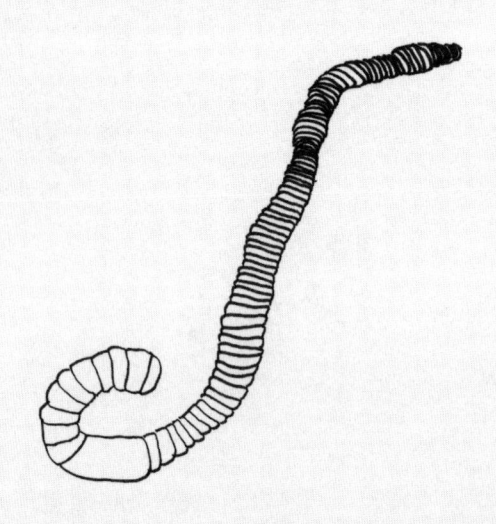

Brotmuster

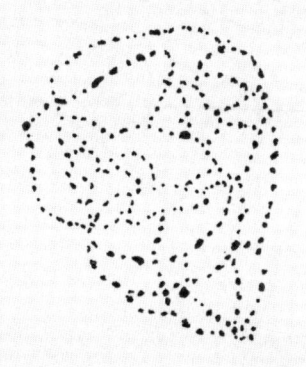

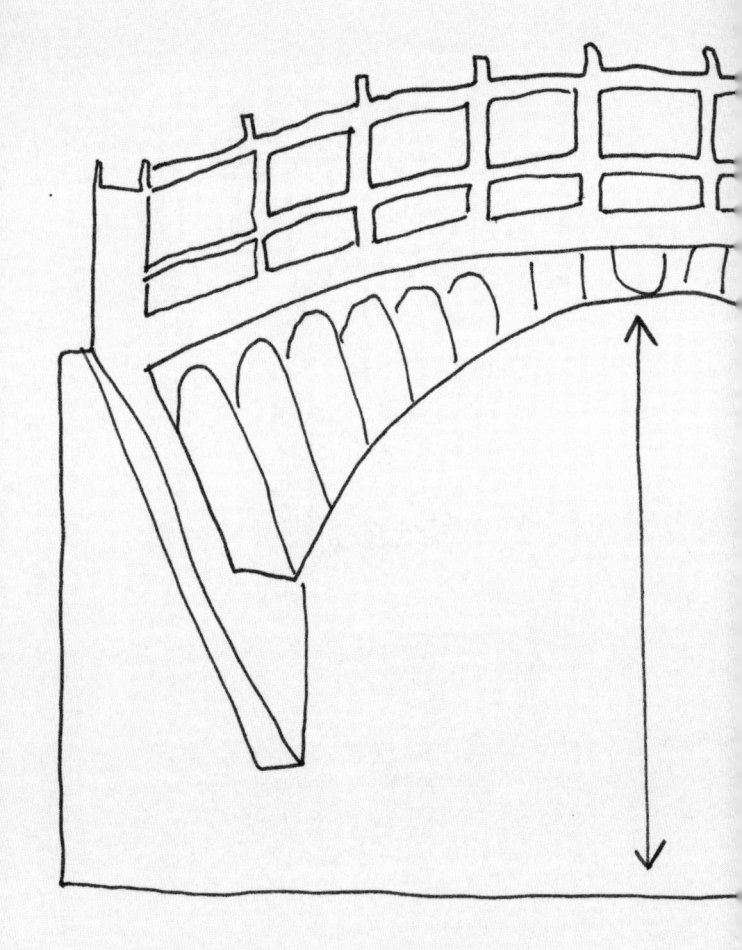

Die Brücke

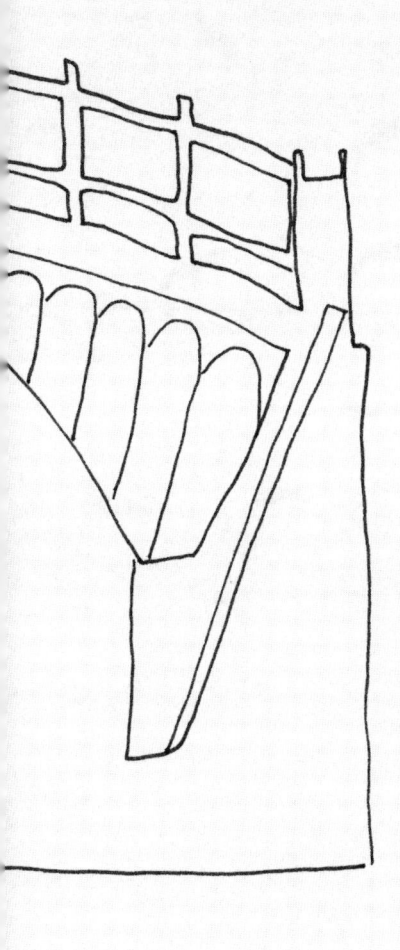

Vögel als Löcher im Himmel

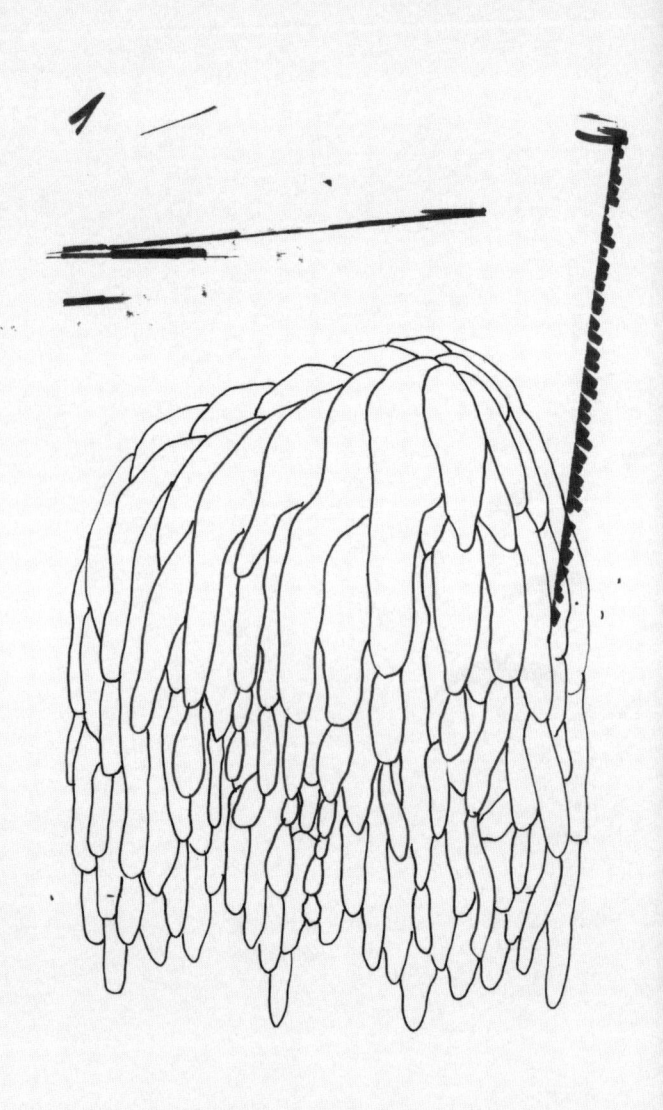

Mutters Müdigkeit

Qualle

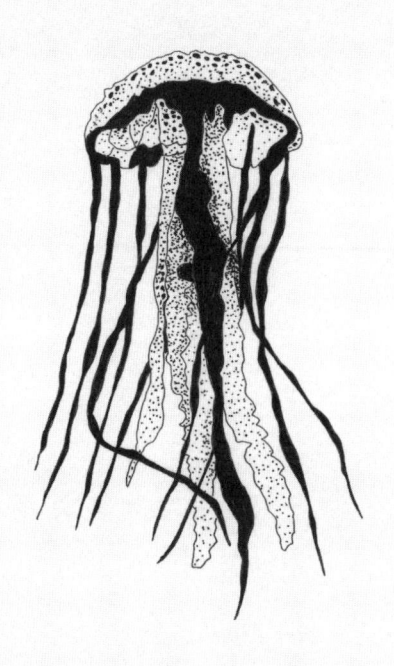

Ameise

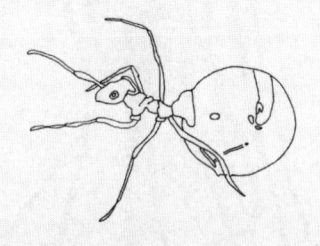

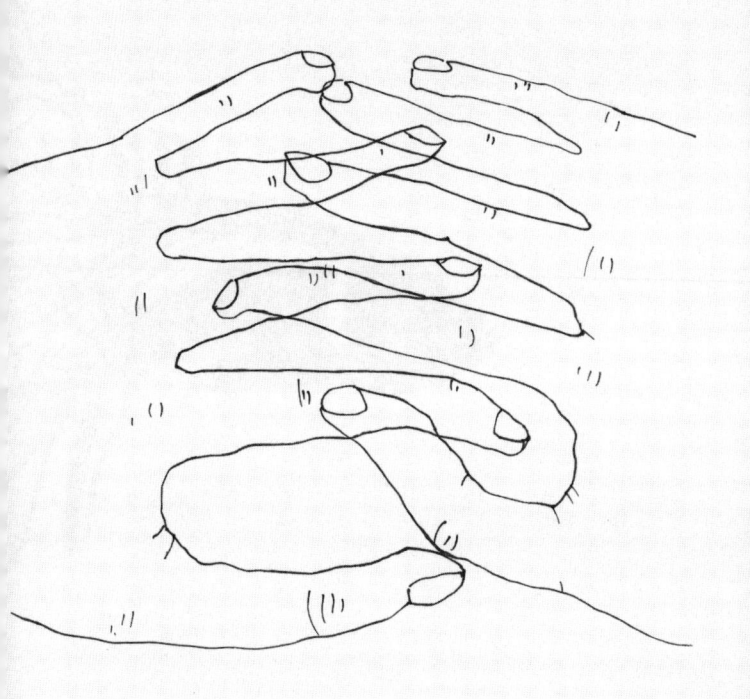

Die Fischbewegungen der Riesenhände

Kampffisch

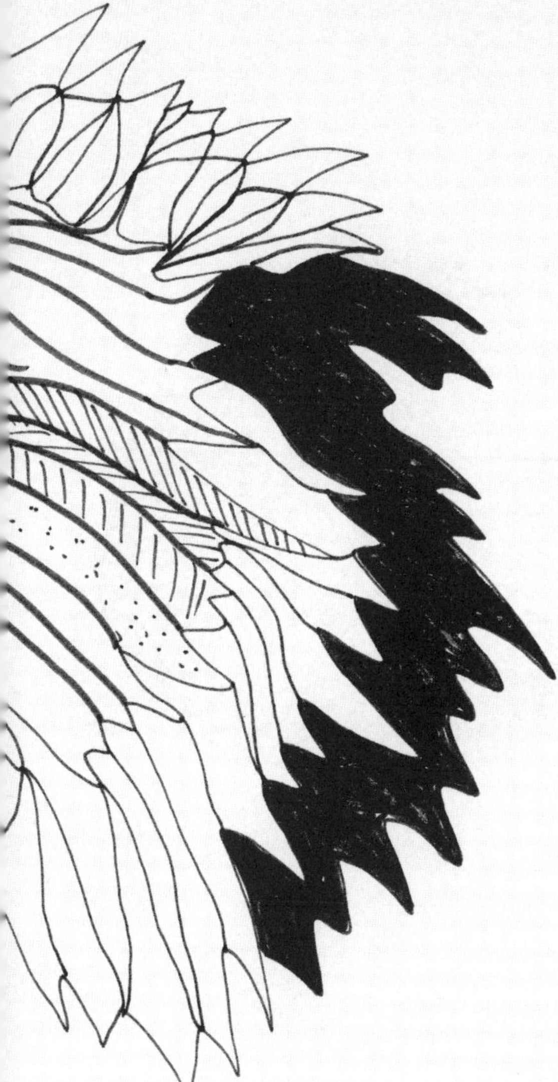

Dungkugel

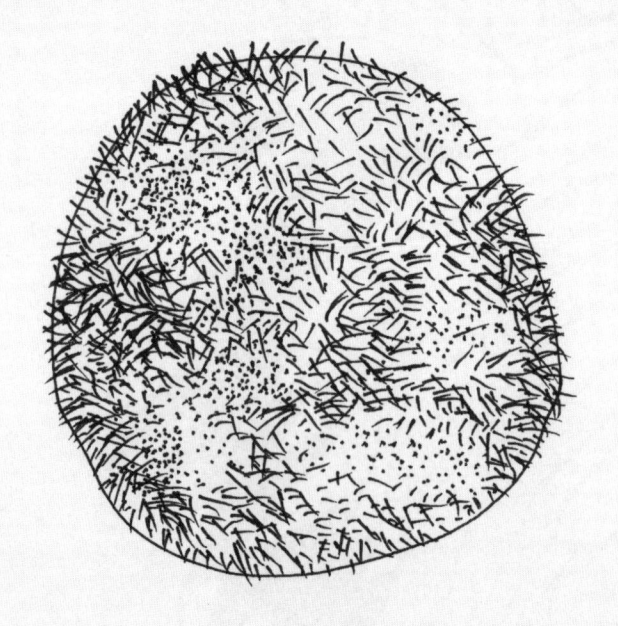

Frosch im Schatten

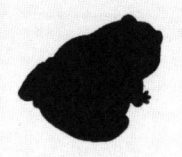

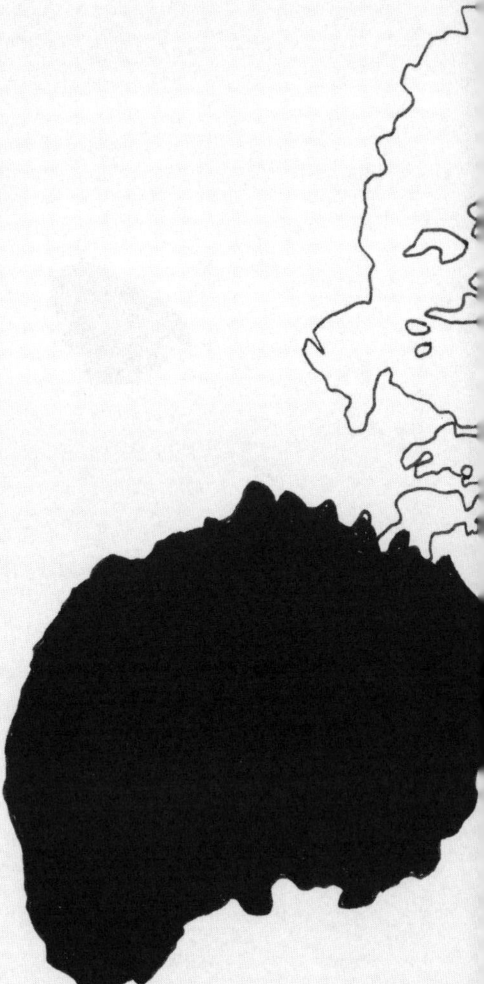

Linde mit Schatten im Hof

Die Autorin dankt ihren Eltern, ihrer Schwester, den Menschen vom Literaturinstitut in Biel, ihren Freunden, Heinz und Nelly: Für das Schauen auf die Welt, für Raum zum Schreiben, für den Blick auf die Geschichte, für das Reden über Geschichte und Welt, für das Wachhalten, Geister, Worte, das Mensch bleiben nicht Maschine werden und vieles mehr.

Für die Unterstützung ihrer Arbeit dankt die Autorin der Fachstelle Kultur des Kantons Zürich, Pro Helvetia, Schweizer Kulturstiftung, der Stadt Biel und dem Amt für Kultur der Erziehungsdirektion des Kantons Bern.

Für einen Druckkostenzuschuss dankt der Verlag der Fachstelle Kultur des Kantons Zürich sowie Stadt Zürich Kultur.

Im Internet
› Informationen zu Autorinnen und Autoren
› Hinweise auf Veranstaltungen
› Links zu Rezensionen, Podcasts und Fernsehbeiträgen
› Schreiben Sie uns Ihre Meinung zu einem Buch
› Abonnieren Sie unsere Newsletter zu Veranstaltungen und Neuerscheinungen
› Folgen Sie uns 🐦 📷 📘

Der Limmat Verlag wird vom Bundesamt für Kultur mit einem Strukturbeitrag für die Jahre 2021–2024 unterstützt.

Zeichnungen von Julia Weber
Typografie und Umschlaggestaltung: Trix Krebs
Druck und Bindung: Friedrich Pustet, Regensburg

4. Auflage 2021

ISBN 978-3-85791-823-0
© 2017 by Julia Weber, Zürich
© 2017 by Limmat Verlag, Zürich
www.limmatverlag.ch